# SARAH MORGAN

# Atardecer en Central Park

Editado por Harlequin Ibérica.
Una división de HarperCollins Ibérica, S.A.
Núñez de Balboa, 56
28001 Madrid

© 2016 Sarah Morgan
© 2018 Harlequin Ibérica, una división de HarperCollins Ibérica, S.A.
Atardecer en Central Park, n.º 159 - 21.6.18
Título original: Sunset in Central Park
Publicada originalmente por HQN™ Books

Todos los derechos están reservados incluidos los de reproducción, total o parcial. Esta edición ha sido publicada con autorización de Harlequin Books S.A.
Esta es una obra de ficción. Nombres, caracteres, lugares, y situaciones son producto de la imaginación del autor o son utilizados ficticiamente, y cualquier parecido con personas, vivas o muertas, establecimientos de negocios (comerciales), hechos o situaciones son pura coincidencia.
® Harlequin, HQN y logotipo Harlequin son marcas registradas por Harlequin Enterprises Limited.
® y ™ son marcas registradas por Harlequin Enterprises Limited y sus filiales, utilizadas con licencia. Las marcas que lleven ® están registradas en la Oficina Española de Patentes y Marcas y en otros países.
Imagen de cubierta utilizada con permiso de Harlequin Enterprises Limited. Todos los derechos están reservados.

I.S.B.N.: 978-84-9170-886-5
Depósito legal: M-9479-2018

*Querido lector,*

*De pequeña siempre me asombraba mi madre, que conocía todas las plantas que veíamos y normalmente por su nombre en latín. Solía ponerla a prueba para ver si la pillaba. Le tiraba del brazo y señalaba alguna flor u hoja, normalmente oculta debajo de otra, y le preguntaba: «¿Cuál es esa?». Siempre lo sabía. Yo deseaba convertirme en una experta, poder impresionar a la gente con mi nivel de conocimiento. Desgraciadamente, eso aún está por llegar (aunque sí que sé distinguir una rosa sin dudarlo), pero una de las mejores cosas que tiene ser escritora es que puedes crear personajes que son todo lo que no eres tú.*

*Frankie, la heroína de esta historia, sin duda es una experta. Al igual que mi madre, puede reunir unos cuantos tallos y crear con ellos algo que la gente se detenga a admirar. Frankie es una mujer fuerte e independiente que es muy buena en su trabajo y que controla cada aspecto de su vida excepto uno: su vida amorosa. Para dar ese salto, debe dejar de lado las creencias enturbiadas que tiene sobre el amor y la única persona que podría ayudarla a hacerlo es Matt, el hermano mayor de su mejor amiga.*

*El paso de amigos a amantes es una temática que estoy explorando. He disfrutado viendo cómo la larga amistad de Frankie y Matt se convierte en algo más profundo y cómo Frankie aprende a confiar en los demás después de pasarse años levantando muros para protegerse del mundo.*

*¡Gracias por haber elegido este libro! Espero que disfrutes con* Atardecer en Central Park *y que leerlo ilu-*

*mine un poco tu día. No olvides buscar la historia de Eva,* El ático de la Quinta Avenida, *que sale a finales de año. Y si sigues Facebook, espero que me visites aquí: www.Facebook.com/authorsarahmorgan.*

*Con cariño,*
*Sarah*

*Besos*

Dedicado a mi querida amiga Dawn.
Con mucho cariño.

*El camino del amor verdadero nunca fue llano.*
William Shakespeare

# Capítulo 1

«La Bella Durmiente no necesitaba un príncipe. Necesitaba un café bien cargado».

—Frankie

Había esperado corazones, flores y sonrisas. No lágrimas.

–Se está desencadenando una crisis, dos en punto – Frankie activó el auricular y oyó la respuesta de Eva.

–No puede ser a las dos. Ya son las tres y cinco.

–No me refiero a la hora, me refiero a la posición. Se está desencadenando una crisis delante de mí y a la derecha.

Hubo una pausa.

–¿Quieres decir junto al manzano?

–Eso es lo que quiero decir.

–Entonces ¿por qué no dices directamente «junto al manzano»?

–Porque, si me haces ponerme unos auriculares para tener un aspecto profesional, quiero sonar profesional.

–Frankie, suenas más como el FBI que como una diseñadora floral. Además, ¿cómo va a haber una crisis? Todo está marchando bien. La temperatura es perfecta, las mesas están preciosas y, aunque esté mal que yo lo diga, las tartas tienen un aspecto impresionante. Nuestra novia está radiante y las invitadas llegarán en cualquier momento.

Frankie miró a la mujer apoyada en el árbol; parecía estar desmoronada.

—Odio tener que decirte esto, pero ahora mismo la novia no parece muy radiante. Tenemos lágrimas. Soy la última persona que debería hacer una observación sobre la psicología de las bodas y toda la parafernalia que las rodea, pero creo que esa no es la reacción habitual. Si llegan a este punto es porque creen que el matrimonio es algo bueno, ¿no?

—¿Estás segura de que no son lágrimas de felicidad? ¿Y cuántas lágrimas tenemos exactamente? ¿Un pañuelo de papel o una caja entera?

—Los suficientes para generar una escasez mundial. Más que un llanto parece una catarata después de lluvias torrenciales.

—¡Ay, no! Se le va a estropear el maquillaje. ¿Sabes qué ha pasado?

—A lo mejor ha decidido que debería haber elegido la *ganache* de chocolate en lugar del glaseado de naranja.

—Frankie...

—O a lo mejor ha entrado en razón y ha decidido largarse ahora que aún está a tiempo. Si yo estuviera a punto de casarme, también estaría llorando, y estaría llorando muchísimo más y más fuerte que ella.

Un suspiro le resonó en la oreja.

—Prometiste dejar en la puerta tus fobias a las relaciones.

—Cerré la puerta, pero deben de haberse colado por la cerradura.

—La actitud para este evento es de optimismo alegre, ¿lo recuerdas?

Frankie se quedó mirando a la novia, que sollozaba bajo el manzano.

—Pues no es lo que veo desde aquí. De todos modos, ha sido un verano seco, así que el manzano agradecerá que lo rieguen.

—¡Ve a darle un abrazo, Frankie! Dile que todo irá bien.

—Se va a casar. ¿Cómo puede ir todo bien? —le sudaba la nuca. Solo había una cosa que odiaba más que las despedidas de soltera y eso eran las bodas—. No pienso mentir.

—¡No es una mentira! Muchas personas viven felices y comen perdices.

—Eso es en los cuentos de hadas. En la vida real se van acostando con otros y luego se divorcian, siempre en ese orden —Frankie hizo un esfuerzo enorme por reprimir sus prejuicios—. Sal aquí ahora mismo. Este es tu campo de especialización. Ya sabes que no se me dan bien los sentimentalismos.

—Ya me ocupo yo —en esa ocasión fue Paige la que habló y, un instante después, con aspecto sereno e impoluto a pesar del calor y de la humedad de Nueva York, cruzó el jardín perfectamente cuidado y preguntó—: ¿Qué estaba haciendo justo antes de empezar a llorar?

—Ha recibido una llamada.

—¿Has podido oír algo de la conversación?

—No escucho las conversaciones de la gente. A lo mejor se ha producido un colapso financiero o algo así, aunque a juzgar por el tamaño de esta casa tendría que ser un buen colapso para que les afectara —se apartó el pelo de su sudorosa frente—. ¿Podemos empezar a hacer estos eventos dentro? Me estoy muriendo —era esa clase de día que hacía que la ropa se te pegara a la piel y que soñaras con bebidas heladas y aire acondicionado.

Pensó con anhelo en su pequeño apartamento de Brooklyn.

Si en ese momento hubiera estado en casa, habría estado entreteniéndose con esquejes, cuidando las hierbas aromáticas que tenía en el alféizar de la ventana y observando cómo las abejas flirteaban con las plantas de su diminuto jardín. O tal vez habría estado en la azotea con sus amigas, compartiendo una botella de vino mientras veían el sol ponerse sobre el horizonte de Manhattan.

Las bodas serían lo último en lo que habría estado pensando.

Sintió un roce en el brazo y se giró hacia su amiga.

–¿Qué?

–Estás muy estresada. Odias las bodas y todo lo que tenga que ver con ellas. Ojalá no tuviera que pedirte que vinieras, pero ahora mismo...

–Nuestro negocio está en pañales y no nos podemos permitir rechazarlas. Lo sé. Y me parece bien –bueno, no «bien» exactamente, pensó malhumorada, aunque allí estaba, ¿no?

Y entendía que no podían ser exigentes a la hora de elegir a sus clientes.

Paige, Eva y ella habían abierto Genio Urbano, su negocio de organización de eventos, hacía solo unos meses. Había resultado aterrador, pero también les había proporcionado una poderosa sensación de liberación. Ellas tenían el control.

Todo había sido idea de Paige, y Frankie sabía que sin ella probablemente estaría en paro. Y eso significaba que no tendría dinero para pagar el alquiler. Sin dinero para pagar el alquiler, tendría que abandonar su apartamento.

Una sensación de malestar la recorrió, como si alguien hubiera lanzado una piedra al tranquilo estanque que era su vida.

Su independencia lo era todo.

Y por eso estaba allí. Por eso y por la lealtad que sentía hacia sus amigas.

Se subió las gafas con la punta del dedo.

–Puedo soportar las bodas si es lo que nos toca. No te preocupes por mí. Ella... –dijo señalando con la cabeza a la mujer que estaba bajo el manzano– es tu prioridad.

–Voy a hablar con ella. Si llegan las invitadas, entretenlas. ¿Eva? –Paige se ajustó el auricular–. No saques las tartas todavía. Te avisaré de lo que vaya pasando –dijo antes de acercarse a la futura novia.

Frankie sabía que, fuera cual fuera el problema, su amiga se encargaría. Paige era una organizadora nata con un don para decir justo lo correcto en el momento correcto.

Y poseía otro don, crucial para el éxito de ese tipo de eventos: creía en los finales felices.

Para Frankie, las personas que creían en los finales felices eran unos ilusos.

Sus padres se habían separado cuando ella tenía catorce años después de que él, director de ventas, hubiera anunciado que iba a dejar a su madre por una de sus compañeras de trabajo.

Y en cuanto a lo que había sucedido desde entonces...

Se quedó mirando obnubilada a los lazos que ondeaban con la brisa.

¿Cómo lo hacía la gente? ¿Cómo lograban ignorar todas las estadísticas y los datos y se convencían a sí mismos de que podían encontrar a una persona con la que estar para siempre?

Los «para siempre» no existían.

Se movió, estaba inquieta. Paige tenía razón. No había nada en el mundo que odiara tanto como las bodas y todo lo relacionado con ellas. Le generaban aprensión. Era como ver un coche conduciendo por una carretera directo a una colisión en cadena, algo marcado por la terrible inevitabilidad. Quería cerrar los ojos o gritar para advertirles, pero lo que no quería hacer era presenciarlo.

Vio a Paige rodear a la sollozante mujer con su brazo y se apartó diciéndose que lo hacía para darles intimidad, pero lo cierto era que no quería mirar. Era demasiado duro. Demasiado real. Mirar removía recuerdos que prefería olvidar. Por suerte, su trabajo no era ocuparse de las emociones de los clientes, sino crear un arreglo floral que reflejara el cariz y el ambiente del evento.

Ahí tenía que haber un ambiente alegre, y por ello había elegido tonos crema y pastel para complementar las preciosas mantelerías. La celosia y la albejana se acurrucaban con las hortensias y las rosas en jarras de cristal elegidas para reflejar la sencillez que había solicitado la futura novia.

Por supuesto, «sencillez» era un término relativo, pensó Frankie mientras estudiaba las dos largas mesas. «Sencillez» podría haber significado servir una comilona en cestas de picnic, pero en ese caso las mesas resplandecían con cuberterías de plata y el brillo del cristal. Charles William Templeton era un abogado con una clientela famosa y fondos suficientes a su disposición para asegurar que su única hija, Robyn Rose, pudiera tener la boda que quisiera. El Plaza estaba reservado para el siguiente verano y Frankie se alegraba de que Genio Urbano no tuviera nada que ver con ese evento.

La consigna para la despedida de soltera había sido «elegancia de jardín con un toque de romanticismo». Frankie había intentado no esbozar una mueca de disgusto cuando Robyn Rose había hablado de hadas de las flores y de *Sueño de una noche de verano*. Gracias a Eva, que no tenía ningún problema en convertir en realidad las visiones románticas de sus clientes, habían cumplido las instrucciones más que de sobra.

Habían alquilado sillas y las habían personalizado con cintas que hacían juego con las mantelerías. Unas mariposas de seda hechas a mano estaban ingeniosamente colocadas por todo el jardín y metros de encaje creaban la ilusión de una gruta de hadas.

Frankie esbozó una media sonrisa.

Eso solo se le podía haber ocurrido a Eva.

El único guiño a la sencillez era el viejo manzano que en ese mismo momento estaba cobijando a la sollozante novia.

Frankie se estaba preparando para empezar a contener a las invitadas cuando Eva apareció a su lado con las mejillas sonrojadas por el sol.

–¿Sabemos qué está pasando?

–No, pero te puedo asegurar que no es una celebración. Paige va a tener que hacer magia.

Eva miró a su alrededor con melancolía.

–Está todo tan bonito y hemos trabajado tanto para que estuviera perfecto… Normalmente me encantan las despedidas de soltera. Las veo como una última celebración antes de que la novia y el novio cabalguen juntos hacia un bonito atardecer.

–El atardecer es lo que sucede antes del anochecer, Ev.

–¿Podrías al menos fingir que crees en lo que hacemos?

–Creo en lo que hacemos. Somos un negocio. Organizamos eventos y somos buenísimas en ello. Este no es más que otro evento.

–Haces que parezca muy frío, pero tiene su lado mágico –Eva estiró el ala de una mariposa de seda–. A veces hacemos los deseos realidad.

–Mi deseo era dirigir un negocio de éxito con mis dos mejores amigas, así que supongo que en eso tienes razón. Aunque no tiene nada de mágico, a menos que lograr seguir funcionando después de una jornada laboral de dieciocho horas sea mágico. El café, en cambio, sí que es mágico. Por suerte, no tengo que creer en los finales felices para hacer un trabajo genial. Mi responsabilidad son las flores, nada más.

Y le encantaba. Su historia de amor con las plantas había empezado cuando era pequeña. Se había refugiado en el jardín para escapar de las emociones que había dentro de la casa. Las flores podían ser un arte o podían ser una ciencia, y ella había estudiado cada planta minuciosamente, entendiendo que cada una tenía necesidades individuales. Estaban esas a las que les encantaba la sombra, como los helechos, el jengibre y la arisaema, y también estaban las que veneraban al sol, como las lilas y los girasoles. Cada una necesitaba un entorno óptimo. Si las plantabas en el sitio equivocado, se marchitaban y morían. Cada una necesitaba el hogar perfecto para florecer.

Muy parecido a lo que les pasaba a los humanos, pensó.

Le encantaba elegir la flor perfecta para el evento perfecto; disfrutaba diseñando arreglos florales, pero sobre todo le encantaba cultivar las plantas y observar el paso de las estaciones. Desde el extravagante aluvión de flores en primavera hasta los elegantes rojizos y naranjas oscuros del otoño, cada estación traía consigo sus propios regalos.

—Las flores son una maravilla —dijo Eva observando el ramo dispuesto tan artísticamente en la jarra—. Esa es preciosa. ¿Qué es?

—Es una rosa.

—No, la plateada.

—*Centaurea cineraria.*

Eva la miró.

—¿Y cómo la llama la gente normal?

—Cineraria gris.

—Es bonita. Y has usado albejanas —dijo su amiga deslizando un dedo sobre la flor con aire nostálgico—. Eran las favoritas de mi abuela. Solía dejarle ramos junto a la cama. Le recordaban a su boda. Me encanta cómo las has combinado. Tienes mucho talento.

Frankie oyó la voz de su amiga temblar. Eva había adorado a su abuela y su muerte el año anterior la había dejado hundida. Sabía que la echaba de menos terriblemente.

Aunque también sabía que Eva no querría ponerse a llorar en el trabajo.

–¿Sabías que las albejanas las descubrió un monje siciliano hace trescientos años?

Eva tragó saliva.

–No. Sabes mucho de flores.

–Es mi trabajo. ¿Qué te parece esta? Se llama Encaje de la reina Ana –dijo Frankie apresuradamente–. Te gustará. Es muy nupcial. Perfecta para ti.

–Sí –Eva se recompuso–. Cuando me case, la voy a poner en mi ramo. ¿Me lo harías tú?

–Claro. Te haré el mejor ramo que haya visto una novia. Pero no llores. Te pones hecha un desastre cuando lloras.

Eva se frotó la cara con la mano.

–Entonces ¿te alegrarías por mí? ¿Aunque no creas en el amor?

–Si alguien me puede demostrar que me equivoco, esa eres tú. Y te lo mereces. Espero que tu Príncipe Azul llegue en su corcel blanco y te lleve con él.

–Eso llamaría mucho la atención en la Quinta Avenida –dijo Eva sonándose la nariz–. Y, además, soy alérgica a los caballos.

Frankie intentó no sonreír.

–Contigo siempre hay alguna pega.

–Gracias.

–¿Por qué?

–Por hacerme reír en lugar de llorar. Eres la mejor.

–Sí, bueno, me puedes devolver el favor ocupándote

de la situación –Frankie vio a Paige darle otro pañuelo a Robyn–. La ha dejado, ¿verdad?

–No sabemos. Podría ser cualquier cosa. O nada. A lo mejor solo se le ha metido polvo en los ojos.

Frankie miró a su amiga con incredulidad.

–Y ahora me dirás que aún crees en Santa Claus y en el Hada de los Dientes.

–Y en el Conejo de Pascua –ya serena, Eva sacó un espejo diminuto del bolso y se revisó el maquillaje–. Jamás te olvides del Conejo de Pascua.

–¿Cómo es vivir en el Planeta Eva?

–Es maravilloso. Y ni se te ocurra contaminar mi pequeño mundo con tus cinismos. Hace un momento estabas hablando del Príncipe Azul.

–Pero ha sido para que dejaras de llorar. No entiendo por qué la gente se somete a esto cuando directamente podrían atravesarse el corazón con un cuchillo de cocina y terminar antes.

Eva se estremeció.

–Has estado leyendo demasiados libros de terror. ¿Por qué no lees un poco de novela romántica?

–Preferiría atravesarme el corazón con un cuchillo de cocina –y se sentía como si lo hubiera hecho. Estaba mirando a Robyn Rose, pero estaba recordando a su madre, tendida sobre el suelo de la cocina, balbuceando de pena y sollozando mientras su padre, totalmente pálido, pasaba por encima de su tembloroso cuerpo y salía por la puerta dejándola al cargo del desastre que él había provocado.

Se quedó mirando al frente y sintió a Eva entrelazando su brazo con el suyo.

–Algún día, probablemente cuando menos te lo esperes, te vas a enamorar.

Fue un comentario típico de Eva.

–Eso no va a pasar nunca –sabiendo que su amiga se sentía emocionalmente vulnerable, intentó ser delicada–.

El romanticismo produce el mismo efecto en mí que el ajo en los vampiros. Y, además, me encanta estar soltera. No me mires así, como si te estuvieras compadeciendo de mí. Es mi elección, no una condena. No es un estado en el que tengo que estar hasta que llegue algo mejor. No te sientas mal por mí. Me encanta mi vida.

−¿No quieres tener a alguien a quien acurrucarte por las noches?

−No. Así nunca tengo que pelearme por el edredón, puedo dormir cruzada en mitad de la cama y puedo leer hasta las cuatro de la mañana.

−¡Un libro no puede sustituir a un hombre!

−No estoy de acuerdo. Un libro puede darte más cosas que una relación. Te puede hacer reír, te puede hacer llorar, te puede transportar a mundos distintos y enseñarte cosas. Incluso te lo puedes llevar a cenar. Y, si te aburre, puedes dejarlo y seguir adelante con tu vida tranquilamente. Lo cual es muy parecido a lo que sucede en la vida real −a diferencia de su padre, su madre no se había vuelto a casar. Por el contrario, consumía hombres como si fueran de usar y tirar.

−Vas a hacer que llore otra vez. ¿Y qué me dices de crear un vínculo estrecho con alguien? Un libro no te puede conocer.

−Puedo vivir sin eso −no quería que la gente la conociera. Se había alejado de la pequeña isla donde había crecido precisamente por esa razón, porque la gente la había conocido demasiado. Cada detalle íntimo y profundamente embarazoso de su vida privada había sido de dominio público.

Paige se reunió con ellas.

−La llamada era del novio −su tono fue tajante y serio−. La ha cancelado.

Eva emitió un sonido de angustia.

−¡Oh, no! Tiene que ser espantoso para ella.

—A lo mejor no —aunque ya había imaginado lo que habría sucedido, a Frankie se le encogió el estómago—. A lo mejor en el fondo le ha venido bien.

—¿Cómo puedes decir eso?

—Porque tarde o temprano él la habría engañado y le habría roto el corazón. Mejor ahora, antes de que tengan hijos y ciento y un dálmatas y salgan perjudicados testigos inocentes —sin querer admitir lo destrozada que estaba por haber vuelto a tener razón, Frankie se echó hacia delante y sacó el Encaje de la reina Ana de la jarra.

—Ciento y un cachorros de la raza que fuera supondrían una presión enorme para cualquier matrimonio, Frankie —dijo Eva.

—Y no todos los hombres son infieles —Paige miró la hora en el móvil y el anillo de diamantes que llevaba en el dedo captó la luz del sol y resplandeció.

Al verlo, Frankie se sintió culpable.

Debería mantener la boca cerrada. Eva era una soñadora y Paige estaba recién prometida. Debía reservarse su opinión sobre el matrimonio.

—Para Jake y para ti será distinto —masculló—. Sois una de esas extrañas parejas que están perfectos juntos. No me hagas caso. Lo siento.

—No lo sientas —dijo Paige haciendo un ademán con la mano, y el diamante volvió a lucir—. Tú y yo no queremos lo mismo y no pasa nada.

—Soy una aguafiestas.

—Eres la hija de unos padres divorciados. Y no fue un divorcio feliz. Todos tenemos una visión distinta de la vida dependiendo de nuestra propia experiencia.

—Sé que exagero. Ni siquiera fue mi divorcio.

Paige se encogió de hombros.

—Pero viviste las consecuencias. Sería una locura pensar que eso no podría afectarte. Es como lavar un calcetín rojo con una camiseta blanca. Todo acaba manchado.

Frankie esbozó una media sonrisa.

–¿Yo soy la camiseta blanca en esa analogía? Porque no estoy segura de ser el equivalente a una camiseta blanca.

Eva la observó.

–Estoy de acuerdo. Yo diría que más bien eres el equivalente a una cazadora de combate.

–Robyn ha subido a arreglarse el maquillaje –dijo Paige reconduciendo la conversación al tema del trabajo–. Las invitadas llegarán en cualquier momento. Voy a hablar con ellas.

–¿Vamos a cancelarlo?

–No. Seguimos adelante, pero ahora no es una despedida de soltera. Es una fiesta. Una celebración de la amistad.

Frankie se relajó ligeramente. Lo de la amistad sí lo podía soportar.

–Genial. ¿Cómo lo has conseguido?

–Le he dicho que las amigas están para lo malo además de para lo bueno. Estaban invitadas para compartir lo bueno, pero si son amigas de verdad estarán a su lado también para lo malo.

–Y los momentos malos siempre mejoran con champán, sol y fresas –dijo Eva–. Ahí viene.

Frankie agarró una jarra de flores y Paige la detuvo.

–Son preciosas. ¿Qué estás haciendo?

–Las flores deben ajustarse al ambiente de cada ocasión y estas son demasiado nupciales.

Sin esperar la aprobación de Paige, arrojó el Encaje de la reina Ana al parterre y vio las flores caer al suelo.

Intentó no verlo como algo simbólico.


Las tres amigas llegaron a casa aproximadamente una hora antes de que el sol se pusiera.

Sudorosa, irascible y agitada por los sucesos del día, Frankie buscó las llaves en su bolso.

—Si no entro en los próximos cinco segundos, me voy a derretir aquí mismo.

Paige se detuvo junto a la puerta de entrada.

—A pesar de todo, ha ido bien.

—La ha dejado —murmuró Eva y Paige frunció el ceño.

—Lo sé. Me refería a la fiesta. Ha ido bien. Deberíamos celebrarlo. Jake va a venir. ¿Por qué no nos juntamos todos en la azotea para tomar una copa?

Frankie no tenía ganas de celebrar nada.

—Esta noche no. Tengo una cita con un buen libro —no iba a pensar en cómo se sentiría Robyn Rose. No iba a preocuparse de si estaba bien o de si tendría el valor de volver a amar. Ese no era su problema.

Se le cayó la llave al suelo y Eva miró a Paige.

—¿Estás bien?

—Claro. Solo un poco cansada. Ha sido un día largo con tanto calor —y parte de ese calor había sido el resultado de estar expuesta a un caldero hirviendo de emociones. Recogió la llave y se secó la frente con la palma de la mano.

—Deberías llevar falda —dijo Eva—. Habrías estado más fresca.

—Sabes que nunca llevo faldas.

—Pues deberías. Tienes unas piernas fantásticas.

Frankie intentaba abrir la puerta, pero no atinaba.

—Os veo mañana.

—De acuerdo, pero como pensamos que necesitarías un poco de distracción después de la despedida de soltera, te hemos comprado una cosa —Paige metió la mano en el bolso; ese bolso que contenía de todo desde limpiador hasta cinta adhesiva—. Toma —le dio un sobre y Frankie lo aceptó, conmovida por el gesto.

—¿Me habéis comprado un libro? —lo abrió y se sintió emocionada. Su mal humor se evaporó—. ¡Es el nuevo de

Lucas Blade! Aún falta un mes para que salga. ¿Cómo lo habéis conseguido? —casi salivando, se lo apretó contra el pecho. Quería sentarse y empezar a leerlo ya mismo.

—Eva tiene buenos contactos.

Eva sonrió y unos hoyuelos se le marcaron en las mejillas.

—Le mencioné a mi querida Mitzy que te encanta su trabajo y utilizó su poder de abuela para obligarlo a que te firmara un ejemplar, aunque no sé por qué quieres leer un libro que se llama *El regreso de la muerte*. Yo me pasaría la noche despierta y gritando. Lo único bueno del libro es la foto de él en la sobrecubierta. Ese hombre está increíblemente bueno. Mitzy quiere presentármelo, pero no estoy segura de querer conocer a un hombre que se gana la vida escribiendo sobre asesinatos. No creo que tuviéramos mucho en común.

—¿Está firmado? —Frankie abrió el libro y vio su nombre escrito en un garabato con tinta negra—. Esto es una pasada. Estaba pensando en pedirlo en la preventa, pero el precio es escandaloso dado el éxito que tiene. No me puedo creer que hayáis hecho esto.

—Tu idea de algo horroroso es una despedida de soltera o una boda y, aun así, has venido —dijo Eva—, así que esta noche queríamos obsequiarte. Es nuestra forma de darte las gracias. Si te da miedo y quieres compañía, llama a la puerta.

Frankie sintió un nudo en la garganta. En eso consistía la amistad. En entender a alguien.

—Espero que sí que me dé miedo. Eso es lo que debería hacer.

Eva sacudió la cabeza, perpleja.

—Te quiero, pero jamás te entenderé.

Frankie sonrió. A lo mejor no consistía en entender a alguien; a lo mejor la amistad consistía en querer a una persona incluso aunque no siempre la entendieras.

—Gracias —murmuró—. Sois las mejores.

Por fin la llave entró en el cerrojo y ella entró en su santuario. Cerró la puerta y lo primero que hizo fue quitarse las gafas. La montura pesaba y se frotó la nariz delicadamente con los dedos mientras cruzaba su bonito salón. El espacio era pequeño, pero lo había amueblado bien, con unas cuantas piezas que había encontrado en Internet. Tenía un sofá mullido que había rescatado y tapizado ella misma, pero lo que más le gustaba de su apartamento eran las plantas. Ocupaban cada superficie disponible, un arco iris de tonos verdes con toques de color que conducían la mirada hacia el pequeño jardín.

Había convertido el pequeño espacio cercado en un frondoso refugio.

La madreselva *goldflame*, la *Clematis montana* y otras trepadoras ascendían por unos enrejados entre maceteros desbordados por una profusión de plantas colgantes. La vinca y la bacopa se enmarañaban y caían sobre la pequeña zona de terraza de cedro donde daba el sol en ciertos momentos del día, y una lámpara marroquí ocupaba el centro de la pequeña mesa donde se sentaba esas noches en las que prefería estar sola en lugar de reunirse con sus amigos en la azotea.

La paz y la calma la envolvían. La idea de pasar la noche leyendo un libro que llevaba meses esperando le levantó el ánimo.

Esa era su vida y le encantaba.

Esa montaña rusa que te levantaba el estómago y a la que llamaban «amor» no estaba hecha para ella. Ni lo necesitaba ni, mucho menos, lo quería. Ella nunca malgastaba una noche mirando anhelante el teléfono esperando que sonara, y nunca había llorado tanto como para necesitar ni un solo pañuelo.

Abrió el libro, pero sabía que si leía la primera página se iba a enganchar y primero tenía que darse una ducha.

Al día siguiente era domingo y tenía el día libre, así que, si quería, podría pasarse toda la noche leyendo y dormir hasta tarde y a nadie le importaría.

Uno de los muchos beneficios de ser soltera.

Soltó el libro preguntándose por qué todo el mundo parecía tan ansioso por renunciar a ese valioso estado.

Por mucho que quisiera a sus amigas, le alegraba vivir sola. Paige y Eva habían compartido durante años el apartamento que tenía encima y aunque ahora Paige pasaba más tiempo en el apartamento de Jake, aún dormía en su antigua habitación al menos la mitad de la semana. Frankie sospechaba que la decisión obedecía tanto al deseo de su amiga de no dejar sola a Eva como a la necesidad de conservar su propio espacio.

El romántico deseo de Eva de formar una familia era algo que entendía pero no compartía. Según su experiencia, la familia resultaba complicada, exasperante, embarazosa, egoísta y, en demasiadas ocasiones, dañina.

Y, cuando era la familia la que te hacía daño, las heridas eran más profundas y tardaban más en sanar, tal vez porque las expectativas eran distintas.

Las experiencias que había tenido de pequeña habían influenciado mucho quién era y cómo había elegido vivir su vida.

Su pasado era la razón por la que no podía asistir a una boda sin querer preguntarles a los novios si estaban seguros de querer seguir adelante.

Su pasado era la razón por la que nunca vestía de rojo, odiaba las faldas y era incapaz de mantener una relación con un hombre.

Su pasado era la razón por la que se sentía incapaz de volver a la isla en la que había crecido.

Puffin Island era un paraíso para los amantes de la naturaleza, pero para Frankie allí había demasiados recuerdos y demasiados isleños que le guardaban rencor al apellido Cole.

Y no los culpaba.

Había crecido al amparo de los pecados de su madre, y la reputación de su familia era uno de los motivos por los que se había trasladado a Nueva York. Al menos allí, cuando entraba en una tienda, la gente no hablaba de ella. Allí, nadie sabía y a nadie le importaba que su padre se hubiera ido con una mujer a la que le doblaba la edad o que su madre hubiera decidido curar sus inseguridades teniendo sus propias aventuras.

Había dejado todo eso atrás hasta hacía seis meses, cuando su madre había dejado de moverse por todo el país de trabajo en trabajo y de hombre en hombre y se había instalado en la ciudad.

Después de años de muy poco contacto con su única hija, ahora tenía ganas de estrechar lazos. A Frankie cada interacción con ella se le hacía insoportable, y entre los sentimientos de vergüenza, de rabia y de turbación, se encontraba la culpabilidad. Culpabilidad por el hecho de no poder encontrar el modo de ser más comprensiva con su madre. Su madre había sido la principal víctima de las infidelidades de su padre, no ella y debería ser más comprensiva. ¡Pero es que eran tan distintas!

¿Siempre habían sido así? ¿O era culpa de Frankie por haberse esforzado tanto en que fueran distintas? Porque el recuerdo más claro que le quedaba de su adolescencia era el de su absoluta determinación a no parecerse en nada a su madre.

Mientras se quitaba la camisa entró en la pequeña cocina y se sirvió una copa de vino. Paige y Eva sin duda se pasarían la noche charlando, diseccionando cada momento del evento.

Frankie no tenía ninguna gana de hacer eso. Bastante mal lo habían pasado como para ahora encima tener que repasar cada detalle y, además, sabían muy bien qué había salido mal: el novio había dejado a la novia. En su opinión, un cadáver no necesitaba una autopsia si podías ver el agujero de la bala atravesándole el cráneo, y en ese preciso instante tenía que olvidarse de todo lo que tuviera que ver con bodas.

Se metió en la ducha y se quitó de encima todas las tensiones del día.

Podía haber sido un desastre, pero con su habitual sosegada eficiencia, Paige había salvado la situación.

Las amigas de Robyn habían estado maravillosas al apoyarla y decirle las palabras adecuadas. Incluso había habido risas mientras habían compartido champán y las tartas de Eva. En lugar de una boda inminente, habían celebrado su amistad.

Se envolvió en una toalla y salió del diminuto baño.

La amistad era lo único en lo que se podía confiar.

¿Dónde estaría ella sin sus amigas?

Y aunque no estaba de humor para beber y charlar en la azotea, la reconfortaba saber que solo estaban a unos pasos.

Se acurrucaría a leer su libro y se perdería en él.

Se puso unos pantalones negros de yoga y una camiseta, se sirvió un poco de queso en un plato y se sentó a leer. Sumida en otro mundo, se llevó un buen susto cuando un enorme estrépito se oyó desde la cocina.

—¡Joder!

Apartada precipitadamente de un mundo de terror ficticio, la lógica tardó un momento en actuar y en decirle que una de las macetas de hierbas aromáticas que se medio sostenían en el alféizar de la ventana se había caído.

No necesitaba investigar el causante del accidente; ya lo sabía.

No era un asesino en serie. Era un gato.

—¿Garras? ¿Eres tú? —aún sosteniendo el libro, fue

hasta la cocina, vio la tierra y los fragmentos de arcilla tirados por el suelo y una gata aterrorizada con el pelo del color de la mermelada de naranja–. Oye, tienes que mirar por dónde pisas.

La gata se metió corriendo bajo la mesa de la cocina y miró a Frankie desde una distancia segura, con el pelo casi completamente en posición vertical.

–¿Te has asustado? Porque a mí me has dado un susto de muerte –ya tranquila, Frankie dejó el libro sobre la mesa y se agachó a recoger el estropicio. La gata se encogió más todavía debajo de la mesa–. ¿Qué haces aquí abajo? ¿Dónde está Matt? ¿Hoy trabaja hasta tarde?

Matt, el hermano de Paige, era el dueño de la casa y vivía en los dos pisos superiores. Había sido Matt, arquitecto paisajista, quien había encontrado la vieja casa abandonada de ladrillo rojo años atrás y cuidadosamente la había convertido en tres apartamentos. Los cuatro vivían allí en una armonía casi perfecta. Y junto a ellos, la gata que Matt había rescatado.

Frankie tiró a la basura el macetero roto y la tierra y sacó una lata de comida para gatos. Siguió hablando, con cuidado de no hacer ningún movimiento brusco.

–¿Tienes hambre?

La gata no se movió, así que Frankie abrió la lata y la vertió en un cuenco que había comprado después de la primera visita del animal.

–Lo dejaré aquí –dijo soltando el cuenco.

Garras se acercó con la vigilante cautela que siempre mostraba ante los humanos.

Y Frankie, como alguien que se acercaba a la gente prácticamente del mismo modo, empatizó.

–No sé cómo bajas desde el apartamento de Matt, pero espero que tengas cuidado con dónde pisas. No querría que te hicieras daño –aunque ya era un poco tarde para eso. Sabía que Garras había sido maltratada y abandonada antes de que Matt la hubiera rescatado. Como resultado, la gata solo confiaba en Matt e incluso a él lo arañaba si hacía algún movimiento brusco.

Garras olfateó el cuenco con precaución y Frankie se mantuvo apartada para darle espacio al animal.

Fingiendo que la ignoraba, se rellenó la copa de vino, cortó unas lonchas más de queso y se sentó a la mesa de la cocina, que había sido un regalo de sus amigas cuando estrenó la casa. Era su lugar favorito para sentarse, sobre todo al levantarse por las mañanas. Le gustaba abrir las ventanas y ver la luz del sol inundar su jardín. Era un lugar muy soleado que captaba la luz y la calidez desde primera hora de la mañana.

–Deberíamos celebrarlo –dijo levantando la copa–. Por la soltería. Puedo ir a donde quiera, hacer lo que quiera y no dependo de nadie. Gobierno mi propio barco por las aguas que decido navegar. La vida es buena.

Garras olfateó la comida de nuevo sin dejar de mirar a Frankie.

Al final comenzó a comer y a Frankie le sorprendió la satisfacción que le produjo saber que el animal estaba empezando a confiar en ella. Tal vez debería comprarse un gato.

A diferencia de los humanos, los gatos comprendían la noción del espacio personal.

Abrió el libro y comenzó a leer por donde lo había dejado.

Estaba a mitad del tercer capítulo cuando oyó que llamaban a la puerta.

Garras se quedó paralizada.

Frankie puso un pedacito de papel en el libro para marcarlo intentando no dejarse llevar por la rabia que le había producido la interrupción.

–Serán o Eva o Paige, así que no hay por qué asustarse. Seguro que se han quedado sin vino. No me rompas ninguna maceta mientras voy a abrir.

Abrió la puerta.

—¿Habéis bebido tanto que no...? Oh.

Matt estaba en la puerta, aunque «estaba» no era el término correcto. Prácticamente llenaba el espacio. Pasaba del metro ochenta y cinco y tenía los hombros anchos y fuertes por todo el peso que levantaba en el trabajo. Podía haber resultado intimidante, pero una leve sonrisa le alzó las comisuras de los labios y suavizó las ásperas líneas de su masculinidad. Había decenas de razones por las que una mujer podía quedarse mirando a Matt Walker durante un buen rato, pero era esa atractiva sonrisa, capaz de derretirte los huesos, lo que garantizaba que jamás tendría escasez de compañía femenina.

—En lo que va de noche, no he bebido ni una gota. Espero remediarlo pronto —la miró y miró la puerta—. Deberías usar la cadena de seguridad que te puse.

—Normalmente lo hago. Pensé que eras Paige.

Qué bien olía, pensó Frankie. Como la lluvia de verano y la brisa del mar. Hacía que le entraran ganas de hundir la cara en su cuello y respirar su aroma.

Se preguntó quién de los dos se sentiría más avergonzado si lo hiciera.

Ella, sin duda. Matt no era un tipo que se ruborizara con facilidad.

—¿Te molesto? —le miró el pelo mojado y ella se lo tocó algo avergonzada.

Cuando estaba mojado adoptaba un color nada favorecedor. «Óxido». Así lo había descrito un chico del colegio después de que les hubiera caído encima una fuerte tormenta. Y, cuando se ruborizaba, lo cual le estaba pasando en ese mismo momento gracias a su díscola imaginación, su cara contrastaba de un modo terrible con su pelo.

—No me molestas, pero, si buscas a Paige y a Eva, están arriba, en la terraza.

—No las buscaba. He perdido a mi gata. ¿La has visto?

—Está aquí. Pasa. He abierto una botella de vino —le lanzó la invitación sin pensárselo dos veces porque era Matt. Matt, a quien conocía de toda la vida y en quien confiaba.

—¿Me estás invitando a pasar? —a él se le iluminó la mirada—. ¡Qué honor! Es sábado por la noche y sé cuánto adoras tener tu propio espacio.

El hecho de que la conociera tan bien era una de las cosas que hacía que su relación fuera tan sencilla y agradable.

—Gozas del privilegio del propietario.

—¿Eso existe? No lo sabía. ¿Y qué otros beneficios me corresponden que no haya reclamado?

—Alguna que otra copa de vino, sin duda, entran en la lista —le abrió más la puerta y él entró en el apartamento.

Ella se quedó mirándole los hombros. Era humana, ¿no? Y Matt tenía unos hombros impresionantes, de esos en los que te podías apoyar, si es que eras de las personas que se apoyaban en otras. Ella no lo era. Aun así, no podía negar que ese hombre era sexy desde cada ángulo, incluso por detrás. Por supuesto, el hecho de que le pareciera atractivo era su secreto y lo seguiría siendo.

Podía disfrutar de su fantasía privada, segura de que nadie lo descubriría nunca.

Cerró la puerta.

—¿Cómo has perdido a tu gata?

—He dejado la ventana abierta, pero nunca había tenido el valor de saltar. No sé si estar contento de que por fin haya sido lo suficientemente valiente para explorar o preocupado por que haya sentido la necesidad de escapar de mí.

—Umm, supongo que eso depende de si es un hecho

aislado. ¿Las mujeres suelen intentar escapar de ti?, «no», pensó ella. «Por supuesto que no».

–Constantemente. Es terrible para el ego –se mostraba cómodo y relajado y a ella se le aceleró el corazón, como siempre le sucedía cuando estaba cerca de él.

Pero lo ignoró, como hacía siempre.

A diferencia de su madre, no creía que la atracción sexual fuera un impulso al que hubiera que obedecer. Ella prefería tener una amistad a largo plazo que sexo a corto plazo. Es más, había un millón de actividades más atrayentes que el sexo, que ella siempre había visto como algo lleno de complicaciones, de expectativas poco realistas y de presión.

«Si dieran calificaciones por el sexo, tú serías un "muy deficiente", Cole. Y sin reconocimiento por el esfuerzo realizado».

Ella frunció el ceño, preguntándose por qué la había asaltado ese recuerdo justo ahora.

Aquel tipo era un capullo. No iba a malgastar ni un solo segundo pensando en un hombre cuyo ego era tan grande que requería su propio código postal.

Matt, por el contrario, era un buen amigo. Lo veía la mayoría de los días, unas veces en la azotea, donde quedaban para tomar unas copas o ver una película, y otras en Romano's, el restaurante italiano de la madre de Jake.

Su amistad era una de las relaciones más importantes de su vida.

Y esa era una de las razones por las que soportaba a la gata.

–Creo que deberías estar contento de que haya bajado hasta mi apartamento. Eso demuestra que está empezando a confiar en los demás. Con suerte, con el tiempo dejará de intentar desollarnos a arañazos. Está en la cocina –fue hacia allí y él la siguió mientras observaba la abundancia de macetas en la ventana.

—¿Ahora cultivas plantas aromáticas?

—Unas pocas. Albahaca dulce y perejil italiano. Las cultivo para Eva.

—¿Existe un perejil italiano? Con la de viajes que he hecho a Italia durante la universidad y no sabía eso —se acercó a la ventana y miró el pequeño jardín que había al otro lado—. Has hecho un buen trabajo con este sitio. Tengo suerte de tenerte viviendo aquí.

Solían hablar sobre muchos temas distintos, pero él no solía hacer comentarios personales. A Frankie le ponían muy nerviosa y odiaba reaccionar de ese modo.

—Soy yo la que tiene suerte. Si no fuera por ti, estaría viviendo en un apartamento del tamaño de una caja de zapatos y guardando mi ropa en el horno. Ya sabes lo que es Nueva York —avergonzada, se agachó para acariciar a la gata y Garras se metió debajo de la mesa buscando protección—. ¡Huy! Me he movido demasiado deprisa. Está nerviosa.

Él se giró.

—Está mejorando. Hace unos meses ni siquiera habría bajado a visitarte —se sentó en una de las sillas de la cocina e inmediatamente Garras salió y saltó sobre su regazo—. Gracias por darle de comer.

—De nada —Frankie vio cómo Garras se estiraba lentamente. La gata perdió el equilibrio y sacó las uñas, pero Matt le acarició el lomo y la sujetó contra el duro músculo de su muslo.

Frankie miró su mano y la lenta y reconfortante caricia de sus dedos y sintió calor.

—¿Pasa algo?

—¿Cómo dices? —Frankie apartó la mirada del hipnotizante movimiento de sus dedos y lo miró a los ojos, que reflejaban diversión.

—Estás mirando a mi gata.

¿Gata? Gata.

–Yo... –había dejado de mirar a la gata hacía mucho rato–. Sigue muy delgada.

–El veterinario dijo que tardará un tiempo en recuperar todo el peso que perdió cuando estuvo encerrada en aquella habitación –él esbozó un gesto adusto que le recordó a Frankie que incluso la paciencia de Matt tenía límites. Pero entonces sonrió–. ¿Había visto antes esa camiseta? El color te sienta bien.

–¿Qué? –desestabilizada tanto por la sonrisa como por el comentario, lo miró.

No pensaba que Matt se burlara de ella nunca, lo cual solo podía significar que...

–¿Quieres algo? –lo miró a los ojos–. Porque puedes pedirlo directamente. No tienes que soltarme el rollo de «qué bien te queda esa camiseta» para ablandarme. Gracias a ti vivo en el mejor apartamento de Brooklyn y además de eso te conozco de toda la vida, así que puedes pedirme prácticamente lo que sea y te diré que sí.

–¿Es otro de los privilegios del propietario? –con delicadeza, Matt dejó a la gata en el suelo–. Tal vez no deberías haberme dicho eso. Puede que decida acogerme a esa cláusula de nuestro acuerdo.

¿Estaba flirteando con ella?

La confusión trabó su capacidad de pensamiento.

Con Matt siempre sabía en qué punto se encontraba, pero de pronto el territorio le resultaba desconocido.

No, claro que no estaba flirteando. Ellos nunca flirteaban. Ella no sabía flirtear. Su pericia, perfeccionada durante una década, consistía en disuadir a los hombres, no en animarlos a acercársele.

Y, de todos modos, Matt nunca se interesaría por ella. No era ni lo bastante sofisticada ni lo bastante experimentada.

Necesitaba decir algo trivial y divertido para normalizar la atmósfera, pero tenía la mente en blanco.

Matt la miró fijamente.

–Te he hecho un cumplido, Frankie. No tienes que diseccionarlo y analizarlo como si buscaras micrófonos ocultos o artefactos incendiarios. Simplemente dices «gracias» y sigues con lo tuyo.

¿Un cumplido?

Pero ¿por qué? Él nunca le hacía cumplidos.

–Esta camiseta tiene cinco años. No es tan especial.

–No he dicho que me guste tu camiseta. He dicho que me gusta cómo te queda. Te estaba piropeando a ti, no a lo que llevas puesto. ¿Has dicho algo de vino?

Con sutileza, Matt cambió de tema y ella, frustrada consigo misma, se giró para agarrar la botella.

¿Por qué tenía que tomarse así las cosas? ¿Tan complicado era flirtear?

Eva habría tenido preparada la respuesta perfecta. Y Paige también.

Ella era la única que no tenía ni idea de qué decir o hacer. Tenía que conseguir un libro sobre «¿cómos?». Cómo flirtear. Cómo no quedar como una idiota delante de un hombre.

–Montepulciano. ¿O prefieres cerveza?

–Lo de la cerveza suena bien.

Sacó una de la nevera mientras se obligaba a relajarse. Después, entraría en el buscador de Internet y tecleraría «cómo flirtear». Practicaría algunas respuestas para que eso no le volviera a pasar. Si un hombre le hacía un cumplido, al menos debería saber cómo responder en lugar de tratar cada comentario que le hacían como si fuera un virus informático entrante.

–¿Qué tal te ha ido el día?

–Los he tenido mejores –arrancó la tapa de la cerveza–. Demasiado trabajo, demasiado poco tiempo. ¿Recuerdas aquel negocio que conseguí hace unos meses?

–Has conseguido montones de negocios, Matt.

—La azotea en el Upper East Side.

—Ah, sí, ya me acuerdo —esa conversación era mejor. No entrañaba peligro—. Fue un golpe maestro. ¿Hay algún problema con la planificación?

—Con la planificación no. Eso está bien. El problema es que Victoria se marchó ayer.

Frankie había hecho un curso con Victoria en los Jardines Botánicos y había sido ella la que se la había recomendado a Matt.

—¿No tiene que darte un preaviso?

—Técnicamente, sí, pero su madre está enferma, así que le he dicho que no se preocupara y que se marchara a casa.

Eso era típico de Matt. Era un hombre que valoraba la importancia de la familia. La suya era una piña, no una ruina como la de ella.

—¿No hay posibilidades de que vuelva pronto?

—No. Vuelve a Connecticut para poder estar más cerca.

—Lo cual te deja sin una horticultora cuando estás en mitad de un gran proyecto —las azoteas eran la especialidad de Matt y sus proyectos iban desde casas residenciales a grandes propiedades comerciales—. ¿Y qué pasa con el resto del equipo?

—El campo de James es el paisajismo duro y Roxy es muy aplicada y trabajadora, pero no tiene formación profesional. Victoria había empezado a enseñarle las nociones básicas, pero no tiene conocimientos suficientes para crear un diseño —dejó la botella sobre la mesa—. Voy a tener que buscar a alguien y espero tener suerte. Enseguida.

Bebió y Frankie observó la fuerte columna de su garganta y la oscura sombra punteada que le cubría la mandíbula. Era increíblemente guapo, con un cuerpo duro y fuerte. Se pasaba la mitad de la jornada laboral con las mangas recogidas y cubierto de tierra, pero incluso a través del atuendo informal su innato sentido del estilo lograba brillar. Era esa sutileza para el diseño lo que había levantado su negocio.

Si a Frankie le hubieran interesado los hombres, él habría sido un candidato perfecto.

Pero no le interesaban. Rotundamente no.

La gente decía que uno debía dedicarse a lo que se le daba bien, ¿no? Y a ella las relaciones se le daban muy, muy mal.

Matt soltó la cerveza y la miró durante un instante. Le lanzó una mirada cargada de intimidad que hizo que el corazón le latiera un poco más deprisa y se le acelerara la respiración.

Mierda, su mente le estaba jugando una mala pasada.

Tenía una imaginación hiperactiva cortesía de una vida sexual hipoactiva.

Miró a otro lado.

—Conozco a mucha gente. Haré algunas llamadas. Los jardines en azoteas requieren habilidades especiales. No se trata solo de plantar flores bonitas. Necesitas árboles y arbustos que te den color durante todo el año.

—Exactamente. Necesito a alguien que entienda las complejidades del proyecto, alguien experto y con quien sea fácil trabajar. Somos un equipo pequeño. No hay sitio para egos ni divas.

—Ya, te entiendo —era una estupidez ponerse nerviosa cuando conocía a Matt de toda la vida. El hecho de que hubiera madurado y hubiera pasado de ser un chico desgarbado a convertirse en un tío bueno no debería afectarla tanto.

Era el hermano mayor de su mejor amiga y habían crecido en la misma isla, junto a la costa de Maine. Había experimentado la misma frustración asociada al hecho de vivir en un pueblo pequeño, aunque, por supuesto, su experiencia no se había parecido en nada a la suya. Nadie había vivido una experiencia como la de Frankie.

Después de que se hubiera descubierto la aventura de su padre y él las hubiera abandonado por una mujer a la que le doblaba la edad, la respuesta de su madre había sido tener sus propias aventuras. Le había contado a todo el que había querido escucharla que se había casado demasiado joven y que había decidido recuperar el tiempo perdido. En un intento por redescubrir su juventud y recuperar la autoestima, se había cortado el pelo, había perdido diez kilos y había empezado a ponerse la ropa de Frankie. No había habido hombre demasiado joven, demasiado viejo o demasiado casado como para escapar a las atenciones de su madre.

Frankie había descubierto que una reputación no era algo que se tuviera que ganar. Podías heredarla.

Hiciera lo que hiciera, en Puffin Island siempre sería la hija de «esa mujer».

Era como si su identidad se hubiera fusionado con la de su madre, y algunos chicos del instituto habían dado por hecho que era una vía de acceso rápido a una vida de aventura sexual. Sobre todo, un chico en particular.

Frankie apartó aquel recuerdo negándose a darle cabida en su cabeza.

—¿Te apetece comer algo? No tengo el talento de Eva, pero tengo huevos y hierbas aromáticas. ¿Te apetece una tortilla?

—Genial. Y mientras la preparas, háblame de tu mal día. Paige me ha dicho que era una despedida de soltera —Matt agarró la cerveza—. Imagino que no es tu evento favorito.

—Y no te equivocas —no se molestó en negarlo. ¿De qué servía cuando Matt la conocía mejor que la mayoría?

—¿Qué ha pasado?

–Bueno, ya sabes... Lo de siempre. El novio se ha echado atrás, la novia ha llorado, bla, bla, bla...

Cascó los huevos en el borde del cuenco mientras hablaba con tono animado, fingiendo que no estaba afectada, cuando en realidad se sentía como si se hubiera pasado la tarde metida en una coctelera. Sus emociones estaban agitadas y removidas. A pesar del gran esfuerzo que había hecho por contenerlos, los recuerdos la habían engullido. Su madre prendiéndole fuego al álbum de boda y cortando el vestido de novia con unas tijeras de cocina; la angustiosa reunión familiar por el octogésimo cumpleaños de su abuela, al que su padre había llevado a su nueva novia y en el que se había pasado la tarde con la mano debajo de la falda de la joven.

–Pero, por supuesto, Paige ha salvado la situación. Podría calmar incluso una tormenta en el océano. La comida ha estado buena, las flores espectaculares y los padres de la novia nos han pagado la factura, así que ha tenido un final feliz. O todo lo feliz que se podía esperar –sacó un tenedor del cajón y batió los huevos tal como Eva le había enseñado, hasta que quedaron ligeros y esponjosos.

–Has debido de pasarlo fatal todo el rato.

–Cada segundo. Y en agosto parece que no hay otra cosa que despedidas de soltera. Si no fuera porque acabamos de abrir la empresa, me tomaría unas prolongadas vacaciones –cortó una selección de hierbas de las macetas de la ventana. Además de perejil y albahaca, había cebollino y estragón creciendo en una perfumada profusión de tonos verdes que hacía que su pequeña cocina pareciera un jardín. Las cortó y las añadió a los huevos–. Me ha hecho pensar en cosas en las que no pensaba desde hacía años. ¿Por qué puñetas tiene que pasar? Me pone de los nervios.

Él la miraba con calidez y comprensión.

–Así funcionan los recuerdos. Saltan cuando menos te lo esperas. Son inoportunos.

–Son un fastidio –añadió una nuez de mantequilla a la pequeña sartén, esperó a que chisporroteara y después vertió los huevos–. No se me dan bien las bodas. No debería trabajar en ellas. Soy una aguafiestas.

–Nunca había pensado que las bodas fueran algo que se le puedan dar bien o mal a alguien. Lo único que tienes que hacer es comprar un regalo, presentarte allí y sonreír.

–Las dos primeras partes de eso las puedo soportar. Es la última la que me da problemas –ladeó la sartén para extender la mezcla homogéneamente.

–¿Lo de sonreír?

–Sí, la gente espera que seas una mezcla entre una animadora y una grupi. Deberías estar alegre y emocionada y yo lo único que quiero es advertirlos de que echen a correr mientras puedan. Espero que algún día Genio Urbano tenga el éxito suficiente como para poder rechazar las bodas y centrarse en eventos corporativos. Creo que soy alérgica a las bodas al igual que hay gente que es alérgica a las picaduras de abejas –mientras los huevos se cocinaban, preparó una sencilla ensalada y un aliño de aceite de oliva y vinagre balsámico y llevó la fuente a la mesa.

–Entonces ¿el único modo de que dijeras «Sí, quiero» sería dándote una dosis de adrenalina? –se captaba humor en el tono de voz de Matt y ella sonrió mientras levantaba el borde de la tortilla y la doblaba por la mitad. La superficie era dorada y perfecta.

–Necesitaría algo más que adrenalina. Existen las mismas probabilidades de que pronuncie esas palabras que de que camine desnuda por Times Square –levantó su copa y dio un trago de vino–. Míranos. Es sábado por la noche y tú lo estás pasando en mi cocina con una gata desquiciada. Y conmigo. Necesitas buscarte una vida, Matt.

Él soltó la cerveza.

—Me gusta mi vida.

—Estás en la flor de la vida. Deberías estar teniendo una cita con cuatro rubias suecas.

—Sería agotador. Y, además, eso suena como algo que diría Eva, no tú.

—Sí, bueno, a veces intento sonar normal —dio otro sorbo de vino—. Cuando estás en un planeta extraño es importante intentar pasar desapercibido.

—No estás en un planeta extraño, Frankie. Y no tienes que ser algo que no eres. Y mucho menos delante de mí.

—Eso lo dices porque ya conoces todos mis secretos, incluyendo el hecho de que la camiseta que llevo tiene cinco años —colocó en el plato una tortilla perfecta, añadió un trozo de pan crujiente y se lo pasó—. No me hagas caso. Esta noche estoy de un humor raro. Es lo que produce en mí el mundo nupcial. Todas esas charlas sobre romances de cuentos de hadas me desestabilizan —y estar con Matt también la desestabilizaba. Estar tan cerca de él hacía que la excitación le rozara la piel y que el deseo ardiera en la zona inferior de su cuerpo. Sabía reconocer la atracción sexual, pero no sabía qué hacer con ella.

Su teléfono sonó; miró la pantalla y lo ignoró.

Justo a tiempo. No podía haber habido mejor momento para que la sacaran de una fantasía sexual.

Matt la miró.

—¿Quieres responder?

—No.

Matt pasó de mostrarse curioso a de pronto entenderlo todo.

—¿Tu madre?

—Sí. Está intentando estrechar lazos conmigo, pero eso implica tener que escucharle hablar sobre su último novio veinteañero, y esta noche no estoy de humor. Es sábado por la noche y nadie puede invadir mi espacio.

—Yo estoy invadiendo tu espacio.

El corazón le dio un respingo.

—Este espacio es de tu propiedad.

—Así que volvemos con los privilegios del propietario —Matt se la quedó mirando un instante antes de levantar el tenedor y empezar a comer—. ¿Sabe tu madre que perdisteis el trabajo y abristeis Genio Urbano?

—No.

—¿Te preocupa que se disguste? Imagino que Paige te dirá que nuestra madre siempre dice que uno nunca deja de preocuparse por los hijos.

Frankie sintió un puñetazo en el pecho.

—Mi madre no se disgustaría. No le interesa mucho lo que hago. Como sabes, no estamos muy unidas.

—¿Te gustaría que lo estuvierais?

—No —tiró las cáscaras de los huevos—. No lo sé. A lo mejor. Hace años que no tenemos una conversación en condiciones, y tampoco estoy segura de que la hayamos llegado a tener nunca. La mayoría de nuestros intercambios verbales eran solo del estilo «Lávate los dientes» y «No llegues tarde a clase». No recuerdo haber hablado nunca con ella de verdad —a lo mejor por eso no se le daba bien. O a lo mejor simplemente tenía un carácter reservado por naturaleza—. Vamos a hablar de otra cosa.

Matt miró a su alrededor.

—La mayoría de la gente tiene cazuelas y sartenes en sus cocinas. Tú tienes estanterías de libros.

—No encuentro espacio para todos en el salón. Y, además, me encantan los libros. Hay personas a las que les gusta mirar cuadros. A mí me gusta mirar libros. ¿Qué estás leyendo ahora mismo? —se relajó. Los libros eran algo sobre lo que solían hablar. Era un tema agradable y nada arriesgado.

—Llevo un mes sin leer nada. Estoy desbordado de trabajo. En cuanto mi cuerpo toca la cama, caigo inconsciente –dio otro bocado y volvió a mirar la estantería–. ¿Cuál es el marrón del extremo? No veo el título –dijo con tono relajado y ella siguió la dirección de su mirada.

—Es de Stephen King. *Apocalipsis*. ¿Por qué? ¿Quieres que te lo preste?

—No, ya lo tengo, pero gracias –se la quedó mirando pensativo y después volvió a centrarse en la comida.

Frankie tenía la sensación de que se le estaba escapando algo.

—¿Va todo bien?

—Genial. Esta tortilla está fantástica. No me había dado cuenta de que fueras una cocinera tan estupenda.

—La comida siempre sabe mejor cuando no eres tú el que cocina.

—¿No vas a comer?

—He comido un poco de queso antes mientras empezaba un libro nuevo. Comida de lectura.

Él hundió el tenedor en la ensalada.

—¿Comida de lectura?

—Comida que puedes comer mientras lees. Comida que no requiere ninguna atención. Se puede comer con una mano mientras pasas las páginas con la otra. ¿No sabes que existe la comida de lectura?

—Es una brecha en mi educación –dijo con una diminuta sonrisa–. Bueno, ¿y qué más se puede calificar como comida de lectura?

Ella se sentó y se apartó el pelo de los ojos con un resoplido.

—Palomitas, obviamente. Chocolate, siempre que lo partas en trocitos antes de acomodarte. Patatas fritas. Sándwiches de queso fundido, si los cortas en bocaditos pequeños.

Él alargó la mano sobre la mesa y agarró el libro que Frankie estaba leyendo.

—¿El último de Lucas Blade? Creía que aún faltaba un mes para que lo publicaran.

—Es un ejemplar anticipado. Resulta que su abuela es la clienta favorita de Eva y yo soy la que se beneficia de esa amistad.

—Vaya, ahora entiendo por qué tienes que comer mientras lees. Te lo pediré cuando lo termines. Me encanta su trabajo. Entonces ¿eso es lo que estabas haciendo cuando he llegado? ¿Estás aquí sentada leyendo?

Frankie asintió.

—Voy por la mitad del capítulo tres. Es absorbente.

Él dejó el libro sobre la mesa con delicadeza.

—¿Puedo preguntarte algo?

—Claro, aunque aún no he adivinado el giro argumental, si eso es lo que quieres saber.

—No es eso.

Matt había terminado de comer y había soltado el tenedor. Hubo una pausa y a ella le comenzó a latir el corazón un poco más fuerte.

Parecía serio, aunque si de verdad hubiera pasado algo se lo habría dicho directamente.

—¿Qué me quieres preguntar?

Él apartó el plato y la miró.

—¿Desde cuándo llevas unas gafas que no necesitas?

¡Ay, Dios!

¿En serio acababa de decir lo que a ella le parecía que había dicho?

¿Qué iba a responder a eso? Lo miró como si fuera tonta.

—¿Cómo dices?

—Cuando he llamado a la puerta estabas leyendo, pero he visto tus gafas en la mesita de la entrada, así que no puedes ser hipermétrope. Sí, podrías ser miope, pero acabas de leer perfectamente el título de ese libro de ahí, lo cual me lleva a pensar que tampoco lo eres —su tono de voz era neutro—. No las necesitas, ¿verdad?

Aturdida, se llevó la mano a la cara.

Sus gafas. Había olvidado ponérselas.

Recordaba habérselas quitado al entrar por la puerta y no se las había vuelto a poner porque no esperaba compañía.

—Las necesito —¿qué debía hacer? Podía entrecerrar los ojos y tropezarse con una silla, aunque ya era demasiado tarde para eso—. Es complicado —«patético, Frankie. Patético».

—Seguro que sí —respondió Matt con tono amable—. Pero la razón por la que las llevas no tiene nada que ver con tu vista, ¿verdad?

Lo sabía.

Se quedó horrorizada. Era como llegar al trabajo y descubrir que había olvidado vestirse.

—Si has terminado, tal vez deberías irte —le quitó el plato. Le ardía la cara—. Garras me está arañando el sofá y tengo que retomar mi libro.

El libro que podía leer perfectamente bien sin gafas.

Matt no se movió.

—¿Es que no vamos a hablar de esto?

—No hay nada de qué hablar. Buenas noches, Matt —estaba tan desesperada por que se fuera que se tropezó con la silla de la cocina de camino a la puerta. La ironía casi la hizo reír. Si lo hubiera hecho antes, tal vez él no se hubiera dado cuenta jamás—. Que pases buena noche.

Matt se levantó despacio y la siguió.

—Frankie...

De algún modo, la delicadeza de su tono intensificó su sensación de humillación.

—Buenas noches —lo empujó hacia la puerta y Garras salió disparada con él, claramente indiferente ante su falta de hospitalidad.

Frankie cerró de un portazo y por poco no le pilló la mano.

Después se apoyó contra la puerta y cerró los ojos.

¡Mierda, mierda y mierda!

Su tapadera había quedado absoluta y totalmente descubierta.

Matt entró en su apartamento y soltó las llaves en la mesa.

Conocía a Frankie desde que ella tenía seis años y durante los últimos diez, desde que se había mudado a Nueva York, ella había sido una constante en su vida. No la conocía sin más; la conocía de verdad. Sabía que se le quemaba la piel con facilidad y que siempre llevaba protección solar. Sabía que odiaba el tomate, las películas románticas y el metro. Sabía que era cinturón negro de kárate. Y no solo conocía esos datos básicos. Sabía cosas más profundas, cosas importantes; como el hecho de que su relación con su madre era complicada y que el divorcio de sus padres la había afectado terriblemente.

Sabía todas esas cosas, pero hasta esa noche no había sabido que no necesitaba las gafas que siempre llevaba puestas.

Se pasó una mano por la cara. ¿Cómo se le podía haber pasado eso por alto?

Había llevado gafas desde que él podía recordar y jamás se había cuestionado que las necesitara. Se había fijado en que jugueteaba con ellas cuando una situación la hacía sentirse nerviosa o incómoda, como si le ofrecieran cierta seguridad, aunque nunca había entendido de qué modo las gafas podían llegar a reconfortarla. Posiblemente fueran la cosa más fea que había visto en su vida. La montura era gruesa y pesada y de un tono marrón nada favorecedor, como si alguien las hubiera pisoteado sobre un trozo de tierra mojada. No eran nada atractivas, y conociéndola como la conocía, Matt estaba seguro de que esa era la razón por la que las había elegido. Eran su armadura. Una alambrada de espino para repeler a intrusos poco gratos.

«Relaciones», pensó. ¿Podía haber en la vida algo más complicado?

Garras se rozó contra sus piernas y él se agachó para acariciarla.

¿Quién iba a darle la mala noticia y decirle que era una auténtica monada con o sin gafas feas? El hecho de que pareciera ignorar ese dato aumentaba aún más su atractivo. ¡Cuántas cosas desconocía de sí misma!

La gata se tumbó en el sofá y clavó las garras en él. Al verla, Matt soltó una carcajada carente de humor.

—Sí, ella seguramente haría lo mismo si se lo dijera. Me clavaría las uñas. Y después se escondería bajo la mesa de la cocina. Las dos tenéis mucho en común.

Sacó una cerveza de la nevera y subió las escaleras hasta la azotea.

El sol del atardecer lanzaba esquirlas rojizas y anaranjadas sobre la silueta de Manhattan.

Nueva York era una ciudad de vecindarios, de edificios que se alzaban altos y orgullosos hacia el cielo, de estridentes cláxones de taxi, de siseante vapor y de interminable ruido de la construcción. Era una ciudad de lugares icónicos: el Empire State Building, el Edificio Chrysler, el Edificio Flatiron. El gran destino soñado de muchos, y lo entendía. Los turistas llegaban allí e inmediatamente se sentían como extras en un set de rodaje. Los veías señalando a todas partes. «Ahí rodaron *Spiderman*». «Ahí es donde Harry encontró a Sally».

Y era una ciudad de individuos. Los ricos, los pobres, los solitarios, los ambiciosos. Solteros, familias, locales y turistas; todos ellos se aglutinaban en esa porción de tierra que rozaba el agua.

–¿Te vas a quedar ahí admirando tu reino toda la noche o vas a compartir una cerveza conmigo?

Matt se giró bruscamente y vio a Jake tirado en una de las tumbonas y con una cerveza en la mano. Maldijo para sí.

–¡Vaya susto que me has dado!

Jake sonrió.

–¿A un chico duro como tú? Imposible.

–¿Qué haces aquí? –en condiciones normales se habría alegrado de ver a su amigo, pero ahora mismo quería un poco de espacio para procesar la nueva información que había descubierto sobre Frankie. ¿Qué más no sabía de ella? ¿Qué más estaba ocultando?

Jake alzó la botella hacia Matt.

–Me estoy bebiendo tu cerveza y disfrutando de tus vistas. Las mejores vistas de Brooklyn.

–Tienes tu propia azotea, y lo sé porque yo mismo te la construí. Y también tienes tu propia cerveza.

–Lo sé, pero mi azotea y mi cerveza no van acompañadas de tu chispeante compañía.

–Que yo sepa, últimamente es la chispeante compañía de mi hermana lo que te roba la mayor parte del tiempo y tu atención –vio a Jake abrir la boca para decir algo y lo interrumpió rápidamente–. Ni se te ocurra decirme qué tiene mi hermana que roba la mayor parte de tu tiempo y tu atención. No quiero detalles. Aún me estoy acostumbrando a la idea de que los dos estéis juntos.

–Vas a ser mi cuñado. Es oficial. Habrá una ceremonia. En cierto modo, te vas a casar conmigo.

Matt soltó una carcajada.

–Pues voy a pedir el divorcio.

–¿Y qué razones vas a aducir?

–Comportamiento irracional. Allanamiento de morada y... –miró la cerveza– robo y apropiación indebida.

–Siempre he dicho que habrías sido un buen abogado –Jake se recostó y cerró los ojos–. ¿Un mal día?

Su día no había tenido nada de malo. Había sido la noche la que no había salido según lo previsto.

Matt se tendió en una tumbona junto a su amigo.

—¿Alguna vez has creído que conocías a alguien y al final has descubierto que no era así?

—Cada puñetero día. ¿Cómo se llama la chica?

—¿Qué te hace pensar que es una mujer?

—Si creías que conocías a alguien y has descubierto que no, entonces esa persona solo puede ser una mujer. El misterio tiene nombre de mujer. Y tienes suerte, porque el tío Jake está aquí para aconsejarte.

—O el tío Jake podría beberse la cerveza y cerrar la boca.

—Podría hacerlo, pero ya que soy tu amigo, voy a concederte el beneficio de mi sabiduría infinita sobre el bello sexo. No esperes poder comprender a una mujer. No te hace falta. Es como viajar a un país extranjero donde no hablan tu idioma. Puedes salir adelante con unas cuantas frases hechas y unos gestos. Pero no le digas a tu hermana que he dicho esto o tirará al East River el anillo que le regalé.

—Hablando de Paige, ¿por qué estás aquí arriba conmigo en lugar de abajo con ella?

—Está atendiendo una llamada. Construyendo su imperio.

—¿Y no has podido esperar a que terminara? ¿Y Eva?

—Eva está viendo una película en la que todo el mundo se está besando y llorando, así que he pensado que podría disfrutar de la puesta de sol y charlar un poco con un viejo amigo —miró la cerveza y sonrió—. Y entonces has aparecido tú. Bueno, ¿qué ha pasado con Frankie? ¿Qué has descubierto que no supieras ya?

—¿Qué te hace pensar que esto tiene algo que ver con Frankie?

—Que te conozco desde hace muchos años —Jake dio

un buen sorbo de cerveza–. Y llevas todos estos años sintiendo algo por ella.

–¿Cómo narices sabes eso? –Matt se movió, parecía incómodo–. ¿Tanto se me nota?

–No, pero eres protector con las personas que te importan, y cuando se trata de Frankie eres extremadamente protector. No hace falta ser un experto en relaciones humanas para ver que te importa. Por lo que yo veo, siempre ha sido Frankie.

–No siempre. Estuve comprometido con Caroline.

–Aquello fue un lapsus temporal del que te recuperaste, por suerte para nuestra amistad.

–¿No te gustaba Caroline?

–Era el equivalente femenino a una granada de mano, un pequeño objeto curvado diseñado para causar una destrucción máxima –se detuvo–. Aunque durante un tiempo logró engañarme. Frankie no se parece en nada a ella.

Matt no le quitó la razón. Caroline y él se habían conocido en la universidad y su relación había sido más una patada en las pelotas que un flechazo en el corazón. Había durado doce intensos meses y le había hecho ver lo que quería. No solo lo que quería, sino también lo que necesitaba. Confianza. Sinceridad.

–Frankie oculta muchas cosas.

–Tal vez, pero la diferencia es que Frankie no lo oculta porque sea manipuladora o confabuladora. Lo oculta porque tiene miedo. Bromeo mucho diciendo que es complicado saber qué piensan las mujeres, pero Paige es prácticamente un libro abierto, y en cuanto a Eva... No es que sea un libro abierto, es que es un audiolibro. Todo lo que siente lo suelta por la boca sin ningún filtro. Y eso nos lo pone muy sencillo a los tipos como yo. Pero Frankie... –esbozó una mueca– es distinta. Es cauta.

Matt recordaba que Paige le había contado que en el instituto los chicos habían ido detrás de Frankie dando por hecho que era como su madre y que con ella tendrían sexo asegurado.

De tal palo, tal astilla.

—No sé cómo manejar la situación.

—Ya encontrarás el modo. Hacer que criaturas heridas confíen en ti es tu don especial. Si no me crees, no hay más que mirar a esa condenada gata.

—¿Estás comparando a Frankie con un gato? —Matt sacudió la cabeza—. ¿Cómo es posible que hayas estado con mujeres, y sobre todo con mi hermana?

—Haciendo uso de mi abundante encanto natural —Jake bostezó—. ¿Qué tal el trabajo? Nunca me devuelves las llamadas. ¿Es que vamos a romper?

Matt estaba demasiado preocupado para sonreír.

—Estoy saturado de trabajo. Estoy en mitad de un gran proyecto y he perdido una pieza clave —su habilidad residía en el diseño y el paisajismo duro, y gran parte de esa labor ya estaba terminada. Aún tenían que ocuparse de la iluminación y del mobiliario. Había diseñado tres asientos de madera y ya tenía uno listo. El problema era la siembra y seguiría siendo un problema hasta que pudiera encontrar a alguien que ocupara el puesto de Victoria—. Tengo que intentar contratar a alguien con las aptitudes de Frankie.

Jake se encogió de hombros.

—Pues pregúntale a Frankie.

—¿Qué?

—¿Por qué molestarte en intentar encontrar a alguien como Frankie cuando puedes tener a Frankie? Si tiene las aptitudes que buscas, dale el trabajo a ella.

—Ya tiene un trabajo.

—Pues entonces tendrás que ser creativo. Encuentra el modo —Jake se detuvo—. El mejor modo de conseguir que alguien confíe en ti es pasando tiempo con esa persona. Tienes la excusa perfecta delante de las narices.

Matt miró a Jake preguntándose por qué no se le habría ocurrido a él esa solución.

−A veces no eres tan mal amigo.

−Soy el mejor amigo del mundo. Me quieres. Por eso nos vamos a casar y vamos a ser felices y a comer perdices.

−Hasta que me divorcie de ti.

−No te podrías permitir divorciarte de mí. No hemos firmado un acuerdo prematrimonial.

# Capítulo 2

«Si quieres un amor incondicional, ten un perro».
—Frankie

—Hemos recibido una llamada de Mega Print. ¿Os acordáis de ellos? Organizamos su fiesta de empresa el mes pasado —dijo Paige mientras revisaba todas las solicitudes que habían recibido durante la noche—. El vicepresidente de ventas quiere un servicio regular de paseo de perros. ¿Podemos cubrirlo?

—Me pongo con ello. Yo me ocupo de todo lo canino —Eva se sentó en su silla y se quitó las zapatillas de correr—. Matt me recomendó una empresa fantástica de paseo de perros en el Upper East Side llamada The Bark Rangers y hasta ahora nuestros clientes están impresionados. Las dueñas son gemelas. Mi nuevo juego favorito es intentar distinguirlas. Se llaman Fliss y Harry.

—¿Y dices que son dos chicas?

—«Harry» es diminutivo de «Harriet». Las llamaré.

Paige frunció el ceño.

—¿Te las recomendó Matt? Tiene un gato. ¿Cuándo ha necesitado un servicio de paseo de perros?

—El hermano de las gemelas es cliente suyo. Creo que

juegan al póquer de vez en cuando. ¿Te suena Daniel Knight?

–¿El abogado? Lo conozco. Es brillante, según dice todo el mundo. Por no mencionar que es amable y encantador.

–¿Soltero?

Paige se rio.

–Mucho. Y además de los peligrosos. Definitivamente, no es un compañero de vida.

Eva suspiró.

–Entonces no es mi tipo. Tendré que seguir buscando –pareció animarse un poco mientras consultaba su agenda–. Odiaba los lunes cuando trabajábamos para Eventos Estrella, pero ahora me encantan –al otro lado de la ventana que tenía detrás y que iba del suelo al techo, un sol deslumbrante bañaba Manhattan. Genio Urbano operaba en las oficinas de la empresa de Jake, que dirigía un negocio de *marketing* digital y generosamente les había dejado usar una de sus salas de juntas mientras su empresa despegaba–. Me encanta dirigir mi propio negocio y los seguidores de mi blog se han triplicado de la noche a la mañana, así que el ámbito laboral de mi vida es perfecto. Lo cual, por supuesto, significa que mi vida amorosa es una mierda porque todo el mundo sabe que ambas partes no pueden funcionar al mismo tiempo.

–Tienes que enseñarme a flirtear –las palabras sonaron antes de que Frankie pudiera detenerlas y Eva la miró.

–¿Cómo dices?

–Flirtear. Ya sabes. Eso que tú haces con los hombres sin ni siquiera pensarlo.

–Eh... Es verdad que flirteo si tengo con quién flirtear, pero ha pasado tanto tiempo desde la última vez que conocí a alguien que probablemente se me haya olvidado –se hundió en la silla–. Hay muchos hombres en Manhattan. Están por todas partes, pero no quedo con ninguno.

Mi vida es un desierto carente de hombres y de sexo. Y el pre...

–El preservativo que llevas en el bolso ha caducado. Lo sabemos. No dejas de decirlo –Paige la miró exasperada–. ¡Ya resulta aburrido, Ev!

–Resulta trágico, eso es lo que resulta. Aquí estoy, una mujer cálida y dispuesta y nadie me quiere. Y tú no tienes permiso para comentar nada, Paige, porque tú tienes sexo de forma regular.

–Te voy a comprar un preservativo nuevo.

–No te molestes –dijo Eva con pesimismo–. Volverá a caducar y me sentiré culpable por que haya tenido una vida desperdiciada. Pero bueno, volviendo a lo del flirteo. Puedo devanarme los sesos para intentar recordar cómo se hace si te sirve de ayuda. ¿Con quién tienes pensado flirtear?

Frankie sintió cómo le ardía la cara.

–Con nadie en concreto. Es más bien una formación preventiva. Como la defensa personal o la cocina básica.

–Flirteo básico. Nivel 0. No hay problema. Te reservaré hora para una sesión individual –Eva agarró el teléfono–. ¿Cuándo quieres empezar?

–Ahora no. Necesito estar de humor.

–Lo haremos tomándonos una botella de vino. Eso hará que te relajes un poco.

–¿Crees que necesito relajarme?

–Digámoslo así: partes de una base que consiste en mirar a todos los hombres como si estuvieras pensando en apuñalarlos entre los omóplatos con un objeto afilado, así que tenemos mucho camino por delante.

–¿Tan mala soy?

Eva miró a Paige, que sacudió la cabeza.

–Eres encantadora tal cual eres. ¿Por qué quieres flirtear?

–Odio que se me trabe la lengua cuando un chico dice

algo. Quiero memorizar alguna respuesta rápida e ingeniosa, nada más —vio a Eva guardarse el teléfono en el bolso—. ¿Por qué se han triplicado tus seguidores?

—No estoy segura. Puede que haya sido por la foto que he publicado en Instagram —abrió el cajón de su escritorio y eligió un par de zapatos de tacón que bien podrían servir como arma letal—. Hice una foto de un *cupcake* y tenía una pinta deliciosa.

—¿Tú también estabas en la foto?

—Era una autofoto —Eva se puso los zapatos con el mismo deleite con el que Cenicienta descubrió que le valía el zapato de cristal.

—¿Estabas vestida en ese momento? Porque ahí tienes la respuesta.

—¡Estaba vestida!

Paige le estaba enviando una respuesta al vicepresidente.

—Da gracias de que no hubiera estado comiéndose un plátano porque podría haber sido un momento de lo más embarazoso.

Frankie no respondió.

Ahora mismo, en lo que respectaba a momentos embarazosos, ella iba en cabeza.

Se había pasado todo el domingo reviviendo los momentos posteriores a que Matt hubiera descubierto que su visión era perfecta. Sintiéndose tan desnuda y expuesta como un caracol al que le hubieran arrancado la protección de su concha, prácticamente le había echado a empujones.

¿Le había dicho adiós al menos?

No lo recordaba. Lo único que recordaba era haberle puesto la mano en el pecho, un pecho fuerte y muy musculoso, y haberle dado un buen empujón. Por supuesto, Matt, que tenía la constitución de un defensa de fútbol americano, podría haberse resistido si hubiera querido.

Pero no lo había hecho. Y eso significaba o que había tenido tantas ganas de salir del apartamento como ella de que se marchara o que el impacto de descubrir que llevaba gafas cuando no las necesitaba lo había debilitado. La palabra «bochornoso» no llegaba a describir ese momento.

Frankie se retorció en su asiento.

¿Qué debió de pensar de ella?

Quería meterse debajo de la mesa y no volver a salir, pero eso sería una actitud tan poco madura como su reacción cuando él había sacado el tema el sábado.

Ojalá pudiera retroceder en el tiempo.

¡Podía haber reaccionado de formas mucho más dignas! Una respuesta suave e insinuante habría sido perfecta.

—¿Viste a Matt ayer? —preguntó con tono de indiferencia y Paige levantó la vista de la pantalla.

—De pasada. ¿Por qué?

—Por nada. Me preguntaba si te mencionó algo —como, por ejemplo, el hecho de que tuviera a una mujer desquiciada viviendo en su apartamento. Una mujer desquiciada con una vista perfecta.

—Me dijo que estaba sobrepasado de trabajo. Le prometí que esta noche le daría de cenar a Garras porque él va a llegar tarde. Me va a deber una bien grande por ese favor. Puede que me haga falta un guardaespaldas.

—Normalmente se me considera una persona complaciente y el hecho de que no me esté ofreciendo voluntaria para hacerlo en tu lugar ya dice lo que opino de esa gata —Eva se levantó—. Si quieres, estoy dispuesta a llamar al zoo del Bronx y preguntarles si tienen algún truco para dar de comer a animales depredadores. A lo mejor podríamos abrir la ventana y colar un trozo de carne con un palo largo.

—Yo le daré de comer —Frankie se encogió de hombros cuando las dos la miraron—. ¿Por qué no? No es más que un gato —y eso le daría la oportunidad de dejar una nota en el apartamento de Matt. Se disculparía por haber sido una maleducada y así no tendría que hacerlo a la cara.

Lo cual significaba que podía añadir la cobardía a sus otros defectos. Pero le daba igual.

Volvió al trabajo y respondió un correo de un cliente que quería enviar flores a su mujer todos los meses.

—Garras no es solo un gato. Es un gato psicótico —dijo Eva—. La semana pasada me arañó con tanta fuerza que pensé que se me iba a salir el hueso por la grieta que me hizo.

Paige se estremeció.

—Qué asco.

—Fue asqueroso. Lucas Blade podría usar a ese animal como arma homicida en uno de sus libros.

—¿Qué le hiciste?

—¡Nada! ¡Solo intentaba abrazarla! La abandonaron y la maltrataron. Intentaba demostrarle que no todos los humanos somos malos.

—Tienes que dejar que eso lo descubra por sí misma, Ev. No puedes amar a alguien que no quiere que lo amen.

—Todo el mundo quiere que lo amen. Y, si no, eso es porque tienen miedo.

Frankie pulsó el botón de «Enviar».

—O porque piensan que el amor da demasiados problemas.

—Es otra forma de decir que tienen miedo. No te preocupes, aprendí la lección. No pienso volver a acercarme a ella. De ahora en adelante proyectaré mis sentimientos positivos desde una distancia de seguridad —el teléfono de Eva sonó y ella respondió. Salió de la sala; la tela de su diminuta falda color escarlata rozaba sus largas y bronceadas piernas.

Frankie se la quedó mirando mientras se preguntaba

cómo sería ser una mujer tan segura de sí misma sexualmente.

—¿Se le ha olvidado vestirse? Si sale así con esa falda, se van a producir disturbios.

Paige conectó su móvil al cargador.

—Está increíble, ¿verdad? Ayer fuimos de compras cuando tú estabas perdida en tu libro. Tú respondes al estrés leyendo y nosotras comprando. Por cierto, ¿qué tal está?

—No he pasado del tercer capítulo.

—Eso no es propio de ti. ¿Qué pasa?

—No pasa nada.

—Frankie...

—Es Matt —cerró el portátil—. Ha descubierto que no necesito gafas.

—Él... Oh —Paige suspiró—. ¿Cómo? ¿Cuándo?

—El sábado por la noche. Bajó a buscar a Garras. Yo estaba sola y no esperaba a nadie. Estaba leyendo y cocinando y... no estaba prestando atención. Había sido un día largo —cerró los ojos un instante—. No me puedo creer que fuera tan descuidada.

—¿De verdad es para tanto?

—Es para mucho.

—¿Por qué? —Paige se recostó en la silla—. Frankie, no es ningún extraño. Matt te conoce desde que eras pequeña. Sabe prácticamente todo lo que hay que saber de ti.

—No sabía que llevo gafas a pesar de que tengo una vista perfecta.

—¿Y cómo reaccionó?

—No lo sé. Lo eché de casa sin preguntar —recordarlo hizo que quisiera meterse debajo de la mesa—. Había un millón de cosas que podía haber dicho o hecho. Podría haber sonreído y haber dicho que me apaño bien sin gafas en el apartamento, pero no, le di un empujón que probablemente habría hecho daño a alguien menos fuerte que tu hermano.

—Si se metió contigo, lo mataré —dijo Paige enfadada—. ¿Dijo algo indiscreto?

—No le di la oportunidad. No fue culpa suya. Fue culpa mía. Toda mía —apoyó la cabeza en las manos—. ¿Qué me pasa? Soy una mujer cuerda e independiente. Soy buena en mi trabajo...

—Eres excelente en tu trabajo.

—Sí, sí que lo soy. Y sé que como hija soy decepcionante, pero soy una amiga genial aunque no abrace a Eva lo suficiente —levantó la cabeza—. Lo único que digo es que en todos los demás aspectos de mi vida soy bastante normal y actúo bien. ¿Por qué me comporto como una chalada con los hombres?

—¿De verdad necesitas que responda a eso?

—No, pero debería tener suficiente inteligencia para no dejar que las payasadas de mi madre afecten a mi vida de este modo. Matt me dijo que le gustaba cómo me quedaba la camiseta. Me lanzó un cumplido y le respondí como si me hubiera echado ántrax por encima.

—¿Por eso quieres aprender a flirtear?

—Quiero aprender a ser normal —miró a su amiga con desesperación—. ¿Qué voy a hacer?

—¿Te refieres a lo de las gafas, a lo de Matt o a los hombres en general?

—¡A todo! ¿Cómo voy a llevar gafas delante de él ahora que lo sabe? Me sentiré como una idiota. ¿Y qué le voy a decir la próxima vez que lo vea?

—Tú decides si llevar gafas o no, Frankie. Si te sientes más cómoda llevándolas, entonces póntelas. Y en cuanto a lo que pasó el sábado... —Paige se quedó pensativa un momento—, probablemente deberías hablar con él.

—Me estaba planteando más bien fingir que no ha sucedido nunca —si podía ignorarlo, lo haría—. Podría dejarle una nota diciéndole que me perdone por haberme comportado de un modo tan raro.

—No tienes por qué hacer eso, Frankie. Te conoce.

—Quieres decir que sabe que soy rara.

Paige sonrió.

—No. Quiero decir que sabe con lo que tuviste que crecer. No entiendo por qué te preocupa esto. Estamos hablando de Matt, no de un extraño.

Y le preocupaba precisamente porque se trataba de Matt. Exponer lo más profundo de sus complejos ante un tipo al que conocía de toda la vida y que le resultaba atractivo era humillante.

Normalmente no le importaba lo que los hombres pensaran de ella, pero sí que le importaba lo que pensara Matt.

—Tienes razón. Debería tener una conversación de adultos con él, aunque no puedo colar una frase como «Mira, llevo gafas, pero no las necesito» y esperar que eso suene maduro.

Eva volvió a entrar en la habitación.

—Era Mitzy. Quiere ser clienta nuestra oficialmente y, antes de que alguna digáis algo, ya sé que nunca va a ser nuestra clienta más rentable, pero la quiero. ¿Qué os pasa? —miró a Frankie—. Tú tienes tu cara funesta y Paige tiene su cara de resolver problemas. ¿Qué ha pasado?

—¿Tengo una cara funesta? —por un instante, Frankie deseó tener tanta seguridad en sí misma como Eva. Ni en un millón de años ella se pondría delante de la gente con una falda así de corta.

—Tienes la cara que pones cuando pasa algo.

Paige se levantó y recogió unas páginas de la impresora.

—Matt ha descubierto que no necesita gafas.

—Ah —Eva relajó el ceño—. ¿Eso es todo? Pensé que había pasado algo terrible.

—Eso es terrible.

—¿Por qué? Llevar gafas es parte de ti. Es parte de tu personalidad.

–Querrás decir de mis complejos.

Eva se encogió de hombros.

–Los complejos son personales. Lo importante es que no debes tener miedo a dejar que la gente conozca tu verdadero «yo». En eso consiste tener intimidad con alguien.

–¡Yo no quiero tener intimidad con nadie! Por eso llevo gafas, ¡para repeler las relaciones íntimas!

–Sí, pero... –Eva miró a Paige–. Pero defiendo firmemente el derecho de toda persona a llevar lo que quiera, así que no pienso hacer ningún comentario. ¿Por eso quieres aprender a flirtear? ¿Para que la próxima vez que hable de tus gafas puedas convertir el comentario en un juego de seducción?

–Llevo gafas para asegurarme de no llegar nunca al punto de la seducción.

Eva parecía perpleja.

–Te quiero, pero jamás te entenderé.

–Es recíproco. Y, si no haces ningún comentario sobre mis gafas, yo no haré ningún comentario sobre eso que llamas «falda».

–Oye, que esta falda me queda genial –Eva esbozó una sonrisa y se le marcaron los hoyuelos mientras giraba las caderas con un movimiento sensual que, de haberse producido en público, habría provocado una colisión múltiple–. ¿No te encanta?

–He visto lazos para el pelo más anchos, pero sí, es mona. Bueno, y ahora cuéntanos lo de Mitzy –tenía que dejar de pensar en Matt y centrarse en el trabajo–. ¿Qué necesita de nosotras? Si me puede conseguir ejemplares anticipados de todos los lanzamientos de Lucas Blade, haré prácticamente cualquier cosa por ella.

–Quiere que le prepare una tarta de cumpleaños.

Paige sujetó unas hojas con un clip.

–¿De verdad quiere una tarta o es solo una excusa para pasar otra tarde hablando contigo?

–¿Acaso importa? Es muy amable. Y sabia –su tono de voz se volvió áspero–. Me recuerda a mi abuela y me trata como si fuera de la familia.

Eva tenía una visión tan dulce de la familia que Frankie se sentía culpable de no tener una mejor disposición hacia la suya.

–Ve a verla, Ev. Le prepararé un ramo de flores, y no le cobres la tarta.

–No creo que le importe pagar. El dinero no es el problema. Pero está sola.

«Y tú también», pensó Frankie recordándose que debía pasar más tiempo con su amiga. Como persona introvertida que era, no buscaba el contacto humano como lo hacía Eva. Quería a sus amigas, pero se sentía igual de cómoda sola, con sus libros y sus plantas. Sin embargo, sabía que ahora que Paige pasaba más tiempo con Jake, Eva pasaría más tiempo sola.

–¿No la visitan sus nietos?

–Uno de ellos apenas sale de Wall Street y Lucas, el que escribe esos libros de miedo que te encantan, apenas sale de su piso a menos que esté de gira promocionando un libro. Al parecer, tiene cerca una fecha de entrega y está de mal humor. Mitzy también quiere que le llene la nevera de comida sana para que ni se quede en los huesos ni termine convertido en un buque por tomar comida basura.

Frankie pensó en lo que le había sucedido al protagonista en la primera escena del nuevo libro de Lucas Blade. Después miró a Eva, tan delicada que se la podía derribar únicamente sacudiéndola con un jersey fino.

–No creo que debas ir sola al piso de un ermitaño peligroso.

–¿Quién ha dicho que sea peligroso? Yo nunca he dicho que sea peligroso.

–Has dicho que está de mal humor.

–Bueno, ha perdido a su mujer –dijo Eva razonando–. Tiene derecho a estar de mal humor.

–Sus libros son muy oscuros, Eva. Tan oscuros que hay que leerlos con la luz encendida. La mente de ese hombre funciona de formas que hasta a mí me asustan.

–Tendré que fiarme de tu opinión, porque preferiría regalar mi colección de zapatos antes que leer un libro de miedo. Pero te puedes relajar. Le voy a llevar la comida a Mitzy y ella va a ir a su casa con Cacahuete.

–¿Quién es Cacahuete?

–El perro. Una monada. Lo saqué a pasear la última vez que estuve allí. Es mucho más agradecido que Garras. Es uno de esos perros diminutos que cabe en un bolso de mano. Lucas se lo regaló a Mitzy, lo cual es muy considerado por su parte, así que no puede ser tan peligroso, ¿no? Pero gracias por preocuparte.

–Bueno, tú ten cuidado –Frankie miró su agenda–. Tengo que ir al Mercado de las Flores mañana por la mañana. Me faltan los toques finales para la fiesta de cumpleaños de Myers-Topper del viernes.

Paige levantó la mirada.

–¿Cómo van los preparativos?

–Todo bien. Vamos a colocar un muro de setos, a alquilar árboles y a poner flores frescas. ¿Alguna quiere acompañarme?

–¿Al mercado de flores a las cinco de la mañana? –preguntó Eva espantada–. No, gracias. Preferiría arrancarme las pestañas, que es probablemente lo que tendría que hacer para mantenerme despierta si me hicieras levantarme a esa hora.

–Yo voy. Me encanta y venden un café riquísimo en ese pequeño bistró –Paige imprimió otro documento, se levantó y se estiró–. Hora de irme. Tengo una reunión en la Quinta. ¿Seguro que no te importa dar de comer a

Garras? Porque, si no te importa, entonces no tendré que volver corriendo a casa.

–Yo le doy de comer.

Le dejaría una nota a Matt y ahí quedaría todo.

Matt entendería que no quería hablar de ello y, al ser chico, él tampoco querría hablar del asunto. Ninguno de los dos lo volvería a mencionar.

–Necesitarás las llaves del apartamento de Matt –Paige rebuscó en su bolso y las sacó–. Toma. Buena suerte.

–Voy a dar de comer a la gata. Necesito comida para gatos, no suerte –Frankie se guardó las llaves en el bolso–. ¿Tan difícil es?

Eva abrió la boca, pero la volvió a cerrar al ver la mirada de Paige.

–No pienso decir ni una palabra. Pero, si fuera tú, además de la comida me llevaría un arma. Y ponte una armadura.

–Yo siempre llevo una armadura puesta.

Aunque ahora había perdido una capa.

Sus gafas.


Cansado y acalorado después de haber pasado la mayor parte del día bajo un sofocante calor, Matt entró en su piso y se detuvo al oír voces.

Vivía solo.

No debería haber voces.

Entró en la cocina y se detuvo. Su intruso estaba a cuatro patas bajo la mesa. Lo único que podía ver era un trasero perfectamente curvado bajo unos vaqueros desteñidos. Habría reconocido ese trasero en cualquier parte.

Lo admiró un momento, pero decidió que en esa ocasión se guardaría el cumplido.

Carraspeó.

Frankie se pegó un golpe en la cabeza con la mesa y

maldijo. Salió de debajo con cautela, con las gafas torcidas y frotándose la cabeza con los dedos.

—¿Qué estás haciendo aquí? —preguntó y se colocó las gafas, como si lo estuviera retando a hacer algún comentario.

Matt no dijo nada, pero se sintió decepcionado al ver que aún necesitaba ponerse las gafas delante de él.

—Este es mi piso. Vivo aquí.

—¿Cuánto rato llevas ahí?

—Un rato —tal vez no debería guardarse el cumplido. Era malo guardarse cosas, ¿verdad?—. Lo suficiente para admirar tu trasero.

Una expresión de confusión nubló la mirada de Frankie.

—En lugar de mirarme el trasero, deberías encargarte de tu mascota. Tu gata tiene problemas.

«No solo mi gata», pensó él.

—Eso no te lo voy a discutir.

—El sábado se comió mi comida tan a gusto, pero al parecer necesita ser ella la que decide dónde comer. Le ha dado igual que fuera yo quien le puso comida en el cuenco.

—¿Te está dando problemas?

—Nada que no pudiera solucionar un terapeuta en un par de años.

Se apartó el pelo de la cara y él alargó la mano y le quitó las gafas con delicadeza.

—No tienes que llevarlas cuando estás conmigo.

—Matt... —alargó la mano con fuerza para agarrarlas, pero él las plegó y se las guardó en el bolsillo.

—¿Qué crees que haces, Frankie? ¿Enmascarar el hecho de que tienes unos ojos preciosos? —eran de un tono verde claro y le recordaban a una colina escocesa o a un jardín inglés después de un chaparrón. La vio tan desconcertada que le entraron ganas de abrazarla—. Tienes que dejar de esconderte.

—No me estoy escondiendo.

—Sí te estás escondiendo. Pero no necesitas esconderte de mí —sabiendo que ya la había presionado demasiado por el momento, se giró y puso su portátil sobre la mesa—. Gracias por dar de comer a Garras. Ya van dos veces en una semana. Te debo el favor, además de un extra por peligrosidad.

—No me debes nada.

Estaba casi de puntillas, preparada para salir corriendo, y él decidió que el mejor modo de lograr que se relajara era hablar de trabajo.

—Me he pasado la mañana intentando encontrar un especialista horticultor que pueda sustituir a Victoria. ¿Tienes tiempo para echar un vistazo a los planos? Me encantaría escuchar tu opinión —creía estar seguro de que Frankie sentía demasiada pasión por su trabajo como para que no le intrigara el proyecto que estaba ocupando todo su tiempo. Y no se equivocó.

—Claro —respondió ella con una expresión de cautela aún mayor—. Háblame del proyecto. ¿Qué pidió el cliente?

—Estilo arquitectónico con sostenibilidad. Es un espacio multifuncional. Para actividades familiares en general y para algún evento corporativo. Tienen conciencia social. Las azoteas verdes reducen los costes de calefacción y refrigeración. Están reduciendo su huella de carbono. Todo el mundo sale ganando, incluyéndome a mí.

—No sales ganando si te produce una crisis nerviosa. ¿No se podía haber quedado Victoria unas semanas más para darte la oportunidad de encontrar a alguien?

—Su madre está enferma y esa tiene que ser su prioridad. Lo entiendo. A lo mejor soy más comprensivo que la mayoría con esa clase de cosas por Paige —no dijo más, y tampoco hizo falta. Frankie lo sabía todo sobre los problemas de salud que había tenido su hermana de pequeña–. Saldrá bien.

A muy temprana edad había aprendido lo que de verdad importaba en la vida; había aprendido por sí mismo a solucionar lo que podía solucionar y a encontrar la forma de vivir con lo que no podía arreglar.

–Hoy he hecho unas llamadas –dijo ella con tono distendido–. Gente que sé que posee unas cualidades que son perfectas para ti. La mayoría están ocupados. Uno se quedará libre en octubre.

A él le conmovió el gesto, dado lo ocupadas que sabía que estaban en Genio Urbano.

–¿Has hecho eso por mí?

–Necesitas ayuda –ella le quitó importancia, como si no fuera nada, pero él sabía que era mucho. Había sacado tiempo de una agenda enormemente apretada para intentar ayudarlo.

–Gracias. Te lo agradezco.

–Tú harías lo mismo por nosotras.

Matt se fijó en que utilizó la palabra «nosotras» en lugar de hacerlo más personal.

Frankie tenía un gran problema con lo personal. Un problema mucho más grande de lo que se había imaginado.

–El problema es que octubre es demasiado tarde para este proyecto. Necesito alguien que pueda empezar a trabajar ya, que sepa lo que pienso y que tenga mi misma visión creativa.

–¿Y dónde vas a encontrar a alguien así?

–La estoy mirando.

Esos ojos verdes se abrieron de par en par.

–¿Te refieres a mí?

–He visto tu expresión cuando he descrito el proyecto. Admítelo, te interesa.

–Es verdad que los jardines en las azoteas tienen su

encanto y que suponen todo un reto, pero tengo un trabajo. Genio Urbano está empezando y...

–Y ya me has dicho que este verano tenéis demasiadas bodas. Las odias. Delégalas en otra persona y ven a trabajar conmigo –le entregó los planos y vio pánico e indecisión en su mirada.

–No puedo.

–Echa un vistazo a los planos y piénsatelo. Habla con Paige y con Eva. No te estoy pidiendo que te mudes a Alaska, puedes seguir ayudando en Genio Urbano. Solo tienes que reducir de momento tu trabajo sobre el terreno. ¿Cómo se llaman los proveedores con los que has estado trabajando?

–Buds and Blooms.

–Les estarías dando una oportunidad de hacer crecer su negocio, me estarías ayudando a mí y estarías haciendo un trabajo que te encanta. Deja que otros se ocupen de las banalidades de las bodas. Diséñame un jardín para una azotea. O, al menos, piénsatelo. Será solo durante el verano. Un proyecto –se fijó en un papel que había sobre la mesa–. ¿Qué es eso? ¿Me has escrito una nota?

Ella emitió un sonido estrangulado y alargó la mano hacia el papel.

–¡No la puedes leer!

–¿Me has escrito una nota que no puedo leer?

–Creía que ya me habría ido cuando la leyeras –agarró la hoja; tenía las mejillas encendidas.

–¿Al menos no me vas a decir qué pone?

–Me estaba disculpando por lo del sábado, nada más.

Estaba ruborizada de un modo adorable y Matt contuvo las ganas de arrancarle la nota de los dedos.

–¿Por qué tenías la necesidad de disculparte?

–Pues no lo sé, a lo mejor porque estuve a punto de pillarte la mano con la puerta dos segundos antes de echarte de tu propio apartamento –se guardó la hoja en el bolsillo de los vaqueros y corrió hacia la puerta.

–Es tu apartamento –en esa ocasión él estaba decidido a no dejarla marchar sin terminar la conversación–. Vives ahí.

–Pero es tuyo.

–Te hice sentir incómoda.

–No eres tú, soy yo. Soy yo.

Llegaron a la puerta al mismo tiempo.

–Espera –él plantó una mano en el centro de la puerta para impedirle salir y la vio quedarse paralizada.

–¿Qué estás haciendo?

–Quiero decir algo y quiero hacerlo sin tener que preocuparme por que me secciones uno de mis miembros con la puerta –podría haber dado un paso atrás, pero no lo hizo. Si para que se abriera a él tenía que invadir su zona de confort, la invadiría. No obstante, intentaría invadirla con la mayor sensibilidad posible.

–Mira, sé que te parece extraño que lleve gafas si no las necesito, pero...

–No me tienes que explicar nada.

–Sí, tengo que hacerlo. Te estás preguntando por qué alguien haría algo tan raro.

Frankie había agachado la cabeza y lo único que él veía era el batir de sus oscuras pestañas y las delicadas pecas que moteaban su nariz como si fueran polen.

–No me lo estoy preguntando porque ya conozco la respuesta.

–¿Ah, sí?

–Crees que con eso pones una barrera entre el mundo y tú. O, mejor dicho, entre los hombres y tú –la tentación de tocarla era casi abrumadora–. Lo que no entiendo es por qué te disgusta tanto que lo sepa.

–Porque es algo profundamente personal.

–En eso consiste una relación, Frankie. En conocer las

cosas profundamente personales que otras personas no ven. Hace mucho que nos conocemos.

—Y existe algo que se llama «demasiada información» —si se pegaba más a la puerta, dejaría su huella en ella.

—Se llama «intimidad», Frankie. Es lo que sucede cuando dos personas se conocen bien. Y para que quede claro, no me parece que sea raro.

Finalmente, lo miró.

—¿No?

—No. Pero, ya que estamos siendo sinceros el uno con el otro, lo justo es que te diga que estás perdiendo el tiempo.

—¿Cómo dices?

—Tienes unos ojos preciosos y son preciosos con o sin gafas. Y para evitarte tener que examinar el comentario hasta el más mínimo detalle, te diré que sí, que ha sido un cumplido —apartó la mano, abrió la puerta y, con delicadeza, la sacó del apartamento—. Piénsate lo de trabajar conmigo y gracias otra vez por dar de comer a mi gata.

Refrenando su instinto de protección hacia ella, cerró la puerta antes de hacer algo inapropiado como abrazarla.

Había mucho tiempo para eso.

Ese era solo el primer paso.

Volverían a verse. Y en algún momento ella se daría cuenta de que él aún tenía sus gafas.

# Capítulo 3

«Un cumplido es un regalo. Acéptalo con gratitud».
—Eva

¿Unos ojos preciosos?

¿Matt pensaba que tenía unos ojos preciosos?

Frankie deambulaba por el mercado de flores de Manhattan sumida en un aturdimiento que no tenía nada que ver ni con haber madrugado ni con no haber dormido.

–Me encanta este sitio –dijo Paige agarrándola del brazo–. Es relajante, ¿verdad?

–¿Qué? –Frankie no estaba concentrada. No podía dejar de pensar en el momento en el que se había visto atrapada entre Matt y la puerta. Él no la había tocado, aunque fue casi como si lo hubiera hecho porque había sentido tanto su cercanía que le había resultado casi imposible respirar. La avalancha de sensaciones extrañas la había dejado impactada. Ella no era una persona que pensara constantemente en el sexo; es más, casi nunca pensaba en ello. Había aceptado que no jugaba un papel importante en su vida y, aunque era lo suficientemente inteligente para saber que, al menos en parte, ese hecho tenía que ver con sus padres, nunca se había planteado que pudiera cambiar.

Pero estaba cambiando. O tal vez sería más preciso decir que Matt lo estaba cambiando. No la había tocado, pero ella había deseado tocarlo. Había querido agarrarlo y besarlo, un impulso que la había dejado más que asustada. Por suerte, había logrado detenerse, pero lo que no había podido detener era la extraña sensación que la invadía, esa intensa emoción que asociaba con la de la noche de Navidad o del último día de clase. Estar cerca de él parecía activar un interruptor en una parte de ella a la que nunca antes había accedido. Y, además, tenía que acordarse de respirar, algo que había podido hacer sin pensar hasta ese punto de su vida.

Paige le dio un codazo.

–No me estás escuchando. Necesitas un café cargado –la metió en la pequeña cafetería y pidió dos expresos–. Esto te despertará.

Frankie no le dijo que su problema no se iba a resolver con un café.

No estaba segura de cómo resolverlo. Dos duchas frías no habían funcionado.

Bebieron café y Paige habló sobre nuevos clientes mientras Frankie intentaba olvidar la fuerza del cuerpo de Matt contra el de ella y se centraba en el negocio.

Con el estímulo de la cafeína, abordaron el mercado de flores. Enclavado entre la Séptima Avenida y Broadway, el mercado era una jungla de plantas oculta y rodeada por altísimas torres de cristal y acero. Eran las cinco de la mañana, pero a pesar de la hora, el lugar estaba abarrotado.

Entraron en una de las muchas tiendas y Frankie se inclinó para oler un ramo de flores.

–Estas son perfectas –agarró un ramo grande y lo dejó en un estante de metal para pagarlo después; a continuación, eligió otro ramo.

–Son preciosas. ¿Has hablado con Matt?

A Frankie por poco no se le cayeron las flores. ¿Cómo podía convertirla en una patosa solo el hecho de oír su nombre? Era como una adolescente inmersa en su primer gran amor, con la diferencia de que de adolescente nunca se había sentido así.

—Le escribí una nota, pero apareció cuando estaba poniéndole la comida a Garras y lo fastidié todo porque soy una cobarde.

—¿No te dijo nada?

—Dijo un par de cosas —cosas inquietantes. Cosas que le habían danzado por la cabeza y la habían mantenido despierta cuando debería haber estado durmiendo.

«Tienes unos ojos preciosos».

Se había quedado tan impactada por el cumplido que no había dicho nada. Eva habría hecho un comentario desenfadado en respuesta y Paige probablemente habría hecho lo mismo.

Ella, en cambio, se había quedado muda.

Y esa mañana se había encontrado las gafas en el buzón.

Se preguntó si Matt la estaba poniendo a prueba para ver si se las volvía a poner.

Frustrada consigo misma, giró la cabeza y se miró furtivamente en el espejo que recorría un lado de la tienda. Las gafas dominaban su rostro, lo cual había sido precisamente su intención al elegirlas.

Paige se agachó para estudiar una caja de rosas de color crema.

—¿Te habló del trabajo?

—¿Trabajo? —incapaz de entender cómo alguien podía pensar que tenía unos ojos preciosos, se giró a su amiga—. ¿Quieres decir que si me contó lo de Victoria? Sí. Ha estado intentando contratar a alguien. Después de que lo mencionara el sábado por la noche, llamé a unas cuantas personas que conocí en el curso de los Jardines Botánicos y a gente con la que he trabajado desde entonces, pero hasta ahora no ha habido suerte. Sigo en ello.

—Quiere que lo hagas tú.

A Frankie se le paró el pulso.

—Eso no va a pasar.

—¿Por qué no? ¡Te encantan los jardines en las azoteas! Son tus favoritos. ¿Por qué no ibas a hacerlo?

Porque olvidarse de respirar durante el breve espacio de tiempo que pasaba con él era una cosa, pero tener que estar acordándose de hacerlo durante una jornada laboral completa era otra muy distinta. ¿Y si se le olvidaba y se asfixiaba? Y además estaba esa sensación de corriente eléctrica que nunca lograba desconectar. No estaba segura de poder sobrevivir a esa sensación durante un día entero. Le sería imposible trabajar con él.

Y tal vez eso la convertía en una cobarde, pero mejor ser una cobarde que morir asfixiada por el deseo. Porque eso era lo que era. Por muy inexperta que fuera, inexperta hasta límites vergonzosos, reconocía el deseo.

Se imaginó el informe de la autopsia: «muerte por frustración sexual».

—Acabamos de abrir Genio Urbano. No puedo irme a trabajar con otra empresa.

—No te estoy diciendo que te asocies con Matt, solo que lo ayudes con este proyecto durante el verano.

—Tenemos dos eventos dentro de dos semanas.

—Dos eventos que ya tienes organizados. Buds and Blooms tienen un equipo genial. Hicieron un gran trabajo la semana pasada con la Inmobiliaria Harrison. Si tienen algún problema, pueden llamarte.

Era el mismo argumento que había empleado Matt.

—No me parece una buena idea.

—¿Por qué no?

—Porque mezclar el trabajo con lo personal nunca es buena idea.

Paige soltó una carcajada.

—¡Tampoco es que te vayas a acostar con él! —de pronto, las risas dieron paso a un gesto de curiosidad—. ¿O sí?

—¡No! —pero ahora que Paige lo había mencionado, el cerebro de Frankie se plagó de nuevas imágenes. Imágenes de Matt desnudo, con ese fuerte cuerpo musculoso íntimamente enredado con el suyo—. Claro que no. ¿Por qué preguntas eso?

—Posiblemente, porque te has puesto colorada.

—Pero eso es porque odio hablar de sexo en público. No me parece que trabajar con Matt sea una buena idea, eso es todo. Debería estar centrando mi atención en Genio Urbano.

—Esto no es propio de ti. Pensé que querrías ayudar.

—¡He ayudado! He hecho unas llamadas y tengo pensado hacer más luego.

—Pero ¿por qué no haces tú el trabajo? Eres la clase de persona que haría lo que fuera por sus amigos —Paige vaciló—. Si no fuera por Matt, todas estaríamos viviendo en una caja de zapatos.

—¿Estás intentando hacerme sentir culpable? —y funcionó, porque sabía que, si no fuera por todos esos nuevos y extraños sentimientos, habría ayudado a Matt al instante. No solo porque era un modo de evitar todas las despedidas de soltera que tenían ese verano, sino porque él era su amigo y Paige tenía razón. Ella siempre, siempre, ayudaría a un amigo.

—¿Esto es por lo de las gafas? ¿Te ha molestado mi hermano? ¿Por eso no quieres ayudarlo?

—No —un calor le recorrió la nuca—. Es un tipo fantástico. Fuerte, con principios, decente... —«y está tremendamente bueno».

Y eso era lo que estaba impidiendo que se ofreciera voluntaria para ayudarlo.

Normalmente, no tenía ningún problema para relacionarse con los hombres. Era sencillo, no le interesaban. Pero con Matt todo era distinto. Con Matt todo era... confuso.

Paige le tocó el brazo.

—Matt siempre ha cuidado de mí. Siempre ha estado ahí.

—Lo sé —la lealtad de la familia Walker era algo que envidiaba. En lugar de intentar avergonzarse y estresarse entre ellos, se mantenían unidos y se apoyaban. Era una dinámica familiar tan alejada de su propia experiencia que apenas la reconocía.

—Estaría bien poder devolverle el favor por una vez.

—Pero en este caso sería yo la que le devolvería el favor.

—Tú harías el trabajo, pero repercutiría en todas. Somos un equipo —Paige se detuvo—. Matt y tú tenéis la misma forma de pensar y un gusto y un estilo similar en todo lo que respecta a las plantas. Cree que tienes mucho talento. Después de que te ocuparas de las plantas de su azotea, no dejaba de hablar de lo inteligente que eres. Y sé que también admira tu trabajo. Pensé que estarías encantada ante la posibilidad de hacer algo juntos.

¿Hacer algo juntos?

Ciertas imágenes danzaron por su cabeza y un intenso calor se extendió por su cuello.

—Pensaré en ello.

Paige se la quedó mirando.

—¿Estás segura de que todo esto no es por lo de las gafas? Porque...

—No es por lo de las gafas.

Era por lo de la puerta. Y por lo del cumplido. Y por lo de la química.

Sobre todo, por lo de la química.

—¿Te dijo que el cliente ha incluido sanciones económicas en el contrato y que, si el trabajo se retrasa, Matt tiene que hacerse cargo de los costes directamente?

—No. No me dijo nada de eso.

La sensación de culpabilidad se intensificó.

Paige tenía razón; tenía su apartamento y su independencia gracias a Matt.

Cierto, le pagaba el alquiler, pero era un alquiler a precio de amigo. Y era una estupidez preocuparse por la química y las reacciones que tenía ante él. Tenía que aprender a manejar la situación.

Pensativa, hizo sus compras y paseó por el mercado con Paige.

Plantas imponentes, flores cortadas, flores tropicales y flores secas atestaban ambas aceras creando una exuberante avenida con un ambiente seductor. Normalmente, ese lugar la calmaba; aquel día no.

Paige alargó la mano para tocar las hojas de una palmera tropical. La abundancia de verdor mitigaba el ruido del tráfico y por un momento le fue posible olvidar que estaban en mitad de la ciudad.

—Hablando de Genio Urbano, tenemos que hablar de la fiesta de compromiso de los Smyth-Bennett que tenemos en un par de semanas.

A Frankie se le cayó el alma a los pies.

Otra fiesta de compromiso.

—¿Qué hay que hablar?

—Quieren modificar el encargo.

—¿No es un poco tarde para eso?

—Son los clientes —Paige se encogió de hombros—. Quieren algo más romántico. O, mejor dicho, la futura novia lo quiere y el futuro novio le sigue la corriente.

—¿Cómo hemos acabado organizando tantos eventos románticos? —Frankie hundió la cara en un ramo de flores—. ¿Qué ha pasado con los lanzamientos de productos y los eventos corporativos?

—También tenemos encargos de esos, pero es verano y el amor está en el aire.

—¡Francesca! ¡Francesca! ¿Eres tú?

Al reconocer la voz de su madre, Frankie retrocedió para ocultarse en la tienda que tenían al lado.

—Mierda, no.

Paige se giró.

—Cálmate.

—¿Por qué? ¿No nos podemos esconder? ¿Es demasiado tarde? ¿Qué hace aquí? ¿Cómo me ha encontrado?

—No creo que te estuviera buscando. Supongo que es un encuentro casual.

Frankie gimoteó.

—¿Vestido de fiesta?

Paige se asomó tras unas flores.

—Morado. Brillante. Corto. O es un vestido de fiesta o se ha vestido muy alegre para desayunar. Lleva un look de corista.

—Mátame ya. Este lugar está abarrotado y conozco a algunas de estas personas. Si habla conmigo más de cinco segundos, tendré que mudarme a Seattle.

—Pues entonces vamos a acabar pronto con esto porque no me veo en Seattle. Me encantaría el café, pero el clima me mataría —Paige salió a la calle y Frankie la siguió agarrándola del brazo.

—¿Está sola?

—No.

—¿Es más joven que nosotras?

—No sabría decir, pero está claro que aún le queda mucho para jubilarse —Paige tensó los hombros, como hacía cuando trataba con un cliente complicado—. Buenos días, señora Cole.

—¡Paige! —Gina Cole se acercó a ellas tambaleándose y agarrada del brazo de un hombre que, según Frankie, debía de tener veintitantos años—. ¿Cuántas veces te he dicho que me llames «Gina»? Eso de «señora Cole» me hace parecer muy vieja. Estás muy pálida, Paige. Espero que no vuelvas a estar enferma, cielo.

—No estoy enferma —dijo Paige con tono cortés—. Son las cinco y media de la mañana y...

—Necesitas una buena base de maquillaje. Puedo recomendarte una, aunque me gusta mezclar distintos productos y soy una fan total de los iluminadores. Mira mi piel. ¿A que no dirías que aún no me he acostado, eh? —tiró del brazo del hombre que tenía al lado—. ¿Conocéis a Dev? Dev, te presento a Paige y a Frankie. Frankie es... —hubo un instante de duda antes de que añadiera—: mi hija.

—Imposible —respondió Dev con la cantidad apropiada de incredulidad y Frankie miró a Paige.

Ver la expresión de diversión de su amiga la hizo sentirse mejor, hasta que vio a su madre deslizar la mano por el trasero de Dev y estrujárselo.

—Mamá...

—Chicas, ¿también lleváis toda la noche de fiesta?

—No. Estamos trabajando.

—Bueno, supongo que eso explica vuestro aspecto. ¡Estas cosas importan, Frankie! No puedes abandonarte y echarte a perder, cielo. Jamás atraerás a un hombre si vas por ahí como si hubieras asaltado una tienda de ropa de segunda mano. Te podría transformar si me dejaras. Debajo de esas greñas y de esa ropa holgada... —Gina agitó una mano con una perfecta manicura y las pulseras que llevaba tintinearon—, tienes el mismo cuerpo que yo. Podrías parecerte a mí si te esforzaras más.

Horrorizada, Frankie dio un paso atrás. Se había pasado la vida intentando no parecerse a su madre ni ser como ella.

—Me gusta como soy.

—Podrías ser guapa. ¿No crees que podría ser guapa, Dev?

A favor de Dev debía decir que el chico tuvo el sentido común de no responder a eso.

—Ha sido un placer verla, señora Cole —dijo Paige—,

pero tendrá que disculparnos. Estamos eligiendo flores para un evento y vamos justas de tiempo.

—¿Qué evento? Esta semana me he enterado de que Eventos Estrella ha despedido a muchos empleados. ¿Perdiste tu empleo hace dos meses y ni siquiera me lo has contado? Soy tu madre. Estaba preocupada por ti.

Frankie se quedó desconcertada. Su madre nunca se preocupaba por ella. En todo caso, era al revés.

—¿Por eso has estado llamando tan a menudo?

—Por supuesto. Quería decirte que estás mejor sin ellos. Todas esas horas que te hacían trabajar, ¡era inhumano! No descansar lo suficiente es malo para la piel, y nadie se va a enamorar de ti si te pones vieja y fea. No te preocupes por el dinero. Dev podría hacerte un préstamo. Trabaja en la banca —se acercó más a Dev y le dio una palmadita en el brazo—. Solo tiene veintinueve años y ya está de camino a lo más alto, ¿te lo puedes creer? Ahora mismo soy su forma favorita de gastar dinero. Por suerte, no se parece en nada a tu padre. ¡Dios, ese hombre era un tacaño! No me habría extrañado que me hubiera cobrado un alquiler por sentarme en mi propio sofá. Esa es una de las ventajas de salir con hombres mucho más jóvenes. Saben vivir el momento. Por cierto, vive muy cerca de aquí.

Frankie palideció.

—¿Mi padre?

—¡No! Ese hombre es tan cobarde que no ha vuelto a contactar conmigo desde que se marchó, ya lo sabes —soltó una carcajada que sonó muy aguda—. ¡Me refiero a Dev!

—Deberías irte, mamá. Si aún no te has metido en la cama, tienes que estar cansada.

—No he dicho que no nos hayamos metido en la cama, he dicho que no hemos dormido —dijo Gina dándole un codazo a Dev con actitud juguetona—. Este hombre es un animal. Me deja agotada incluso a mí, que tengo más resistencia que la mayoría. Esa es otra razón por la que me encantan los hombres más jóvenes. No os imagináis cuántas veces puede...

—¡Mamá! —gritó Frankie avergonzada. Varias cabezas se giraron hacia ella con curiosidad y se transportó a su época de adolescencia, cuando se había sentido como si todo el mundo la estuviera mirando siempre—. No necesitamos los detalles.

Había crecido con los detalles. Los tenía grabados en el cerebro.

¿Habría tenido menos problemas si su madre no hubiera dado rienda suelta a los detalles?

—Nunca sabré cómo he podido criar a una chica tan mojigata. Tienes que soltarte un poco. La gente dice que es imposible conocer a un hombre en Manhattan, pero yo les digo que eso es porque buscan en los lugares equivocados.

—Mamá...

—Úsalo o piérdelo. ¿Quién dijo eso? No me acuerdo —Gina Cole frunció el ceño hasta que recordó que hacer ese gesto no le beneficiaba y rápidamente se estiró la frente con los dedos—. Si necesitas dinero o un lugar donde alojarte...

—No. Gano mi propio dinero y tengo mi propia casa.

Y tenía sus propios problemas.

«Gracias, mamá».

—¡Por supuesto! Y el dueño es el guapo hermano de Paige —Gina guiñó un ojo y se acercó a Frankie—. Ese sí que es un hombre con cerebro, buen físico y dinero. Matt es esa combinación irresistible de inteligencia y atractivo. El otro día leí un artículo sobre él. Llevaba un cinturón de herramientas y estaba haciendo un asiento de un tronco. ¡Vaya abdominales! Te juro que...

—¡Por favor, mamá!

–¿Por favor qué? Bah, no te preocupes por Dev. No es celoso.

Un sentimiento de vergüenza se extendió por todo su cuerpo como un sarpullido, entre otras cosas, porque había pensado lo mismo y la idea de tener algo en común con su madre la horrorizaba. Y entremezclada con la vergüenza estaba también la rabia por que su madre pudiera contaminar una relación tan preciada para ella. ¿Y si le decía algo así a Matt? Se moriría. Le había pasado lo mismo de pequeña. Había llevado la vergüenza aferrada a ella, como una capa, visible para todo el que la mirara. «De tal palo, tal astilla».

–Tenemos que irnos. Estamos trabajando.

–Entonces ¿tienes otro trabajo?

–Así es. Y tengo que hacerlo ahora mismo. Que pases un buen día, mamá –Frankie empezó a alejarse mientras las náuseas le revolvían el estómago.

–¡Espera! ¿Cuándo nos vas a invitar a tu casa? Somos familia, Frankie.

Frankie se detuvo deseando que cesara el malestar que sentía en las entrañas e intentando no imaginarse lo horroroso que sería que su madre se topara con Matt. ¿Y si decía algo embarazoso? O, peor aún, ¿y si flirteaba con él?

Esa era la realidad de la familia, no la agradable y reconfortante emoción con la que Eva fantaseaba. Era como abrir una bolsa esperando encontrar azúcar y descubrir que alguien la había sustituido por sal.

–Ahora mismo estoy muy ocupada.

–Hace siglos que no voy. Por cierto, ¿cómo está la dulce Eva? ¿Sigue echando de menos a su abuela? Deberíamos salir una noche. Todas las chicas juntas. Sería divertido. Llámame para organizarlo y, por el amor de Dios, tira esas gafas espantosas y ponte lentillas. Ningún hombre querrá acostarse contigo si llevas eso puesto.

¡Nos vemos pronto! –se alejó y Frankie se dejó caer contra la pared.

–¿Qué le pasa? No puede ser más inoportuna. Te pido disculpas. No sé qué decir.

–¿Por qué te disculpas?

–Por todo. Por sus comentarios faltos de tacto sobre tu salud, por cómo ha hablado de los detalles morbosos de su vida sexual en mitad del mercado y por decir esas cosas sobre Matt. Me quiero morir, pero entonces ella se encargaría de mi cadáver y haría algo horrible con él.

–No tienes por qué disculparte –Paige se agarró del brazo de su amiga–. No eres responsable de tu madre.

–Me siento responsable.

–¿Por qué? Nada de esto es culpa tuya.

¿No? Frankie sintió ese familiar pellizco de culpabilidad en la boca del estómago. Lo cierto era que se sentía responsable y siempre se había sentido así.

La primera vez que la sintió descubrió que la culpabilidad podía llegar a ser tan enorme como para devorar a una persona entera. La indecisión la había dejado paralizada y no había sabido qué hacer. Lo único que había sabido con seguridad era que no quería perjudicar a otras personas con sus problemas.

Poco a poco, la culpabilidad había ido disipándose, como una herida terrible que sana con el tiempo pero no llega a desaparecer jamás.

Después, podía pasar semanas, e incluso meses, sin pensar en ello. Pero, cuando pensaba en ello, normalmente en la oscuridad de la noche, se lo guardaba.

No era algo que estuviera dispuesta a compartir. Ni siquiera con sus mejores amigas. Ya había pasado el momento de hacerlo.

–¿Te imaginas que Matt la oyera decir algo así? Definitivamente, tendría que mudarme a Seattle. Y detesto que se refiera a nosotras como «chicas», como si todas tuviéramos ocho años. No creo que una mujer de cincuenta y tres años deba referirse a sí misma como «chica». Hay algo de indecoroso en ello. O ilusorio. No estoy segura de cuál de las dos cosas –intentando contener la emoción, volvió a entrar en la tienda y se frotó la mejilla. Le ardían los ojos y la garganta–. No lo puedo soportar. Otro hombre rico de mi edad. ¿Por qué esos tipos nunca le dicen que no?

–No lo sé, pero no es tu problema –Paige le acarició el brazo con delicadeza y le habló con comprensión–. Siento que nos la hayamos encontrado.

–Yo también. Solo habla de sexo. Le encanta avergonzarme.

–No creo que lo haga pensando en ti. Piensa en sí misma.

–Vamos a cambiar de tema. Vamos a hablar de otra cosa, de lo que sea –se centró en las brillantes flores. Las flores siempre la calmaban. La naturaleza nunca generaba situaciones embarazosas–. Habla de ti. Por favor. O del trabajo. El trabajo es bueno, siempre que no sean bodas.

–¿Te he dicho que hemos conseguido ese encargo para la semana de la moda de Nueva York? Me enviaron un correo anoche.

–Eso sí que es un golpe maestro. ¿El evento es en septiembre? –Frankie hizo un gran esfuerzo por sacarse a su madre de la cabeza. «Úsalo o piérdelo», había dicho.

Frankie lo había perdido. Sin duda lo había perdido.

–Sí. Será nuestro mayor evento hasta ahora, así que es una buena noticia.

–Sí que es una buena noticia –su ritmo cardiaco estaba empezando a calmarse. La terrible sensación de humillación estaba cesando, aunque las palabras seguían ahí. «Úsalo o piérdelo». Tenía esa frase clavada en la cabeza como una garrapata en el pelaje de un animal. ¿Cómo se aplicaba esa regla cuando nunca habías tenido eso en cuestión? ¿Cómo podías usar algo con lo que no sabías qué hacer? Otras mujeres de su edad, por lo general, tenían experiencia en el terreno sexual. La experiencia de Frankie se reducía a unos cuantos encuentros incómodos de los que se había alejado aliviada. Y los detalles de esos encuentros no los había compartido nunca con nadie–. ¿Qué tal van las cosas con Jake?

—Bien. Está insistiendo en que me vaya a vivir con él.

—Ah –los cuatro llevaban un tiempo viviendo en la casa de ladrillo rojo. De pronto, Frankie se dio cuenta de que nunca se había planteado que eso pudiera cambiar–. ¿Y cómo te sientes?

—Tengo sentimientos entremezclados. Me encanta estar con Jake y su piso es espectacular, pero también me encanta Brooklyn –vaciló antes de añadir–: Y me preocupa Eva.

—A mí también. El otro día, en la despedida de soltera, estaba muy sensible. Pero está mejor que en Navidad.

—Se hace la valiente, pero echa muchísimo de menos a su abuela. Sobrelleva el día, pero a veces llora por las noches. La oigo –Paige se apartó para dejar pasar a alguien que llevaba una planta grande–. No me puedo imaginar lo que debe de ser no tener familia. La otra noche me dijo que se siente como un barco que ha soltado amarras. Está sola flotando en el mar.

De pronto, Frankie se sintió culpable.

—Ahora me siento fatal por quejarme de mi madre.

—No te sientas mal. Tu madre lo empeora todo, no lo mejora.

—Pero al menos tengo una conexión con alguien. ¿Qué hacemos con Eva?

—Ojalá conociera a alguien. Y antes de que pongas mala cara, sí, ya sé que las relaciones no lo son todo, pero creo que es lo que ella necesita. Necesita encontrar a alguien que valore lo especial que es. Necesita tener su propia familia.

—No me gustaría que conociera a nadie ahora mismo. Es vulnerable. ¿Y si sale todo mal? No podría soportar ese dolor —imaginarse a Eva sufriendo hizo que se le partiera el corazón—. Es demasiado confiada.

—No todas las relaciones terminan en sufrimiento, Frankie.

—Muchas sí, y destrozaría a Eva. ¿Y si se enamora y el tipo resulta ser un mentiroso ca...? —la invadió la rabia—. Lo mataría.

—Podría resultar ser un tipo decente, sincero y lo mejor que le haya pasado en la vida.

—En ese caso no lo mataría. Pero nunca en mi vida he conocido a un hombre que sea lo suficientemente bueno para Eva —vaciló—. Excepto Matt, tal vez.

—¿Matt? ¿Mi hermano Matt?

—¿Por qué no? Son muy buenos amigos. Siempre se están riendo y bromeando —tal vez esa era la solución. Si Matt estuviera con Eva, ella dejaría de pensar cosas que no debería pensar.

—Son amigos, pero no hay química entre ellos.

—Está buenísimo y ella es preciosa. ¿Qué más quieres?

—¿Te parece que mi hermano está buenísimo? —Paige la miró con curiosidad y Frankie deseó haber mantenido la boca cerrada.

—Tengo ojos, ¿no? Lo único que digo es que creo que estarían bien juntos y que, si fuera Matt quien estuviera con Eva, entonces no tendría que matarlo. Sé que sería bueno con ella.

Paige pasó de mostrar curiosidad a quedarse pensativa.

—Se matarían entre ellos. Ella lo obligaría a ver pelis románticas y él se daría a la bebida. No, para él elegiría a otra persona. Y, de todos modos, Eva nunca soportaría a Garras y Matt no renunciaría a la gata, así que ahí tendrías su primera gran discusión. Ella encontrará a alguien y, mientras tanto, nos tiene a nosotras. Bendita amistad.

Frankie estaba de acuerdo. Sin sus amigas, jamás habría sobrevivido a los momentos difíciles de su vida.

—Me quedaré con Eva las noches que te quedes a dormir donde Jake.

—¿Lo harías?

—No quiero que esté sola y se sienta triste.

—Es un detalle por tu parte, pero ese plan tiene un fallo.

—¿Cuál?

—Que ella sabría que lo estarías haciendo solo por ella.

—¿Y no consiste en eso la amistad? ¿En hacer algo por alguien que te importa?

—Sí, pero se moriría de la vergüenza si supiera que la he oído llorar y más aún si supiera que te lo he contado. Cree que a estas alturas ya debería haber superado lo de su abuela.

—Eso es una tontería. Uno nunca supera algo así. Lo máximo a lo que puedes aspirar es a aprender a vivir con ello.

—Lo sé. Ya veremos qué hacemos. Mientras tanto, seguiré haciendo lo que estoy haciendo, repartiéndome durante la semana. A lo mejor se te pueden ocurrir excusas para ir a verla las noches que yo no estoy. No hace falta que te quedes a dormir. Bueno, ¿qué más necesitas comprar aquí? —se detuvo junto a otra muestra de flores—. Esas rosas de color rosa claro son preciosas.

—Nada de tonos pastel. Quiero colores fuertes. Vibrantes. Energéticos. Eléctricos. Futuristas. Una mezcla de color y aromas —sacó del bolso la lista que había hecho y la ojeó, ansiosa por hacer algo que le impidiera pensar en su madre.

Estaban rodeadas de color. Rosas, morados, azules y

amarillos. Hortensias de más colores de lo que había creído posible.

Debería haber sido relajante, pero encontrarse con su madre había disparado sus niveles de tensión.

Agarró unas rosas de tallo largo.

—No le he preguntado dónde está viviendo.

—¿Tu madre? ¿Lo quieres saber?

—No. No sirve de nada. No estará allí durante mucho tiempo —incapaz de concentrarse, miró las rosas—. No puedo recordar la última vez que tuvimos una conversación en condiciones. Tú hablas con la tuya constantemente y de cosas normales. La mía no deja de insistirme en que practique sexo. ¿Acaso me pasa algo?

—No te pasa nada. Tu madre no es una mujer de trato fácil. ¿Vamos a comprar estas rosas? Porque, si no, creo que nos van a cobrar el alquiler por tenerlas en la mano durante tanto rato.

Frankie regateó duramente por las rosas, habló de colores y tallos y después las dos salieron juntas de la tienda de vuelta a la calle.

El dulce y meloso aroma de las flores llenaba el aire enmascarando los vapores del tráfico y los olores de la ciudad.

Gracias a Paige, se sintió más tranquila.

Intentó imaginarse cómo sería la vida sin sus amigos y no le gustó lo que vio.

Dejó de caminar.

—Ayudaré a Matt.

—¿Lo harás? —Paige parecía sorprendida—. ¿Qué te ha hecho cambiar de opinión?

—Tú, al recordarme lo que es la amistad. Matt me ayudó cuando necesitaba un sitio donde vivir. Jamás podré devolverle ese favor, pero esto sí lo puedo hacer.

Era trabajo, nada más. Iba a ayudar a un amigo.

No había nada más.

# Capítulo 4

«Los amigos son como el papel de burbujas. Te protegen de los golpes fuertes».

—Eva

Frankie, de pie en la azotea, se hizo visera con una mano. El sol era abrasador y no corría ni una pizca de aire. En el punto álgido del verano, Nueva York resultaba agobiante.

Había visto las fotos del «antes» y había pasado horas estudiando el concepto de construcción de Matt, pero los planos y la realidad eran dos cosas muy distintas. Él había transformado un anodino espacio exterior en lo que prometía ser un jardín de azotea lujoso, perfecto tanto para relajarse como para divertirse. Un inteligente uso del ladrillo, de piedras texturizadas y de distintos tipos de madera habían creado un elemento arquitectónico que supondría una parte importante del diseño.

Era impresionante.

Sintió un golpe de emoción. Para ella todo eso era mucho más gratificante que elegir flores para una boda. Las flores podían alegrarle un momento, pero eso... Miró a su alrededor imaginando cómo quedaría cuando estuviera terminado. Eso podía animarle la vida.

Ella, más que nadie, entendía la importancia de la naturaleza y de los espacios verdes para la salud y la felicidad.

Para ella un jardín no era un lujo, era una necesidad.

Durante su agitada infancia, el precioso jardín de su casa le había ofrecido paz y amparo.

Independientemente de lo que les dijera a sus amigas, había momentos en los que echaba de menos Puffin Island. No a la gente ni al pasado, sino al lugar. Echaba de menos el aire del mar y el graznido de las gaviotas. Sobre todo echaba de menos la sensación de estar rodeada por la naturaleza. Sin embargo, había aprendido que con una siembra inteligente podía crear la misma sensación en su propio jardín. Y podía crear lo mismo para otras personas.

Giró la cabeza y miró a Matt, que estaba charlando con James y con Roxy, dos miembros de su equipo que estaban terminando con las tareas de paisajismo duro.

Tenía los brazos cruzados y esa postura resaltaba los tan bien desarrollados músculos de la parte superior de su cuerpo. Apoyó una bota desgastada sobre una pila de losas de hormigón.

La luz del sol resplandecía sobre su cabello oscuro y unas gafas de sol ocultaban la expresión de sus ojos, pero por el modo en que ladeaba la cabeza y asentía de vez en cuando, ella sabía que estaba escuchando atentamente.

Algunos hombres hablaban sin parar, como si su voz fuera la única que mereciera la pena oír, pero Matt no era así. Matt sabía escuchar.

Le había preocupado que trabajar tan cerca de él pudiera hacerla sentirse incómoda, pero estaba resultando ser más sencillo de lo que había imaginado. Aparte del hecho de que cada vez que llevaba las gafas él se las quitaba, se estaban llevando bien. Había habido muy pocos momentos en los que a ella se le hubiera olvidado respirar y ni se había producido ningún tipo de acercamiento íntimo ni se había repetido aquel incómodo momento vivido en su apartamento. Por supuesto, no había pasado nada de eso porque no había nada de íntimo en trabajar bajo un abrasador calor de verano con un equipo de personas.

Cada dos minutos alguien le hacía alguna pregunta a Matt. Él era la persona a la que todos recurrían en busca de ideas y soluciones, y no solo porque fuera el jefe. Él era el que poseía la visión creativa y las habilidades necesarias para que esa visión se hiciera realidad. Era el cerebro detrás de los diseños, pero también era el músculo. Literalmente. Se pasaba los días levantando peso por las azoteas de Nueva York y eso se notaba. La camiseta se le ceñía a unos hombros musculosos y tenía unas piernas robustas y fuertes.

Invadida por un intenso calor que se encendió en su vientre, se pasó el brazo por la frente. Era una injusticia extrema sentir excitación sexual cuando sabía que, si él alguna vez le ponía un dedo encima, esa excitación se reduciría a la nada.

Era un «muy deficiente».

Matt terminó la conversación y se acercó a ella.

—¿Va todo bien?

No, no iba bien.

—Estoy ardiendo —dijo sin pensar y entonces lo vio esbozar una sonrisa—. Quiero decir que hace calor. No soy yo, es el tiempo. Este tiempo hace que esté ardiendo en el sentido de que me ha aumentado la temperatura corporal, no... —su voz se fue disipando y él enarcó una ceja.

—¿No qué?

Ella lo miró.

—No eres gracioso.

—¿Acaso me estoy riendo?

Su boca tenía un gesto firme y serio y sus ojos... Bueno, no se los podía ver porque estaban ocultos tras esas gafas oscuras. Pero no parecía estar riéndose. Parecía... Parecía...

Frankie tragó saliva. Tenía un aspecto duro y sexy, estaba ligeramente despeinado y resultaba algo rudo, lo justo y lo suficiente para elevar su nivel de deseo.

En ese momento le habría resultado útil una lección de flirteo. Podría haber dicho algo que hubiera aplacado la tensión de la situación y que los hubiera hecho reír a los dos y, después, cada uno habría seguido con lo suyo. Por el contrario, se sentía como si estuviera hirviendo en aceite. La atmósfera vibraba con un trasfondo sexual que no sabía cómo manejar y no ayudaba nada que él estuviera tan cerca. Demasiado cerca. Es más, solo tenía que agachar la cabeza y...

—Esta azotea es abrasadora —dijo de forma poco convincente—. Podría freír un huevo en el suelo.

—A lo mejor deberías quitarte una capa de ropa —la ronca voz de Matt le rozó la piel y ella lo miró.

¿A qué estaba jugando? Era Matt. Matt. ¿Y le estaba diciendo que se quitara ropa? Se sentía tan lejos de su zona de confort que era como si estuviera colgando de un precipicio sujetándose únicamente con las uñas.

—No, gracias. Háblame del proyecto. He echado un ojo a los planos de Victoria. Son buenos. Me ceñiré a sus sugerencias y puede que añada algunas ideas. ¿Qué tienes pensado para el mobiliario? ¿Y para los asientos? —otras mujeres flirteaban, ella hablaba de mobiliario. Y no solo hablaba, más bien parloteaba; ese torrente de palabras era un contraste directo con el observador silencio de Matt.

Tenía la sensación de que estaba esperando a que dejara de hablar.

Y ahí estaba otra vez, esa extraña corriente eléctrica

detrás de las costillas. Tenía la piel muy sensible, como si todas sus terminaciones nerviosas de pronto se hubieran despertado de un profundo sueño.

—Los asientos serán tres bancos de madera —la voz calmada y tranquila de Matt contrastaba con sus nervios—. Armonizarán con el entorno rústico y el peso que tendrán evitará que se los lleve el viento.

—Suena bien. ¿Los vas a construir tú? Eres muy bueno con las manos. Quiero decir en el sentido de construir cosas, no de nada más —pero ¿qué le pasaba? La suave carcajada que soltó Matt fue la gota que colmó el vaso. Se cubrió los ojos con las manos—. ¡Ya está! No puedo hacer esto.

—¿Hacer qué? —aún riéndose, él le apartó las manos de la cara—. ¿Qué no puedes hacer, cielo?

Sus dedos eran cálidos y fuertes y ella se preguntó si podría sentirle el pulso acelerándose.

—¡Tener estas conversaciones!

—¿Qué tiene de malo esta conversación?

—Que estoy diciendo lo que no debo.

—A mí no me lo parece —Matt se detuvo—. Y tienes razón. Soy muy bueno con las manos.

Ella no sabía si seguían hablando del banco de madera o de otra cosa. Y, si estaban hablando de otra cosa, entonces...

Le daba vueltas la cabeza.

Se levantó. Le ardía la cara por el calor y tenía la lengua y la tripa hechas nudos.

Por fin, Matt se apartó de ella dejándole espacio.

—Deberías venir a ver el banco que he hecho ya. Está en el taller. Además, allí tenemos cosas que podrías usar.

De acuerdo, así que ahora estaba hablando de trabajo. Eso lo podía soportar y manejar.

De nuevo en su zona de confort, se relajó.

—¿Has pensado en las zonas de sombra?

–Les he recomendado una pérgola. Iban a comprobar su presupuesto, pero parece que van a aceptar la sugerencia.

–¿Cómo vas a subir al tejado el equipo de construcción y los materiales?

–Voy a usar materiales que se pueden subir en el ascensor porque, de lo contrario, tendríamos que alquilar una grúa y eso supone decirles adiós a veinticinco mil dólares. ¿Es ahora cuando me dices que vas a necesitar una grúa para subir toda la tierra que tienes pensado usar?

Ella se metió los pulgares en los bolsillos.

–No. Es una azotea, así que una mezcla de tierra ligera y de secado rápido reducirá el peso al mínimo –había olvidado cuánto le gustaba el reto que suponía diseñar un jardín de azotea. Había tantas cosas a tener en cuenta, desde preservar la privacidad y las vistas hasta las inclemencias del tiempo.

–¿Y las macetas?

–Hay varias opciones –miró a su alrededor, imaginándoselo–. Se podrían usar maceteros ligeros de fibra de vidrio o de Fiberstone. La mezcla de piedra y fibra de vidrio sería una buena elección.

–Cuando se van curtiendo, parecen piedra –dijo él asintiendo–. Funcionaría bien. Sin duda, deberías echar un vistazo a lo que tenemos en el taller. Podría haber algo que te pueda servir.

–¿El cliente tiene presupuesto para riego por goteo?

–Creían que no, pero les ayudé a ver la luz señalándoles cuánto les costaría sustituir las plantas que se les van a morir cuando se olviden de regarlas dos veces al día –la apartó a un lado para dejar pasar a James, que cargaba con una gran losa de piedra–. ¿Alguna idea sobre lo que vas a plantar?

Notar sus dedos agarrándole firmemente el brazo hizo que ondas de excitación le recorrieran el cuerpo y se posaran en su pelvis.

¿En serio? ¿Matt estaba intentando evitar que la aplastara una losa de hormigón y eso a ella le resultaba excitante? Su cuerpo debía de ser la cosa más extraña, rara e incomprensible del planeta. Cuando quería reaccionar ante un hombre, no sucedía, y, cuando no quería, su cuerpo reaccionaba.

No solía tener problemas de concentración, así que la enfureció descubrir unos pensamientos inoportunos colándosele en la cabeza. Era como caminar en un bosque y verse atacada por mosquitos. Quería apartarlos o rociarlos con algo tóxico.

—¿Frankie? —la pregunta de Matt le recordó que habían estado teniendo una conversación.

Esperaba que él no se percatara del lapsus.

—Me ceñiría a una sencilla paleta de colores y dejaría un estilo natural. Lo que se busca es usar plantas que sirvan de pantalla para dar privacidad a la terraza, pero sin ocultar las vistas de la ciudad.

—El edificio restringe la altura de las plantas hasta un máximo de un metro ochenta.

—Me gustan las plantas de hoja perenne y sus hojas pequeñas las hacen perfectas para jardines en azoteas. Las hojas grandes se desgarran con mayor facilidad con el viento —miró a su alrededor y al horizonte aliviada de tener una excusa para mirar a otro lado y no tener que mirarlo a él—. Tenemos ese bloque de apartamentos enfrente, así que hay que pensar en cómo preservar la intimidad aquí.

—Habíamos pensado en una pantalla de juncos económica.

—Podría servir —sus años de experiencia le permitieron visualizar cómo quedaría—. ¿Has pensado en plantar un magnolio de hoja perenne en ese rincón?

Él le siguió la mirada.

—No lo había pensado, pero es una buena idea. ¿Algo más?

Frankie recorrió el perímetro de la azotea y, al apartarse de él, su respiración volvió a la normalidad.

–Un boj inglés. O tal vez algo de hiedra. No queremos bloquear las vistas en esta dirección.

–Las vistas son perfectas tal cual están.

–Es la Nueva York icónica –Frankie dio un paso atrás–. Tenemos que pensar en el flujo de aire –repasó una lista de opciones–. Háblame más de esa pérgola y de los planes que tienes para los elementos acuáticos.

Él se lo contó mientras Frankie se concentraba en las vistas e intentaba acordarse de respirar.

–Esta noche me pondré a trabajar en ello –garabateó unas notas en su libreta. Seguía prefiriendo trabajar con papel y lápiz la mayor parte del tiempo y tenía la libreta llena de bosquejos e ideas.

–No sacrifiques tu noche por mí –Matt enrolló el plano del diseño–. Agradezco tu ayuda y es cierto que no vamos muy bien de tiempo, pero no quiero que te mates por esto.

–No es un sacrificio. Será divertido.

–¿Pasar la noche haciendo un diseño es divertido?

–Puede que haya vino de por medio. Desde que empezamos con Genio Urbano no existen las noches libres –se detuvo cuando una empleada de Matt se le acercó para que le firmara un documento.

Él garabateó su firma con tinta negra.

–¿Lo has comprobado, Roxy?

–Sí, jefe –la chica sonrió y le hizo un pequeño saludo militar–. Aprendí la lección la última vez.

Matt se quedó mirando a Roxy mientras se alejaba.

–Es viernes por la noche. ¿Cuándo fue la última vez que tuviste una cita?

Frankie miró a la chica preguntándose cómo podía agacharse con unos vaqueros tan ajustados.

–Creo que no te ha oído.

—No hablaba con ella, hablaba contigo.

—¿Conmigo? Ah... —vaciló sabiendo que su respuesta no la retrataría como paradigma de la sofisticación urbana—. Bueno... No sé... He estado ocupada... No salgo mucho —¿de qué servía mentir cuando él ya sabía que no era una juerguista?—. Cuando salgo con alguien, normalmente luego me arrepiento, así que me quedo tan contenta pasando la noche en casa y pensando en plantas.

Él se quitó las gafas de sol lentamente.

—¿Por qué te arrepientes?

Sus ojos eran de un color azul increíble, cálidos, mostraban interés y estaban centrados en ella.

Sintió todo su interior derritiéndose.

—Se me dan mal.

—Son solo citas. El único requisito es pasar un rato con alguien. ¿Cómo se te pueden dar mal?

El hecho de que le hubiera hecho esa pregunta ponía de manifiesto el enorme abismo que había entre sus experiencias de vida y sus expectativas, además de lo poco que sabía sobre su historia sentimental. Y lo poco que parecía entender sus complejos, a pesar del incidente de las gafas. Aunque ¿por qué iba a entenderlos? Matt era una persona segura de sí misma. Salir con alguien para él no debía de suponer algo que le hiciera plantearse ir al psicólogo.

—Es por la presión —intentó explicar ella—, por si les gustaré y si me gustarán. Por si tienes que ser más de una manera y menos de otra. Salir con un desconocido implica mucha hipocresía, ¿no crees? La gente proyecta una imagen. Ves lo que quieren que veas y normalmente ocultan quiénes son en realidad. Es como salir con una máscara puesta. No tengo energía para eso —expresarlo así era quedarse corta. Salir con alguien le suponía un estrés monumental y esa era la razón por la que había eliminado esa actividad de su vida.

—¿Y por qué no salir y ser uno mismo? ¿Eso no pasa nunca?

—No suele funcionar.

—¿Cómo no va a funcionar ser uno mismo?

Frankie era extremadamente consciente de que había gente trabajando a su alrededor y se preguntó cómo la conversación había pasado con tanta facilidad de girar en torno a las flores a girar en torno a sus fobias.

Y no era solo la conversación lo que la incomodaba, sino el modo en que la miraba, tan centrado en ella con esa mirada sexy y relajada, como si fuera la única persona que hubiera allí, en la azotea. En la ciudad de Nueva York. En el mundo.

Siempre se había sentido segura con Matt, pero en ese mismo momento no se sentía segura. Estaba intentando mantenerse dentro de su zona de confort y Matt parecía decidido a sacarla de ella a empujones, lo cual no era propio de él.

La invadían numerosas emociones que no reconocía y no sabía qué hacer con ellas.

—No espero que lo entiendas. Cuando estás con una mujer, probablemente será muy sencillo para ti.

Él levantó la mano y le apartó el pelo de la cara. Ella sintió sus ásperos dedos rozándole la piel con delicadeza y empezó a temblar.

—Cuando estoy con una mujer —dijo Matt con voz suave—, quiero que sea ella misma. Si a alguien no le interesa quién eres de verdad, o no le interesa mostrarte quién es de verdad, entonces probablemente estés malgastando el tiempo saliendo con esa persona.

Bajó la mano, pero el temblor no cesó. Era como si hubiera tocado un punto crítico. Le vio la cara desdibujada por el resplandor del sol y por las calenturientas imágenes de su cerebro.

«Cuando estoy con una mujer...».

Lo único que Frankie pudo pensar en ese momento fue «qué suerte tiene esa mujer».

La atmósfera era eléctrica y sintió una extraña sensación rozándole la piel. El corazón le latía con tanta fuerza que creía que la cuadrilla entera podría seguirle el ritmo.

−¿Estás saliendo con alguien ahora mismo? −¿por qué? ¿Por qué le había hecho esa pregunta? No lo quería saber. No era de su incumbencia. Se frotó los brazos preguntándose cómo se le podía haber puesto la carne de gallina cuando hacía tanto calor.

−No estoy saliendo con nadie.

−¿No hay nadie que te interese?

−Hay alguien me que interesa mucho.

−Ah −Frankie se sintió como si le hubieran dado una patada en el estómago−. Vaya... Qué... emocionante.

Ni en un millón de años se habría esperado que esa noticia fuera a disgustarla tanto. La tristeza descendió sobre ella como una densa neblina invernal empañando su buen humor.

Ojalá no le hubiera preguntado nada, aunque al mismo tiempo se alegraba de haberlo hecho porque al menos así dejaría de soñar con él y de preocuparse al creer que su relación podía estar cambiando.

Aquel comentario sobre que tenía unos ojos preciosos había sido solo eso: un comentario.

Para algunos hombres, salir con mujeres era prácticamente una afición, pero Matt era distinto.

Sabía que Matt no era de esos hombres que se iban acostando con la población femenina solo porque podían. Tampoco era la clase de hombre que necesitaba llevar a una mujer del brazo para alimentar su ego. Si le interesaba una mujer, eso era porque esa mujer era especial.

El mordaz ardor de los celos hizo que le dolieran las costillas.

Por un instante tuvo una visión de futuro, de noches

en la azotea con Matt y su novia abrazados sobre uno de los sillones.

–Me alegro por ti –dijo a pesar de no sentirlo–. Es genial.

¿Qué clase de mujer había despertado su atención? Sería muy guapa, obviamente. E inteligente, eso por descontado. Y segura de sí misma en el terreno sexual. Sin duda, alguien que sabría flirtear cuando la situación lo requería.

Y no la clase de mujer que llevaba gafas cuando no las necesitaba.

–No es genial –Matt se colocó los planos debajo del brazo–. Es complicado.

Frankie no supo qué decir a eso. Se sentía una completa inepta. Era la última persona que debía dar consejos a nadie sobre relaciones.

–Las relaciones siempre son complicadas. Por eso ni me molesto en tenerlas. No sé cómo es una relación sana y normal. ¡Y ya estoy otra vez! Soy como una nube que tapa el único rayo de sol. No me hagas caso. Si quieres consejo, habla con Eva. En asuntos de amor, ella tiene todas las respuestas. Y encima cree en ello, lo cual ayuda.

–No quiero hablar con Eva.

¿Estaba diciendo que quería hablar con ella?

Estaba dividida entre querer escapar y querer ser una buena amiga.

No tenía nada útil que decir sobre cuestiones de amor, pero eso no significaba que no pudiera escuchar. Era Matt. Matt, que llevaba años proporcionándole un precioso hogar.

–No puedo darte consejos, pero sí puedo escucharte si quieres hablar.

Y si se ponía verde de envidia, al menos haría juego con las plantas.

—¿Lo harías? —preguntó él con un matiz de humor en la voz—. ¿A pesar de que es el tema que menos te gusta?

—No quiero que ninguna mujer juegue contigo. Me gustas —¡mierda! No debería haber dicho eso—. Somos amigos, está claro que me gustas. Si quieres hablar, habla. Háblame de esa mujer que te interesa. Si te gusta, debe de ser muy especial.

—Lo es.

Sus palabras añadieron otra herida a las muchas que se le estaban acumulando.

—¿Por qué es complicado? Espero que no esté casada y que no siga en el colegio —al verlo enarcar las cejas, se sonrojó y sacudió la cabeza con gesto de disculpa—. Lo siento. Precisamente por esto no deberías hablar conmigo. En lo que respecta al amor, todos mis pensamientos son retorcidos. Bueno, ¿cuál es el problema? Díselo directamente. ¿O te da miedo que a ella no le intereses?

—Sí que le intereso.

—Bueno, claro, ¡cómo no! —la envida la volvía irritable—. Tendría que estar loca para no estar interesada. Eres el pack completo, Matt. Las tres eses, como dice Eva.

—¿Las tres eses?

—Soltero, sano y se... —iba a decir «sexy», pero de pronto entendió que eso se podría malinterpretar. Si él se enteraba de que le parecía sexy, jamás podría volver a mirarlo a la cara, y ya le estaba costando demasiado hacerlo después del incidente de las gafas—. Solvente —murmuró—. Eres solvente.

—¿Soltero, sano y solvente? —el comentario parecía haberle hecho gracia—. ¿Solo hace falta eso? No parece que sea un listón muy alto.

—En Manhattan, te sorprenderías —dijo Frankie veladamente—. Bueno, yo solo digo que, si te interesa alguien, no debería haber ningún problema. Un millón de mujeres se volverían locas solo de pensar en tenerte en sus vidas.

Hubo una pausa mientras Matt contemplaba el horizonte.

–No quiero un millón de mujeres. Quiero a una mujer y le dan miedo las relaciones. Es desconfiada, así que voy a ir despacio.

Hubo algo en su tono que hizo que ella lo mirara bruscamente, pero se había vuelto a poner las gafas de sol y no podía verle los ojos.

Estaba confundida.

¿No estaría diciendo...?

¿No habría querido decir...?

Una deliciosa y aterradora excitación la recorrió. Pasó de la envidia a la euforia. Estaba llena a partes iguales de alegría y calor. Matt estaba interesado en ella. «En ella». Ella era esa mujer. Solo pensarlo hacía que se mareara del entusiasmo. Tenía las manos sudorosas y el corazón le latía como la batería de una banda de rock. Y entonces pensó que, si él sabía que estaba interesada y él también estaba interesado, el siguiente paso lógico sería llevar las cosas al siguiente nivel. Él estaría esperando eso. Era lo que hacía la gente normal, ¿no? Por eso le estaba diciendo lo que sentía. Y si llevaban las cosas al siguiente nivel...

La realidad atravesó su felicidad y perforó su entusiasmo como una aguja contra el globo de un niño.

La euforia dio paso a una pura sensación de pánico.

–Pensándolo mejor, olvídalo. Es mejor mantenerse alejado de las relaciones complicadas –estaba tartamudeando. «Mantente alejado de mí»–. Dan demasiados problemas. En serio, Matt, no te metas ahí.

Admirar a alguien desde una distancia segura era una cosa; cuando pensabas que el otro no estaba interesado y que la relación no iría a ninguna parte, resultaba una afición segura. Pero eso... eso era distinto. Era como admirar a un tigre en un zoo y darte cuenta de pronto de que alguien había quitado el cristal que te separaba de él y que no había nada que impidiera que se acercara.

Hasta ese momento no había sabido que Matt estaba interesado en ella, pero saberlo ahora lo cambiaba todo.

Hacía que lo imposible fuera posible, y lo posible le resultaba aterrador.

—Nunca me han dado miedo las cosas complicadas, Frankie. Nunca he sido la clase de hombre que piense que algo que merece la pena es fácil de conseguir.

—Pues deberían darte miedo —«respira, Frankie. Hacia dentro, hacia fuera. Hacia dentro, hacia fuera»—. Las cosas complicadas no son buenas. Si esto es complicado, tal vez deberías replanteártelo. Mereces encontrar a alguien especial. Una chica amable, formal, sin complicaciones, dulce, que no vaya a darte problemas.

Articuló cada palabra con cuidado, transmitiendo con su tono un mensaje: «Y esa chica no soy yo».

—Frankie...

—Bueno, estábamos hablando de hacer un diseño y eso es lo que voy a hacer. Mañana hablamos.

Se apartó de él, tropezó con un saco de cemento y salió corriendo hacia las escaleras que conducían desde el tejado a la planta superior de la casa.

Bajo ningún concepto permitiría que eso fuera más allá, no solo porque creyera que todas las relaciones estaban condenadas al fracaso, sino porque sería imposible acercarse a Matt sin que él descubriera todas las cosas que quería mantener en secreto.

Él creía que la conocía porque sabía lo de las gafas. Lo que no sabía era que las gafas solo eran la punta del iceberg.

Roxy, con las manos en las caderas, vio a Frankie salir corriendo.

—¿Generas esa reacción en todas las mujeres, jefe?

Matt se pasó las manos por la nuca y pensó en su gata.

—Estoy empezando a pensar que sí.

—¿Qué le has dicho?

—Nada. Absolutamente nada —bueno, había dicho algunas cosas, pero apenas había empezado.

Roxy se levantó la gorra y se rascó la cabeza.

—Debes de haber dicho algo. Ha salido corriendo como si la persiguiera una manada de zombis.

—Se me dan bien las mujeres.

—La verdad es que sí —Roxy le sonrió—, pero está claro que hoy te ha fallado tu encanto natural. A lo mejor deberías ir tras ella, por si se cae y se parte el tobillo o algo. Parecía muy alterada. Seguro que te ha pillado mirándole el culo.

—No le estaba mirando el culo.

—Sí, claro que se lo estabas mirando.

Matt le lanzó una mirada severa.

—¿Qué ha pasado con el respeto?

—Te tengo tanto respeto, jefe, que no sé dónde ponerlo.

A Matt le costó no sonreír.

—Podrías ponerlo aquí mismo, Roxy. Aquí mismo donde yo pueda verlo.

—Oye, ¿acaso lo dudas? Me diste un trabajo cuando nadie en el mundo lo habría hecho y me ayudaste a encontrar una guardería. Eres mi héroe y te venero por ello.

Ahora sí que sonrió.

—¿Cómo está la bebé?

—Deja de llamarla «bebé». ¡Tiene dos años, Matt!

—¿Estás pudiendo dormir más?

—Un poco, pero se despierta muy temprano y preparada para jugar. No me importa. La quiero tanto que me desborda el corazón. Incluso cuando se despierta a las cuatro de la mañana y tengo los párpados pegados y vendería mi alma por cinco minutos más de sueño, la quiero.

Ahora le estoy leyendo mucho. Encontré un montón de libros en una tienda de segunda mano y le encantan –dio un trago de agua–. Sería perfecta para ti, jefe.

—Por lo general, me gustan un poco más mayores.

Roxy se atragantó con el agua.

—Mia no. Frankie. Sería perfecta.

—¿Desde cuándo te has vuelto una experta en relaciones?

—Haber tenido una muy mala te da una capacitación superior. Es casi como un título universitario. Te conviertes en una experta. Estoy convencida de que yo podría ser doctora en la materia. Sería doctora en DEP.

—Ni siquiera voy a preguntar qué es eso.

—«Déjame en paz». No incluyo tacos porque ahora soy madre y no quiero que Mia crezca oyendo mierdas... Quiero decir «cosas». Oyendo cosas. Y quiero que sepa que, si una relación te hace sentir mal, tienes que dejarla. No se debe seguir con ella, como hice yo.

Algo en el gesto de Roxy le hizo a Matt preguntar:

—¿Te ha estado molestando Eddy otra vez?

—¿Desde la última vez que le enseñaste dónde estaba la puerta? No –esbozó una media sonrisa–. Joder, se quedó aterrado. ¡Qué cara puso! Y eso que ni siquiera le tocaste. Solo le dijiste que se marchara y le echaste una mirada de esas que dan miedo. ¿Cómo lo haces?

—Mi truco son las expresiones faciales espeluznantes –se detuvo–. No vas a volver con él, ¿verdad?

—Nunca. No quiere conocer a Mia. ¿Qué clase de hombre no quiere a su propia hija? Además, me hizo sentirme mal conmigo misma –puso el tapón a la botella de agua–. No voy a estar con un hombre que me haga sentir mal. La vida puede ser una mierda por sí sola, así que no quiero invitar más mierda a mi casa y no quiero que Mia crezca viendo esa clase de relación. Quiero que sepa que puede elegir algo bueno. Que se lo merece.

Matt miró la intensidad de su gesto y sintió por ella el mismo respeto que había sentido aquel día en que se había presentado en la puerta de su despacho.

—Eres una persona increíble, Roxanne.

—Oye, no te vayas a enamorar de mí, porque ese rollo de jefe-empleado nunca funciona. Es por una cuestión de poder... —sacudió la cabeza. Le brillaba la mirada—. No. No funciona.

—Intentaré recordarlo.

—Frankie sería perfecta para ti. Es superinteligente. Hasta se sabe todos los nombres de las flores en latín. La he oído decirlos en voz baja. Y tiene un cuerpo fantástico. ¿Cuándo ha sido la última vez que has tenido una relación seria?

Matt cambió de postura, parecía incómodo.

—Hace mucho.

Pensó en Caroline, sollozando y gritando, suplicándole que la perdonara, diciéndole que no había significado nada, que solo había sido un momento de locura porque había estado bebiendo. Diciéndole que lo que habían compartido seguía ahí, que no había desaparecido.

Para Matt, sí había desaparecido. Tal vez podría haber perdonado una aventura de su novia por culpa de una borrachera, pero lo que no pudo perdonar fueron las mentiras. Ella había agarrado un cuchillo y lo había clavado en la confianza que habían compartido. Sin confianza, todo desaparecía.

Decidió que era el momento de dar por terminada la conversación.

—Tengo cosas que hacer. Te dejo al mando, Rox.

—¿A mí? —ella sacó pecho—. ¿Así que ahora soy la jefa?

—Eres la jefa.

—¿Tengo un ascenso?

—Ni en sueños —ya le estaba pagando un sueldo por

encima del salario para personal no cualificado y ambos lo sabían.

—Pero ¿puedo contratar y despedir a gente? —miró a James—. Más te vale ir con cuidado.

James estaba cargando con grandes losas de hormigón. El sudor oscurecía su camiseta y llevaba el pelo de punta.

—Ojalá me despidieras. Así podría librarme de este jodido calor y marcharme a casa.

—Echa un dólar en el tarro de las palabrotas —Roxy soltó la botella de agua—. Ya te ayudo, quejica.

James encogió sus poderosos hombros y miró a Matt.

—¿Por qué la contrataste?

—Ahora mismo no lo recuerdo, pero seguro que tuve una buena razón.

—Me estoy planteando volver a la abogacía. Allí no me puede seguir —James cruzó la azotea dando fuertes pisadas y Roxy sonrió al verlo alejarse.

—En realidad, me quiere. No me lo imagino de abogado, ¿y tú? Por cierto, eso que tienes que hacer ahora, ¿tiene que ver con Frankie?

—No. No es que sea asunto tuyo, pero tengo que echar unas horas en el taller.

—Lo que quieres decir es que quieres jugar un rato con tu motosierra. Lo entiendo. No hay nada como las herramientas eléctricas para quitarte tensión de encima. Los chicos y sus juguetitos. Sé mucho de eso.

—No soy un chico.

—Ya, eso lo sé también —se apartó el pelo de los ojos con un resoplido y le miró los bíceps—. Estoy intentando no fijarme en eso. Nunca había trabajado para un jefe sexy. Todo esto es nuevo para mí.

Él suspiró.

—Roxy...

—Oye, el jefe que tenía antes de quedarme embarazada tenía sesenta y cinco años y pesaba ciento diez kilos. Aún me estoy acostumbrando a la novedad de tener algo que mirar durante mi jornada laboral, así que dame un respiro. Vete. Estaré bien. Voy a terminar la terraza y a recoger. Y me aseguraré de que James trabaje hasta que el calor lo convierta en una patata frita. No te preocupes por nosotros. Somos el Equipo A.

Ellos no le preocupaban. Le preocupaba Frankie.

Nunca había visto a nadie tan alterado.

Se había ido corriendo tan deprisa que probablemente su ego habría sufrido daños permanentes de no ser porque sabía que la razón por la que había salido corriendo así no era que no le interesara él, sino al contrario.

Animado por ese pensamiento, se detuvo para ayudar a James a mover una última losa.

—¿Te puedes apañar por aquí?

—No te preocupes —a James se le marcaban los músculos—. La vida amorosa de un hombre tiene prioridad.

Matt decidió que una de las desventajas de trabajar en un equipo pequeño era que todo el mundo opinaba sobre su vida amorosa.

—Me voy al taller. Aún tenemos dos asientos rústicos que tallar.

—Lo entiendo. No hay nada como darle al martillo y a la motosierra para olvidarte de los problemas amorosos. Mujeres, ¿eh? —James le dio una palmadita en la espalda—. No hay quien las entienda.

—Eso es porque eres un burro —dijo Roxy con tono alegre—. Se nos puede entender fácilmente si te tomas tu tiempo. Ah, por cierto, jefe. Yo no me preocuparía demasiado.

—¿Por qué?

—Porque ella también te estaba mirando el culo.

Y, para Matt, esa fue la mejor noticia que había tenido en todo el día.

## Capítulo 5

«Antes de salir corriendo huyendo de algo, asegúrate de que lo que te está persiguiendo no corre más que tú».
—Paige


Romano's estaba abarrotado incluso para tratarse de un viernes por la noche. El restaurante siciliano propiedad de Maria, la madre adoptiva de Jake, era un próspero negocio de Brooklyn. Esa noche todas las mesas estaban llenas y la cola para entrar daba la vuelta a la manzana. Había mucho ruido y ajetreo en el local. Por la espaciosa sala resonaban el sonido de la conversación, el tintineo de los cubiertos y algún que otro grito desde la cocina. Unos olores deliciosos flotaban por el local, el aroma de los pimientos asados se entremezclaba con el perfume mediterráneo del orégano y el ajo.

Frankie se sentó en el banco situado junto a la ventana, donde Paige y Eva ya estaban sentadas.

—Tengo un problema. Un problema grave.

Eva se atragantó con el agua.

—¿Estás embarazada?

—¿Qué? ¡No! —horrorizada, Frankie miró a su alrededor para comprobar que no lo había oído nadie—. ¿Cómo iba a estar embarazada? Para estarlo tendría que haberme acostado con alguien y no practico el sexo desde... Ni siquiera me acuerdo –en realidad, sí lo recordaba. Lo recordaba perfectamente, pero no era una experiencia que pretendiera rememorar y tampoco estaba dispuesta a compartir con sus amigas la humillación que le había supuesto.

«Eres un "muy deficiente", Cole. Y sin reconocimiento por el esfuerzo realizado».

Aquella experiencia era gran parte de la razón por la que no podía permitir que lo de Matt fuera a más. Tenía que encontrar el modo de detenerlo ya. Tenía que dejar claro que no estaba interesada en ninguna relación o tenía que hacer que él dejara de estar interesado.

—Yo tampoco recuerdo la última vez que practiqué el sexo –dijo Eva con tono nostálgico–. Esto está llegando a un punto crítico. Hay días en los que me apetece enganchar al primer hombre que me encuentre por la mañana y decirle: «Házmelo ahora».

Paige esbozó una mueca de disgusto.

—Prométeme que nunca dirás eso.

—Para ti es fácil, estás teniendo relaciones sexuales excitantes y en todas las posiciones imaginables –estaba acercando la mano a la cesta del pan–. Y no ayuda que tengamos que ver todos los días tu sonrisita de satisfacción. Ha llegado el momento de pasar a la acción de un modo drástico.

—¿Comer pan es pasar a la acción de un modo drástico?

—Hace tanto tiempo que nadie me ve desnuda que puedo comer lo que me apetezca –se sirvió un panecillo caliente y fragante–. Y con lo de pasar a la acción de un modo drástico estaba pensando en algo más... creativo. ¿Es demasiado pronto para escribirle mi carta a Santa Claus?

—Es agosto —Paige ignoró el pan, pero se sirvió una aceituna de un cuenco del centro de la mesa—. No creo que Santa abra el correo tan pronto. ¿Por qué no te apuntas a una web de citas?

—Quiero conocer a alguien de la forma tradicional —Eva agarró una servilleta y un boli y empezó a garabatear algo.

Paige se asomó por encima de su hombro y leyó mientras Eva escribía.

—«Querido Santa, este año he sido buena. Demasiado buena. Para Navidad me gustaría practicar sexo muy ardiente con un hombre muy malo. Y también quiero un preservativo nuevo porque el mío caducó el mes pasado. Con cariño, Eva».

Paige se rio.

—¿Qué vas a hacer con eso?

—Guardarla en el bolso hasta que se presente el momento preciso —Eva dobló la servilleta cuidadosamente.

—¿Y si tienes un accidente y los servicios de emergencia la encuentran en tu bolso? —preguntó Frankie.

—Sería perfecto. Me encantan los hombres de uniforme. Bueno, dinos, si no estás embarazada, ¿en qué clase de problema te has metido?

Frankie abrió la boca para explicarles su aprieto, pero entonces vio a Matt y a Jake caminando hacia la entrada del restaurante enfrascados en una conversación.

Le dio un vuelco el estómago.

Las rodillas le temblaban tanto que se sintió aliviada de estar sentada. Aún no estaba preparada para verlo. No había pensado en lo que iba a decir o en cómo iba a manejar la situación.

—Olvídalo. Cambia de tema —agarró un vaso de agua. Le temblaba la mano y salpicó sobre la mesa.

El charco se extendía lentamente y Paige alargó la mano hacia Eva.

—Necesito esa servilleta.

—¡De eso nada! Utiliza la tuya. La mía es sobre el viaje a Laponia. Me va a cambiar la vida.

—Hola, preciosa —dijo Jake sentándose junto a Paige. Le rodeó la cara con las manos y le dio un largo y lento beso—. Te he echado de menos hoy.

Paige le sonrió y se olvidó de los charcos de agua y de las servilletas.

—¡Uf! —Eva se cubrió los ojos con la mano—. Por favor, tened un poco de consideración con los que no hemos tenido sexo desde que los dinosaurios andaban por el planeta.

Matt se sentó junto a Frankie.

Ella se puso tensa, apenas podía respirar.

Estar cerca de él no debería ponerla así de nerviosa, ¿verdad?

Sintió su largo y musculoso muslo contra el suyo e intentó apartarse, pero ya estaba contra la pared y no tenía adónde ir.

—Hemos interrumpido vuestra conversación —dijo Matt agarrando la carta—. Eva, ¿qué decías sobre sexo con dinosaurios?

—«Desde» los dinosaurios, no «con» dinosaurios. Mi preferencia es el sexo con humanos, pero hace mucho que eso no me pasa. No quiero hablar de ello. Es deprimente. Y, además, Frankie justo nos estaba diciendo que tiene un problema.

Frankie fulminó a su amiga con la mirada.

—¡Olvídalo!

—¿Por qué me miras así? Aquí todos somos amigos. Si podemos hablar de mí teniendo sexo con dinosaurios, podemos hablar de ti teniendo problemas. Es Matt y, además, a veces ayuda ver las cosas con perspectiva masculina.

No en esa ocasión.

—¿Tienes algún problema, Frankie? —Matt cerró la carta sin mirarla—. ¿Qué clase de problema?

Capullo. Sabía exactamente cuál era su problema.

—No tengo ningún problema.

Eva frunció el ceño.

—Pero acabas de decir...

—¡No era nada! Olvídalo.

—Bueno, aquí está mi perspectiva masculina —Matt apretó el muslo contra el de ella—: Es un error darle la espalda a un problema o huir de él.

A Frankie se le secó la boca.

—¿Por qué?

—Porque te seguirá. Ese problema seguirá ahí, pisándote los talones, así que más te vale darte la vuelta y enfrentarte a él.

Ella lo miró y vio ese retorcido y pícaro brillo en sus ojos.

Se derritió por dentro. Era el hombre más sexy que había visto en su vida.

—Suelo ponerles un ojo morado a los problemas que me persiguen.

—Eso está muy bien. Enfréntate a ellos.

Tenía la mirada clavada en ella y Frankie sintió que se le aceleraba el corazón.

—Pero ¿y si el problema se niega a marcharse?

—A lo mejor no es un problema. A lo mejor el problema es que te asustes.

—¿Qué? —Eva parecía desconcertada—. No tengo ni idea de lo que estáis hablando. ¿Podemos pedir antes de que me muera de hambre?

Matt dejó de mirar a Frankie y miró a Eva.

—Para ser una mujer que nunca practica el sexo, tienes buen apetito.

—El sexo no es la única forma de ejercicio que existe.

Frankie deseaba que todos dejaran de hablar de sexo.

Entre eso y el abrasador calor que desprendía la mirada de Matt, estaba a punto de combustionar.

Por suerte, justo en ese momento Maria llegó a la mesa con su pedido y la conversación pasó a temas más generales.

Por fuera era una noche de viernes normal, aunque en el fondo había una nueva tensión. Y ahí estaba el muslo de Matt haciendo presión contra el de ella. Puro músculo.

Él alargó la mano y se sirvió pan. Tenía la camisa remangada dejando al descubierto sus fuertes antebrazos. Tenía la piel bronceada por el sol y ligeramente moteada de vello oscuro.

Imaginó esas manos sobre su piel, lentas y habilidosas. Pacientes.

Imaginó esas manos sujetándole la cara con firmeza mientras la besaba.

¡Ay, Dios, cuánto deseaba besarlo! Lo cual no tenía sentido porque nunca había disfrutado besando a nadie. Su mente siempre se dispersaba y acababa pensando en plantas o libros.

–¿Qué tal le va a Roxy? –preguntó Paige levantando su bebida–. ¿Le está resultando bien la guardería?

–Sí, gracias a ti. Le va bien. Le hicieron precio de amigo, ¿verdad?

–Les estamos consiguiendo mucho negocio –dijo Paige–. La han ayudado encantados. Por cierto, esa empresa de paseo de perros que me recomendaste, The Bark Rangers, es brillante. He conocido a las gemelas y son fantásticas, aunque ni en un millón de años sería capaz de distinguirlas.

–Me alegro de que os esté funcionando –Matt estaba tranquilo y relajado–. Se lo diré a Dan la próxima vez que lo vea.

Frankie se sintió aliviada por el cambio de tema.

Como pudo, soportó el resto de la cena, pero entonces

Matt propuso que se juntaran todos en su azotea a tomar unas copas.

Ella necesitaba espacio y él no le estaba dando ni lo más mínimo. Cada vez que intentaba alejarse un poco de él, ahí estaba.

Se terminaron la cena y todos acordaron ir a la azotea a ver una película, pero Frankie se desmarcó del plan.

—Tengo que trabajar —ya que Matt era el que le había dado trabajo que hacer, no podría discutírselo, y tampoco podría dejar plantados a Jake y a las chicas—. Id sin mí.

Ese era su plan, pero, cuando llegaron a la casa de ladrillo rojo que compartían, Paige y Eva no siguieron a Matt y a Jake hasta la terraza. Por el contrario, se quedaron cada una a un lado de ella, como dos sujetalibros.

—Es hora de que hablemos —Eva le quitó las llaves de la mano y entró en el apartamento.

—Creo que esta noche prefiero estar sola.

—No pienso dejarte sola. No se me dan bien las situaciones tensas. Me inquieta y me quita el sueño y luego me pongo insoportable porque estoy cansada —Eva abrió la puerta y se quitó los zapatos. Tenía una envidiable capacidad de ponerse y sentirse cómoda en cualquier lugar.

—¿Por qué estás tensa?

—Yo no, tú. Eres tú la que está tensa. Y queremos saber qué está pasando entre Matt y tú.

Frankie se quedó paralizada en la puerta.

—No está pasando nada.

Paige la empujó para meterla en casa.

—¿Habéis discutido?

—¡No! ¿Por qué piensas eso?

—Estabas muy arisca con él.

—¿Arisca?

—Sí. Has hecho que Garras pareciera amable y simpática en comparación —Eva cerró la puerta dejándola atrapada dentro—. ¿Tienes vino en la nevera?

—¿Por qué? Iba a trabajar y después a leer mi libro...

—Pues te aguantas. Tu libro puede esperar. No me pienso marchar hasta que hayamos solucionado esto —Eva fue directa a la cocina y Frankie miró a Paige con gesto suplicante, pero su amiga se encogió de hombros.

—Estoy de acuerdo con ella. Has estado arisca. ¿Qué está pasando? ¿Es difícil trabajar juntos?

—¡No! Y nunca he discutido con Matt.

Eva asomó la cabeza por la puerta de la cocina.

—Tampoco habías trabajado nunca con él. Todo cambia una vez empiezas a trabajar con alguien. Y Matt puede ser tan controlador como Paige. Todo se tiene que hacer a su modo. ¿Te está volviendo loca?

—Yo no soy controladora —protestó Paige antes de esbozar una mueca cuando sus dos amigas la miraron—. Bueno, a lo mejor sí. Un poco, pero en el buen sentido. Porque me gusta que las cosas estén como me gustan.

Frankie las interrumpió.

—No está pasando nada y no hay nada raro. Trabajamos bien juntos. Es inteligente y creativo y... —se encogió de hombros— formamos un buen equipo —un equipo mucho mejor de lo que se podía haber imaginado. No solo porque era fácil trabajar con Matt, sino porque compartían las mismas ideas. En lo que respectaba al diseño de jardines, tenían un gusto similar.

—Bueno, ¿y cuál es el problema?

¿Debería decírselo? Sí, porque no tenía ni idea de cómo manejar la situación.

—Creo que le gusto —decirlo hizo que una explosión de adrenalina le recorriera el cuerpo. Su corazón revoloteó como una hoja arrastrada por el viento.

—Claro que le gustas. Hace años que sois amigos y... —Paige abrió los ojos de par en par—. ¡Ah! Quieres decir que le gustas de verdad.

—Lo sabía. Brindemos por ello —Eva sirvió el vino

con gesto triunfante–. Está llevando las cosas al siguiente nivel. Ya está harto de que seáis solo amigos. Quiere más. ¡Joder! Qué emocionante. Puede que yo no vuelva a practicar sexo, pero me alegra saber que mis dos mejores amigas sí.

–¡Espera! ¡Para! –Frankie levantó la mano–. No vamos a llevar nada al siguiente nivel. ¡No habrá sexo!

Paige le pasó una copa de vino.

–Me dijiste que te parecía atractivo.

–Matt es un amigo. Hace años que somos amigos. Respeta mi trabajo –sonaba patético, incluso para ella–. Me respeta.

–¿Te preocupa que deje de respetarte si vuestra relación cambia?

–Sé que no lo haría. Pero no quiero que cambie la opinión que tiene de mí.

–¿Y por qué la iba a cambiar?

–¿No está claro? ¡Mírame!

Eva se acurrucó en el sofá.

–Ya te estoy mirando y veo a una mujer atractiva, a una profesional segura de sí misma cuyo mayor defecto es su incapacidad para entender que un refresco de cola sin azúcar no es un desayuno saludable.

–Si te parece que ese es mi mayor defecto, entonces no has estado atenta. ¡Es imposible, imposible, que yo pudiera tener una relación con Matt!

–¿Por qué? El tío está como un tren –al instante, Eva miró a Paige con gesto de disculpa–: Lo siento. ¿Te ha sonado raro?

–No –tranquila, Paige agarró su vino–. Solo sería raro si a mí me pareciera que está como un tren.

–¡No es por él, es por mí! –¿es que no podían verlo?–. ¿Os imagináis lo que pasaría si Matt me bajara la cremallera de la sudadera? Todo lo que llevo encima saldría y él acabaría aplastado por la avalancha de problemas que oculto bajo esta ropa. Quedaría enterrado vivo –todos sus complejos, sus deficiencias, su tensión quedarían expuestos ante él y ella no sería capaz de volver a mirarlo a la cara.

—Ya sabe lo de las gafas —dijo Paige.

—Sí, pero hay otras cosas. Cosas más grandes. Y esas no las sabe.

Y ellas tampoco, porque nunca se las había contado. Y nunca lo haría. Había un episodio de su vida profundamente humillante que tenía intención de seguir manteniendo enterrado.

Eva se levantó.

—Olvidaos del vino. Esta situación requiere tarta de chocolate. Vuelvo enseguida —salió del apartamento y Paige bajó su copa con delicadeza.

—Matt también tiene algunos problemas después de lo de Caroline.

—Lo sé. Pero hay problemas y problemas, y los míos son... —hizo un gesto con la mano— problemas muy grandes.

—¿Y crees que a él le va a sorprender? No se puede decir que no te conozca.

—Créeme, hay muchas cosas que no sabe.

Eva volvió a tiempo de captar el final de la conversación. Cargaba una gran tarta de chocolate.

—Es el experimento de hoy, tiene un ingrediente secreto. Y Matt es más que capaz de gestionar tus problemas. Ese hombre puede gestionar cualquier cosa. Nunca lo he visto estresado —cortó unas generosas porciones de tarta—. Bueno, no es verdad. Lo vi estresado cuando Paige y Jake empezaron a salir, pero eso es distinto. Paige es su hermana y, cuando se trata de un hermano, la cosa cambia.

—¿Y tú cómo lo sabes? Eres hija única.

—Pero soy experta en relaciones. Es mi superpoder. Créeme cuando te digo que Matt se podría ocupar de tus

problemas con las dos manos atadas detrás de la espalda
–Eva levantó un tenedor–. Esa es una de las cualidades
que lo hacen tan atractivo.

–No quiero que se ocupe de mí. Como dices, Caroline ya le hizo sufrir bastante. No quiero añadirle más traumas.

–Estoy confundida. ¿Lo estás protegiendo a él o te estás protegiendo a ti misma?

–¡A los dos!

–Caroline mintió –Paige hundió el tenedor en la tarta–. No fue sincera. Tú no eres como Caroline. Matt confía en ti. Pero, si no te interesa, díselo claramente. Respetará tus sentimientos y te dejará tranquila –dio un bocado y cerró los ojos–. Sublime, Eva. ¿Cuál es el ingrediente secreto?

–Si te lo digo, tendré que matarte y comerte, y con esta porción de tarta ya he superado mis calorías diarias permitidas.

Frankie miraba su tarta sin tocarla.

–Sí me interesa. Ese es el problema.

Eva se detuvo con el tenedor a medio camino de la boca.

–¿Te interesa? ¿Matt? ¿Ese es el problema que has mencionado antes?

–¡Sí! Me interesa, pero no quiero sentirme interesada por él –se sentía como si le fuera a estallar el corazón–. Tengo la cabeza hecha un lío. Tiemblo cuando está cerca y tengo esa extraña sensación aquí –dijo frotándose el pecho–. Y, cuando habla, no me puedo concentrar porque siempre estoy pensando en…

–¿En?

–Cosas.

–¿Cosas? –Eva soltó el tenedor–. ¿Te refieres al sexo?

–¿Y por qué eso tiene que ser un problema? –preguntó Paige perpleja–. Si los dos sentís lo mismo, entonces, ¿qué os impide estar juntos?

—El hecho de que se me dan mal las relaciones. Muy mal. Si fuera a tener una relación, la última persona con la que la tendría sería alguien como Matt.

Paige se terminó la tarta.

—Alguien que te importa y que te gusta de verdad.

—Eso es.

—Y al que encuentras tremendamente atractivo.

—Eso es.

Paige soltó su plato.

—Frankie... —dijo con tono paciente—, la mayoría de la gente pensaría que salir con alguien que te gusta y que te resulta atractivo es un buen comienzo para una relación. Pero ¿tú dices que para ti eso no es bueno?

—Sí. Si lo estropeo todo, o, mejor dicho, cuando lo estropee todo, me importaría mucho. Ninguno de los chicos con los que he tenido relaciones que han salido mal me ha importado. No me han importado lo suficiente. Por eso eran perfectos.

—No, Frankie —ahora Paige sonó exasperada—, eso es lo que los hacía imperfectos. ¿En serio estás diciendo que preferirías tener una relación con un tipo que no te importa y al que no encuentras atractivo que tenerla con uno que te gusta de verdad?

—Eso es lo que estoy diciendo.

Eva abrió la boca y la cerró otra vez.

—¿Eres consciente de lo disparatado que suena eso?

—¿Por qué es disparatado? Cuando estropeo una relación con un tipo que no me gusta especialmente y por el que no tengo sentimientos, nadie sufre. No importa. Todo el mundo sale de la relación intacto. Con Matt sería distinto. Me gusta. Me importa. Con Matt, la relación sí me importaría. Uno de los dos, o los dos, acabaría sufriendo.

—Así que tu brillante plan maestro es seguir teniendo relaciones con tipos que no te gustan para que cuando todo salga mal no importe.

—Exacto. Y ahora que entendéis el problema, necesito que me digáis cómo solucionarlo. ¿Lo ignoro con la esperanza de que él también lo ignore? ¿Le hablo del tema cara a cara? ¿Le digo que no estoy interesada?

—Sí estás interesada —Eva se terminó la tarta—. Y él ya lo sabe.

—No lo puede saber.

—Matt es un tipo con experiencia y tú mientes fatal.

Frankie no había contemplado esa posibilidad.

—¿De verdad crees que lo sabe? —soltó la tarta sin haberla tocado.

—Sí, pero eso es bueno.

—No lo es. Si lo sabe, me voy a tener que mudar al Ártico.

—Nadie se va a mudar a ninguna parte. Tengo una idea mejor —dijo Paige—. Da el siguiente paso, a ver qué ocurre. Si quieres besarlo, bésalo.

—Jamás lo besaría. Eso aniquilaría cualquier tipo de sentimiento —Frankie pensó en ello—. Lo cual, por otro lado, sería un modo efectivo de manejar la situación.

—¿Por qué iba a aniquilar cualquier tipo de sentimiento?

—Porque besar es una de esas cosas que se ven increíbles en las películas, pero que luego resultan profundamente decepcionantes en la vida real. Aunque podría ser la solución perfecta. Si nos besáramos, a lo mejor nos daríamos cuenta de que ha sido un gran error y seguiríamos cada uno con nuestra vida.

Se hizo un breve silencio.

—Es una idea brillante —dijo Eva con tono despreocupado—. Adelante. Seguro que los dos os curaréis al instante y todos podremos volver a la normalidad. Ahora cómete tu tarta de chocolate y vamos a ver algo en Netflix.

# Capítulo 6

«Que un hombre no te pida que le indiques una dirección no significa que no debas mostrarle el camino».
—Paige

Matt estaba al teléfono cuando oyó la puerta. Sin dejar de hablar, la abrió esperando que fuera Frankie, a ser posible vestida solo con ropa interior.

Sin embargo, allí estaba su hermana. Llevaba un vestido entallado y su melena perfectamente alisada le decía que iba de camino a una reunión. Era lunes por la mañana y sabía que tendría el día planificado, hora a hora, porque así era como Paige vivía su vida.

Le observó la cara e instintivamente se fijó en su tono de piel.

Era una costumbre que había desarrollado años antes, cuando su tono de piel normalmente había sido un indicador de su estado de salud. En aquella época, una piel pálida y unos labios con un inquietante tono azulado habían disparado las alarmas. Paige había nacido con un problema coronario e incluso ahora, después de cirugías exitosas y años de buena salud, a él le costaba romper ese hábito.

Era sobreprotector y sabía que ese rasgo suyo volvía loca a su hermana.

Pero a él eso no le preocupaba. En su opinión, parte del papel de un hermano mayor consistía en volver loca a su hermana.

Se echó a un lado para dejarla pasar y se dispuso a finalizar la llamada.

—Aumentaré el pedido si reduces a la mitad el coste —le señaló la cafetera y Paige cruzó la cocina para servirse una taza mientras Matt negociaba un precio que pudiera asumir.

Cuando por fin colgó, ella estaba dando sorbos de café y rodeando la taza con las dos manos.

—Había olvidado lo bueno que eres regateando. Aún recuerdo a los habitantes de Puffin Island farfullando amenazas cuando les subías el precio por cortarles el césped en verano. Tenías catorce años.

—Había mucho césped y fue un verano muy caluroso —ojeó los diez mensajes que le habían llegado al correo electrónico durante la llamada—. Por mucho que me guste rememorar el pasado, tengo una reunión en una hora y es probable que tarde hora y media en llegar allí. ¿Va todo bien? ¿Qué puedo hacer por ti?

—Más bien se trata de qué puedo hacer yo por ti —bajó la taza lentamente—. Te puedo ayudar.

Su hermana era una organizadora nata, lo cual, en su opinión, era toda una destreza. Esa era una de las razones por las que su negocio iba a ser un éxito. Lo malo era su tendencia a intentar organizarlo a él también además de organizar todo lo demás.

—Te lo agradezco, Paige, pero ya tengo más negocio del que puedo abarcar.

—No hablo de tu negocio. Con eso no te puedo ayudar. Te puedo ayudar con tu vida amorosa.

Ya tenía a sus empleados entrometiéndose en su vida

amorosa. Lo último que necesitaba era que su hermana también contribuyera.

—No necesito ayuda con mi vida amorosa.

—En eso te equivocas.

—¿Crees que sabes mejor que yo cómo organizar mi vida amorosa? —«qué pregunta tan estúpida», pensó. La vio sonreír.

—Sé que sí.

—Deja que me exprese de otro modo —dijo Matt pensando muy bien lo que decía—. ¿Qué te hace pensar que tienes derecho a interferir en mi vida amorosa?

—¿A lo mejor el hecho de que tú hayas interferido en la mía?

Eso no se lo podía negar.

—Pensé que eso era agua pasada. Creo recordar que me estuve arrastrando después de aquello durante un periodo de tiempo humillante.

—A mí no me pareció humillante. Me pareció satisfactorio. No es habitual que admitas que te has equivocado.

—Es un rasgo de familia. Y tú tienes una vena muy cruel.

—Soy tu hermana. Es mi trabajo.

—Estoy empezando a echar de menos la época en la que estabas demasiado enferma para discutir conmigo. Mira, estoy dispuesto a afrontar todo lo que me tenga que venir, pero has elegido un mal momento para vengarte. Ya te he dicho que tengo una reunión.

—Esto no es una venganza. Puedo ayudarte, de verdad. Y me lo debes. Solucioné el problema de la guardería para tu Roxy.

—No es mi Roxy y yo te puse en contacto con un negocio genial de paseo de perros, así que supongo que estamos empatados. Además, puedo ocuparme solo de mi vida amorosa, Paige —ahora no estaba bromeando—. Tengo un buen criterio.

—¿Estás seguro? Porque le pediste matrimonio a Caroline.

—¡Auch! —solo una hermana podía haberle lanzado eso a la cara.

—Es la verdad, pero no seas demasiado duro contigo mismo. Te cegaron una melena rubia y una delantera impresionante. Te quedaste sin sangre en el cerebro y acabó en... Bueno, los dos sabemos dónde acabó. Eso ahora no importa. No era la mujer que te merecías, todo el mundo lo sabía, y tuviste el sentido común de terminar la relación. Pero, cuando encuentres a una mujer que sea perfecta para ti, será importante que no lo estropees.

Sabía qué estaba motivando esa conversación. Lo había visto antes, cuando Paige había estado enferma y cuando a Eva la habían acosado en el colegio. Las tres estaban pegadas como el velcro.

—Estamos hablando de Frankie.

—Me alegra saber que aún te queda algo de sangre en el cerebro.

—Puedo ocuparme yo, Paige.

—Umm —no muy convencida, dio otro trago de café—. Bueno, ¿y qué tal va?

Reconociendo cada uno de los matices de la voz de su hermana, Matt dejó el teléfono en la mesa.

—¿Te ha dicho algo?

—Soy una mujer. Soy tu hermana. No soy estúpida —se le iluminaron los ojos—. Qué emocionada estoy. Mi hermano y mi mejor amiga.

—Paige, no es...

—¡No, y nunca será nada si no me dejas ayudar! Y, si vas a decirme que esto no es asunto mío, ahórrate el aliento. Me lo debes.

Matt se obligó a cerrar la boca.

—Muy bien. Interfiere. Pero solo por esta vez.

—Prefiero llamarlo «ayuda».

—No me importa cómo lo llames. Preferiría ocuparme yo a mi modo.

—¿Incluso aunque tu modo de ocuparte sea un asco y probablemente echarías a perder tus posibilidades y tu amistad con Frankie? Para ti las relaciones siempre han sido muy sencillas. Lo único que has tenido que hacer ha sido mirar a una mujer y ella ha caído rendida a ti. No me preguntes por qué. No lo entiendo, la verdad. Y no es que esté diciendo que seas horrible ni nada por el estilo…

—Gracias.

—Una de tus ex una vez me dijo que tu sublime atractivo reside en que pareces un chico malo, pero que por dentro eres un buen tipo. Y con eso una chica se lleva lo mejor de todo.

Matt estaba intrigado.

—¿Qué exnovia?

—Siempre protejo mis fuentes. Pero lo que estoy diciendo es que nunca has tenido que pensar en nada, nunca has tenido que trabajártelo. Prácticamente has elegido a quien has querido.

La conversación estaba empezando a resultarle más que incómoda.

—Paige…

—Frankie no es así. ¡Le asustan las relaciones y tú la estás asustando, Matt! No pienses ni en nuestras experiencias ni en nuestros padres, piensa en Frankie y en cómo ha sido su vida. Su padre tuvo una aventura con una mujer que apenas acababa de salir de la universidad, y Frankie fue la que prácticamente tuvo que cuidar de su madre y ayudarla a superar la crisis. Desde entonces ha visto a su madre ir saltando de amante en amante desenfrenadamente. No me extraña que piense que todas las relaciones están condenadas a acabar mal. Y no quiere acabar mal una relación con alguien que le importa. Tienes que ir despacio. Échate atrás y deja que ella se acerque a ti.

Él había intentado ir despacio, pero se había dado cuenta de que, si esperaba a que ella se acercara, se quedaría esperando eternamente, y no tenía ninguna intención de hacerlo.

–Sé lo que hago, Paige.

Paige se rellenó la taza de café.

–Salir con hombres casi siempre ha resultado ser una experiencia vergonzosa y humillante para Frankie. Has hecho que se ponga a la defensiva, Matt. ¿Por qué crees que la otra noche no quiso subir a la azotea? La sacaste a la fuerza de su zona de confort y se encontraba inquieta y alterada.

«Bien».

Él la quería así, inquieta y alterada. La quería fuera de su zona de confort.

–Lo he entendido, Paige.

–Matt...

–He dicho que lo he entendido.

–¡Hombres! Vale, muy bien, actúa como un cabezota, pero no me culpes cuando todo salga mal –Paige se terminó el café y dejó la taza vacía sobre la encimera. Clavó la mirada en una invitación que vio apoyada en una estantería–. ¿Qué es eso?

–Una invitación de boda. Parece que últimamente tú estás viendo muchas.

–Solo como parte de mi trabajo –la agarró–. ¿Ryan, Emily y Lizzy? ¿Este tío se va a casar con dos mujeres?

–Lizzy es la hija de Emily. La hija adoptiva, aunque creo que son familia. Creo que es su sobrina o algo así –guardó el portátil en la bolsa–. Es Ryan Cooper. ¿Te acuerdas de él? Fuimos juntos al colegio. La familia vive en...

—Harbor House. Me encanta ese lugar. Tiene unas vistas increíbles de Puffin Point. Fui canguro de Rachel Cooper un par de veces.

—Eso fue hace mucho tiempo. Ahora es profesora en la escuela de Puffin.

Paige examinó la invitación.

—Así que Ryan se va a casar y será una boda en la playa. Asado de langosta y baile en el Ocean Club. Es el modo perfecto de pasar un fin de semana en la playa. Lo mejor de Puffin Island. Será divertido. ¿Vas a ir?

—Sí. Ryan es amigo mío. Seguro que será un fin de semana genial.

Ella volvió a dejar la invitación en su sitio.

—La invitación dice «y acompañante». ¿A quién vas a llevar?

No había pensado llevar a nadie, pero de pronto se le ocurrió algo.

—Voy a llevar a Frankie —a los dos les iría bien salir de la ciudad. Nueva York en verano estaba atestada de turistas y el calor era sofocante. El aire del mar sería bienvenido.

Sin embargo, a juzgar por la expresión de su hermana, ella no parecía estar de acuerdo.

—Frankie no iría a Puffin Island ni aunque estuviera drogada e inconsciente.

—¿Por qué no?

—En primer lugar, se trata de una boda romántica en la playa y los dos sabemos cuánto le gustan a Frankie las bodas románticas. Y después está el mayor obstáculo de todos...

—¿Cuál?

—Que Frankie no ha vuelto a la isla desde que se marchó para ir a la universidad.

—Estás exagerando —consciente de que llegaría tarde, Matt agarró el teléfono y se lo guardó en el bolsillo.

—¡Y tú estás insoportable! Es mi mejor amiga, Matt. Si hubiera vuelto allí, yo lo sabría.

Él se quedó paralizado, impactado; la sensación le recorrió las venas como si fuera agua helada.

—¿Hablas en serio? ¿Nunca ha vuelto a la isla? ¿Ni una sola vez?

—No. ¿Por qué iba a hacerlo? Para ella ese lugar no guarda recuerdos felices.

—Pero... —él se pasó la mano por la nuca intentando procesar la nueva información—. Mierda.

—Vaya, eso es muy elocuente.

—Pensaba que...

—¿Qué pensabas?

Había pensado que la conocía, pero estaba empezando a darse cuenta de lo poco que sabía de ella.

Y de lo mucho que quería saber.

—Creo que ya es hora de que vuelva.

Su hermana le lanzó una mirada de exasperación.

—Jamás la convencerás, pero ¿y si la convencieras y luego allí alguien fuera desagradable con ella? ¿Has pensado en eso?

—Nadie va a ser desagradable con ella —Matt contuvo el repentino arrebato de furia que lo asaltó.

—¿Cómo lo sabes?

—Porque yo estaré allí. Todo el tiempo.

Paige volteó la mirada.

—Don Protector. ¿Te vas a llevar un corcel blanco y una armadura?

—No. Solo llevaré mi encanto natural.

—A veces eres insoportable.

—Tú eres insoportable todo el tiempo —contestó Matt, aunque al ver el nerviosismo en su mirada, se ablandó—. Sé que es tu amiga, pero vas a tener que confiar en mí.

—Pero...

—Te he dicho que vas a tener que confiar en mí —agarró

la cazadora–. Y ahora, ve a meterte en la vida amorosa de otro porque ya has pasado demasiado rato con la mía.

Frankie solo había estado en su taller un par de veces. Era un gran espacio situado bajo su oficina que empleaba como almacén y también para realizar cualquier trabajo de construcción que no se pudiera desarrollar *in situ*.

Las puertas se abrían hacia una zona exterior llena de pilas de maceteros y baldosas. Unos cuantos árboles grandes se alzaban en sus cubos, preparados para ser trasladados hasta los distintos proyectos que Matt tenía en marcha.

Ese día estaba trabajando con el segundo de los tres bancos de madera que irían en la azotea. James y Roxy estaban trabajando en la azotea, así que Frankie y él estaban solos.

Frankie intentó no pensar en ello mirando fijamente el grueso tronco del árbol.

—¿Cedro?

—Cedro rojo —él se sacó una cinta métrica del bolsillo—. Es bastante sencillo darle forma y resistirá las temperaturas extremas.

A Frankie no le hizo falta preguntar qué quería decir. Había vivido varios veranos e inviernos en Nueva York.

—Va a quedar genial.

—Eso creo —Matt midió el tronco e hizo unos cálculos—. Mientras hago esto, ¿por qué no echas un vistazo a los maceteros? Mira a ver si encuentras alguno que pueda servir. Si no, podemos diseñar algo específicamente para que encaje en ese espacio.

—De acuerdo —había pasado las tres últimas noches planeando la charla que iban a tener. Esa charla en la que le diría que tenía que dejar de mirarla y de acercarse tanto a ella y le contaría todas esas cosas que estaba haciendo y que la desestabilizaban. Pero ese día él parecía estar más preocupado por su trabajo que por ella.

Se puso en cuclillas para mirar más de cerca un macetero de arcilla. Tras decidir que no se ajustaba a sus necesidades, siguió mirando y se detuvo junto al banco de madera que él casi había terminado.

Al igual que su hermana, les prestaba suma atención a los detalles y eso se reflejaba. La pieza era testimonio de sus destrezas como artesano y diseñador.

Miró hacia donde se encontraba Matt convirtiendo el grueso tronco del árbol en un estiloso asiento rústico.

Verlo trabajar era como ver a un artista. Utilizaba un nivel para medir dónde hacer los cortes y lo hacía con movimientos precisos y cuidadosos. Y solo cuando se quedaba satisfecho por tener la línea que quería, agarraba la motosierra. Se bajó la visera del casco y un momento después el sonido de la sierra cortó el aire. Llevaba usando la motosierra desde que era adolescente, cuando su padre se había dado cuenta de que era algo más que una afición y se había asegurado de que aprendiera bien a manejarla.

Frankie recordaba cómo en numerosas ocasiones le habían pedido ayuda cuando en la isla donde habían vivido se habían caído árboles durante fuertes nevadas. Al igual que otros miembros de la comunidad, Matt había acudido y había ayudado sin dudarlo.

Y parecía que no había perdido su destreza. No solo tallaba el banco, sino que comprendía la madera. Conocía sus puntos fuertes y sus debilidades. Entendía cómo obtener el mejor producto y su ojo para el estilo y el diseño era impecable.

Cortaba el contorno de base y después le daba forma. Cada corte debía ser el adecuado. Cada ángulo, perfecto. Era fascinante verlo trabajar.

Durante un breve e inquietante momento, Frankie lo

imaginó en la cama con una mujer. «Será bueno», pensó, e inmediatamente apartó la mirada.

¿Qué sabía ella sobre ser bueno en la cama?

Nada.

Ella era un muy deficiente. Y sin reconocimiento por el esfuerzo realizado.

Estaba tan ocupada preguntándose por qué ese pensamiento no dejaba de asaltarla que tardó un momento en darse cuenta de que el sonido de la sierra había cesado.

Al volver a mirar, vio que Matt se había quitado la camiseta junto con la ropa de protección y que a continuación se pasó la mano por la frente, sacó una botella de agua de la nevera portátil y se la vació sobre la cabeza y los hombros.

Su torso resplandecía con gotas de agua y a Frankie se le secó la boca. ¿Lo estaba haciendo a propósito para llamar su atención? No. Ni siquiera la estaba mirando. Y, además, ¿por qué no iba a quitarse la camiseta? Ese era su taller. Podía hacer lo que quisiera allí.

Lo conocía de toda la vida, pero esa era la primera vez que lo veía sin camiseta.

Los vaqueros le colgaban de las caderas y unos músculos duros y abultados brillaban bajo los intensos rayos de sol que se colaban por la ventana. Tenía un par de arañazos en los brazos y otro en el hombro, aunque desconocía si habían sido cortesía de una gata agresiva o de un rosal agresivo.

Se sentía extraña, ligeramente mareada, como si se hubiera bebido una botella de cerveza demasiado rápido o se hubiera pasado un día sin comer. «Es por el sol», pensó sacando una gorra del bolsillo trasero de su pantalón.

Era pelirroja y tenía que cubrirse cuando estaba al sol.

Trabajar en la azotea había sido más sencillo porque los demás empleados habían estado allí, pero ahora estaban los dos solos.

Matt se secó el agua de los ojos con las manos y, cuando miró hacia ella, sus miradas chocaron.

Frankie se sintió como si la hubiera alcanzado el impacto directo de un meteorito.

La mirada de Matt se oscureció y él esbozó una lenta sonrisa.

—Hace demasiado calor para esta clase de trabajo.

—Sí —ella se bajó la gorra hasta los ojos. Era el calor lo que la estaba volviendo loca. El calor. Nada más. Se dio la vuelta y se centró en los maceteros, pero un macetero no tenía mucho que ver, y cuanto más intentaba no mirarlo a él, más quería hacerlo.

Se estaba abrasando viva.

Ardiendo y frustrada, se puso en cuclillas para mirar más de cerca el macetero que tenía al lado.

Un par de botas de trabajo rayadas aparecieron en su línea de visión.

—Levántate, Frankie.

—¿Qué? —¿sería capaz de levantarse? No estaba segura y no quería intentarlo y que le fallaran las rodillas. Caerse de boca sería otro momento embarazoso que sumar a la larga lista de momentos embarazosos—. ¿Por qué?

—Porque somos adultos. Es hora de que hablemos —él alargó el brazo y la levantó como si no pesara nada.

Ella se quedó allí de pie, incómoda, consciente de la tierra que tenía entre los dedos y del sudor que tenía en la frente. El calor y la humedad habrían hecho que tuviera el pelo más alborotado de lo normal. No necesitó un espejo para saber que probablemente parecería una oveja que se hubiera topado con una valla electrificada.

—No tengo nada que decir y tú tienes que dejar de agobiarme.

Matt estaba demasiado cerca y ella podía ver su piel suave y bronceada y las curvas de sus poderosos músculos.

Retrocedió hasta que se topó con uno de los árboles. Las ramas le atravesaron la camiseta como dedos acusadores, empujándola hacia él.

Matt se acercó.

—¿Te estoy haciendo sentir incómoda?

—¡Sí! Me estás haciendo sentir incómoda.

—Bien —esbozó una sexy sonrisa que le derritió los huesos.

—Apártate. Estás invadiendo mi espacio personal y si me echo para atrás un poco más voy a acabar colgando de este árbol como un adorno navideño —le echó una tentativa mirada y al instante quedó atrapada, hipnotizada por sus ojos. Era una mirada que no había visto nunca desde que lo conocía.

—Matt...

—¿Qué?

Su voz ronca le acarició los sentidos como un guante de terciopelo.

—Ya lo sabes —se quedó quieta, paralizada por la deliciosa inevitabilidad de lo que estaba por llegar.

Iba a besarla.

«Sí, hazlo». Mejor que pasara ya, y así después él descubriría la verdad y los dos podrían seguir con sus vidas.

Cerró los ojos con fuerza, intentando respirar, esperando al roce de su boca, pero en lugar de besarla, él deslizó las puntas de los dedos sobre su mandíbula elevando su excitación a niveles insoportables.

Se sentía indefensa, drogada por esa engañosa delicadeza.

—Si dos personas que están solteras y no tienen ataduras tienen sentimientos el uno por el otro, no sé por qué no deberían dejarse llevar por esos sentimientos. ¿Qué opinas?

Hablar le supuso un gran esfuerzo.

—¿Estás hablando hipotéticamente o específicamente?

—Estoy hablando de nosotros, Frankie —el modo en que recalcó el «nosotros» la dejó sin aliento.

—En ese caso, no. Creo que no deberíamos dejarnos llevar por los sentimientos. Creo que sería un gran error. Eres un amigo. Eres importante para mí.

—¿No crees que la amistad es una buena base para una relación?

—En este caso la amistad es demasiado valiosa como para perderla. No merece la pena arriesgarla —le costaba respirar—. Estás demasiado cerca, Matt.

Él no se movió.

—¿Te pongo nerviosa?

—No estoy nerviosa. Soy cinturón negro de kárate. Podría derribarte como si estuviera talando un árbol —era mentira. Los dos sabían que era mentira.

—No tienes por qué tener miedo, Frankie.

—No tengo... —sintió su pulgar rozándole el labio y dejó de respirar del todo—. De acuerdo, ahora sí que estás demasiado cerca. Tienes que dejarme respirar. ¿Qué narices estás haciendo? —y entonces lo entendió. Obtuvo la respuesta—. Lo estás haciendo porque soy un reto.

Él dejó de acariciarla.

—¿Qué?

—Soy un reto. Por eso te intereso.

—Frankie...

—A los hombres les encantan los retos, ¿verdad? Y especialmente cuando se trata de mujeres. Estarás pensando «sé que no es muy buena en esto, pero yo puedo ser el que la transforme».

—Estás tan equivocada que no sé ni por dónde empezar.

—No empieces. Déjalo y finjamos que esto no ha pasado nunca. Yo lo olvido, tú lo olvidas, todos lo olvidamos. Soy un poco inestable, igual que Garras. Tienes que mantenerte alejado de mí —¿por qué no podía dejar de hablar?

Era como si todos sus pensamientos estuvieran decididos a salirle por la boca.

—No te pareces en nada a Garras. No quiero transformarte, Frankie. Estoy interesado en ti, no en una versión falsa de ti —su boca seguía peligrosamente cerca de la de ella—. Me gusta quién eres. Siempre me ha gustado quién eres.

—No sabes quién soy. No lo sabes de verdad.

—Sé que eres una mujer inteligente, creativa e increíblemente sexy. Y también sé que tienes algunos problemas con las relaciones.

¿Algunos?

—Tengo más que algunos problemas. Si los pusieras unos encima de otros, Norteamérica tendría una nueva cadena montañosa. Harían que las Montañas Rocosas parecieran pequeñas. Ni te lo imaginas.

—Sí me lo imagino —Matt se detuvo—. Tú no eres tu madre, Frankie.

Solo oír mencionar a su madre hizo que quisiera esconderse debajo de una piedra.

—Lo sé. Me he esforzado mucho para asegurarme de no serlo.

—A lo mejor te has esforzado demasiado.

—¿Qué significa eso?

—Que te has centrado tanto en no ser ella que ya no sabes cómo ser tú misma.

—Eso es una chorrada, Matt. No quiero minar tu ego, pero no te encuentro atractivo.

—Sé que me encuentras atractivo.

—Qué arrogante —se fijó en el brillo de diversión de su mirada.

—Me has estado mirando —él hundió la mano en su densa mata de pelo y se lo apartó del cuello—. Y la razón por la que lo sé es porque yo también te he estado mirando. Y creo que es hora de que hagamos algo más que mirarnos.

La excitación y los nervios se entremezclaron formando una agobiante maraña.

«Ay, mierda, mierda, mierda».

No sabía qué hacer. No sabía cómo debía responder.

Era una experta manteniendo a los hombres alejados de ella.

No tenía ninguna experiencia en dejarlos acercarse.

No sabía cómo hacerlo.

Matt era una parte importante de su vida. Dejar que se le acercara arruinaría todo lo que habían construido a lo largo de los años. Una parte de ella quería hacerlo desesperadamente. Una parte de ella quería descubrir dónde terminaba esa vertiginosa excitación. Un beso debería servir. Un beso bastaría para acabar con todo.

Gotas de sudor le salpicaban la frente. Se sentía como si la estuviera arrastrando la corriente, adentrándola en el mar y alejándola de la seguridad de la orilla.

¿Qué había aprendido en las clases de natación a las que había ido de pequeña en Puffin Island? Había aprendido que el mejor modo de actuar cuando te atrapa una corriente es no intentar nadar en contra. Nadas con ella y después, poco a poco, te separas y nadas de vuelta a la seguridad de la orilla.

—Eres un hombre muy sexy, Matt. Un millón de mujeres estarían interesadas en ti. No me necesitas.

—Cena conmigo esta noche.

Pero ¿acaso la estaba escuchando?

—Gracias, pero no. Cenar contigo lo complicaría todo.

—Cenamos juntos casi todos los viernes.

—Hoy es lunes —si lo besaba ahora, acabaría todo.

Alzó la mano y la dejó caer otra vez. No podía hacerlo.

Él enarcó las cejas.

—¿Cambia en algo que sea una u otra noche de la semana?

—No. Lo que cambia algo es el hecho de que vayamos a cenar solos. Sería más como una cita.

—No sería como una cita —dijo él lentamente—. Sería una cita. Eso es lo que es. Una cita. Te estoy pidiendo que salgas a cenar conmigo. Los dos solos.

—Y yo te estoy diciendo que no.

—A ver si lo entiendo... No te importa cenar conmigo cuando no es una cita, pero, cuando lo es, ya no te interesa.

—Así es.

—¿Sabes lo disparatado que suena eso?

—Tanto como pensar que podríamos tener una relación íntima y seguir siendo amigos.

—Frankie, nos conocemos desde hace más de veinte años —estaba siendo paciente—. Nada va a hacer que dejemos de ser amigos.

—No tendré una cita contigo, Matt.

—¿Por qué no?

—Podríamos empezar por el hecho de que, cuando termine, podría perder mi casa.

—¿Cuando la cita termine?

—Cuando la relación termine. Porque los dos sabemos que estamos hablando de eso. Cuando los hombres hablan de salir a cenar, a lo que de verdad se refieren es al sexo. Cenaremos y después querrás terminar en la cama y ahí es donde todo acabará derrumbándose.

Él parecía aturdido, como si le hubieran golpeado la cabeza con un objeto pesado.

—Frankie...

—Vamos a olvidarnos de que hemos tenido esta conversación.

—Así que no vas a cenar conmigo porque crees que la cena acabaría en sexo y eso acabaría en una relación que al final terminaría también —lo dijo despacio, como si estuviera intentando entenderlo.

—Así es —sus niveles de estrés se encontraban en lo más alto, así que se sintió aliviada de que por fin lo hubiera entendido—. ¿Y ahora podemos…?

—No todas las relaciones terminan, Frankie, y aunque esta terminara, puedo garantizarte al cien por cien que tu casa y tu seguridad no se verían afectadas jamás por nada que pasara entre nosotros —se pasó los dedos por el pelo—. Parezco un corredor de hipotecas.

—Te acostarías conmigo, me pondrías de nota un muy deficiente, y después la situación se volvería muy incómoda y me tendría que mudar —las palabras le salieron de la boca sin su permiso y ella se quedó paralizada por la vergüenza.

¿De verdad había dicho eso? Normalmente, su problema era no abrirse, no confiar demasiado en los chicos. La última persona con la que había salido había dicho que sacarle información personal era como intentar abrir una cámara acorazada, y a pesar de todo, ahí estaba ahora, soltando sin miramientos secretos que nunca había compartido con nadie.

A lo mejor, Matt no la había oído.

«Por favor, que no me haya oído».

El silencio y el asombro de Matt le dijeron que sus súplicas no habían obtenido respuesta.

Se quedó mirando al suelo, consternada. Le ardía la cara y el calor que sentía no tenía nada que ver con el clima.

¿Cómo iba a salir de esa?

Ignoraría el comentario con la esperanza de que él lo ignorara también.

—Adoro mi casa y no me quiero mudar —dijo apresuradamente—. Así que nunca me acostaría contigo, lo cual significa que salir a cenar también es imposible.

—¿Quién te dijo que eras un «muy deficiente»?

«¡Ay, Dios!».

Se quería morir. Rápido. Ya mismo.

—Olvídalo. No es...

—Dímelo.

—¡No quiero hablar de eso! Digamos que no era la mejor de la clase. Seguro que tú sacabas sobresalientes, así que vamos a olvidarnos de esto —¿podían las cosas empeorar? Su relación con Matt se estaba convirtiendo en la danza de los siete velos. Pieza a pieza, la estaba exponiendo. Primero las gafas y ahora eso. Pronto no le quedaría nada que ocultar. Se sentía emocionalmente desnuda—. No quiero hablar de ello, pero créeme cuando te digo que no te gustaría tener sexo conmigo. Me halaga que me encuentres atractiva, pero la verdad es que el sexo no es lo mío.

—¿Qué quieres decir con que no es lo tuyo?

¿Es que no iba a parar nunca de hacer preguntas?

—A la gente se le dan bien distintas cosas, ¿verdad? —dijo alzando la voz—. Yo soy brillante con las plantas, para reconocerlas, cultivarlas, prepararlas... para todo. Sé cocinar lo suficientemente bien como para no intoxicarme, sé suficiente de tecnología como para arreglarme el portátil cuando se me cae y soy muy buena amiga. Pero en el sexo, en eso no soy buena.

—¿Fue eso lo que te dijo el tipo del «muy deficiente»? —preguntó él con tono adusto—. Si te sientes como si te estuvieran calificando, no me extraña que te estrese el sexo. Debería generarte placer, no generarte presión.

—Sí, eso es —Frankie resopló para apartarse el pelo de la cara—. Pero para mí es todo presión y nada de placer. Y, por si eso fuera poco, luego está el asunto del apartamento.

—¿Puedes olvidarte del puñetero apartamento durante cinco minutos?

—No, ¡no puedo! Es mi hogar. ¿Te haces una idea de lo mucho que me gusta vivir ahí?

—Sé lo mucho que te gusta, Frankie —se pellizcó el puente de la nariz y respiró profundamente—. Nadie te va a echar del apartamento. Es tuyo durante todo el tiempo que quieras, así que ¿podemos separar eso de esta conversación?

Parecía que el único modo de hacerle entenderlo era ser franca y contundente, lo cual también implicaba humillarse a sí misma.

—No voy a tener sexo contigo, Matt. No se me da muy bien, no me sorprende que me diera esa calificación. Y tampoco se me da bien todo ese rollo sentimental y emocional que acompaña a las relaciones. A diferencia de Eva, no soy una persona de sentimientos. Y ahora, ¿podemos seguir con lo nuestro? No quiero hablar más de esto, y, si eres mi amigo, te apartarás y harás como si esta conversación no hubiera sucedido nunca.

—¿Te refieres a la conversación en la que te he pedido que cenes conmigo y que, no sé por qué, has convertido en una conversación sobre ser muy mala en el sexo y perder tu apartamento? —le brillaba la mirada—. Vaya noche íbamos a pasar. No me sorprende que hayas dicho que no.

—Bien. Entonces, en ese caso...

—Te recogeré a las siete.

—¿Qué? Creía que estabas de acuerdo...

—Yo estoy de acuerdo en que la cita que has descrito no es nada atrayente, pero esa no es la velada que vamos a tener nosotros. ¿Que si me pareces atractiva? Sí. ¿Que si querría acostarme contigo? Sí también a eso. ¿Que si te estoy invitando a cenar, pero en realidad pretendo que la cena acabe en sexo? No, porque no tengo quince años, Frankie. Lo creas o no, soy capaz de pensar y actuar sin estar condicionado por mis hormonas y puedo tener una cita con una mujer sin tener que acostarme con ella.

—Yo no quiero tener una cita. No utilices esa palabra.

–Muy bien. No es una cita, es una cena con un amigo –se apartó de ella–. Nos vemos a las siete.

¿Cena con un amigo? Lo miró atónita.

–Bueno, yo...

Pero ya estaba hablando sola porque Matt se había ido.

# Capítulo 7

«El peligro de una persona es el buen momento de otra».

—Eva

—Así que vais a salir a cenar –dijo Eva con tono cauto–, pero no es una cita.

—Así es. He intentado disuadirlo, pero no ha funcionado y ahora estoy atrapada. ¡Debería haberlo besado! Eso habría hecho que saliera corriendo –Frankie tiró toda su ropa encima de la cama. Estaba temblando de los nervios y no había comido nada desde el desayuno. Y todo eso era ridículo porque se trataba de Matt. Matt, a quien conocía de toda la vida. Con la diferencia de que la versión de Matt que conocía de toda la vida no era la misma que la había estado mirando con esa relajada mirada azul y esa sexy sonrisa–. ¿Qué me pongo? Tú sabes de estas cosas. Es tu superpoder.

—Necesito más información. Si no es una cita, ¿qué es?

—¡No lo sé! Los dos necesitamos comer, nada más –aunque no estaba segura de que pudiera comer algo. Tenía tantas mariposas en el estómago que no había espacio para nada más–. ¿Es que dos personas no pueden salir a cenar sin tener que analizar minuciosamente qué supone y qué motivación tienen para hacerlo?

–Claro que pueden –dijo Eva intentando calmarla–. Lo llamaremos una «no cita».

Una «no cita».

Frankie miró desesperada la ropa que tenía sobre la cama.

–Quiero estar bien. No quiero avergonzarlo. Pero es importante que le transmita el mensaje correcto.

–¿Y qué mensaje es ese? Estoy confusa.

Ella también lo estaba.

–El mensaje de que solo somos amigos. Esto no es ninguna relación ni nada de eso.

–Matt y tú ya tenéis una relación. Una relación encantadora.

–Sí –como le temblaban las rodillas, se dio por vencida y se sentó en la cama. Estaba aterrorizada, pero bajo ese pánico había algo más. Algo peligroso. Ilusión. Ganas. Matt. Sí que tenemos una buena relación, así que ¿por qué la estamos estropeando así? ¿Qué estamos haciendo? –soltó un gemido y se dejó caer sobre la montaña de ropa–. Tienes que decirle que me he puesto mala.

–No pienso decirle eso. Levanta. No puedo ver la ropa si te tumbas encima –Eva tiró de ella para levantarla.

–No tengo nada apropiado. Me paso el día peleándome con rosales. Cuando quedo con algún cliente, me pongo mi camisa blanca y mis pantalones negros. Las tardes y las noches las paso en pantalones de chándal y camiseta.

–Ya sabemos que le gustas con esa ropa. Le gusta cualquier cosa que te pongas.

Frankie sabía que era verdad, había visto el modo en que la miraba. Y el modo en que la miraba la hacía sentirse… sentirse…

—No puedo ir con chándal y camiseta a una cena.

—¿Adónde te lleva?

—No lo sé. No me lo ha dicho –o tal vez sí se lo había dicho y ella lo había ignorado. No había oído nada después de «Nos vemos a las siete». Había intentado decirle que no, que eso no iba a pasar, pero para cuando había reunido suficiente voz para hacerlo, él ya se había marchado y después había llegado James para recoger más material y había perdido la oportunidad.

—No ayuda mucho que no te lo haya dicho –opinó Eva–. Si te piden una cita, lo justo es que sepas qué esperar –cuando Frankie la miró con brusquedad, esbozó una sonrisa vacilante–. Pero ya que esto no es una cita, esas normas no se aplican. Ponte cualquier cosa.

—¿Qué es «cualquier cosa»? Por eso odio las citas. Si fueran solo un par de horas, lo soportaría, pero el estrés empieza horas antes de que llegue la cita de verdad.

—Cálmate. Es Matt. No tienes por qué tener miedo...

—¡Tengo miedo! Todo el mundo le tiene miedo a algo, ¿no? ¿A las alturas? Por mí no hay problema. Cuélgame del Empire State Building y seguiré charlando como si no pasara nada. ¿Ratas? Son una monada, sobre todo por el rabito que tienen. ¿Arañas? Dame una bien peluda y grande y me quedo tan tranquila.

Eva palideció.

—¿De verdad crees que te daría una araña del tipo que fuera?

—Es una forma de hablar. Hablaba de mí, de mis fobias. Y por cierto, mi fobia son las citas. Esa es mi fobia.

—Eso te pasa porque solo has salido con cretinos, pero Matt es distinto. Si no te calmas, vas a estar histérica cuando te tengas que ir.

Estaba histérica precisamente porque Matt era distinto.

—No sé qué ponerme.

—Ponte un vestido.

—No tengo ningún vestido. No me he vuelto a poner uno desde que aquel idiota arrogante me levantó la falda en el baile de promoción. Me dijo: «Ya es hora de que pierdas la virginidad». Y yo le dije: «Opino lo mismo sobre tu mano». Tuvieron que ponerle hielo en la muñeca.

—Lo sé. Estaba allí. Y aquel incidente fue espantoso, pero sucedió hace mucho tiempo, Frankie.

—Él fue el principio de una larga sucesión de citas desastrosas —se levantó sabiendo que estaba siendo injusta. Esperaba que su amiga la entendiera, pero no le había dado toda la información, ¿verdad? Nunca le había contado lo del «muy deficiente». Nunca se lo había contado a nadie. Excepto a Matt.

Matt lo sabía.

Soltó un gemido y se cubrió la cara con las manos.

—¿Por qué no vas tú en mi lugar?

—Porque Matt no me lo ha pedido y porque esta noche estoy ocupada.

—¿Qué vas a hacer?

—Voy a pasar una agradable noche sola —su tono sonó alegre y Frankie la miró. En ese momento, se olvidó de sus problemas.

—¿Paige sale con Jake?

—Él ha sacado entradas para un estreno en el centro. Qué suerte tienen. Pero no me mires así. Estaré bien. Estoy deseando estar sola.

—Mentirosa.

—Vale, a lo mejor no lo estoy deseando exactamente, pero me viene bien acostumbrarme a estar sola.

Frankie sintió algo encogiéndose en su interior.

—¿Estás triste?

Eva esbozó una temblorosa sonrisa.

—De vez en cuando, pero estoy bien, así que no te preocupes.

—Deberías salir tú con Matt. Así yo no me estreso y tú no tienes que quedarte sola y triste. Es la solución perfecta.

—No es la solución perfecta. Te lo ha pedido a ti, no a mí.

—Los dos haríais una pareja perfecta. Él con sus fuertes valores familiares y tú con tus cuentos de la Cenicienta.

—¿Qué cuentos de la Cenicienta? ¿Es que quieres que lleve harapos y le limpie la casa?

—No, pero los dos creéis en el amor. Haríais una pareja perfecta.

—Excepto por un gran inconveniente. Matt no me interesa en ese sentido y yo no le intereso a él. Le interesas tú —Eva volvió a centrarse en la ropa y descartó unos pantalones negros de yoga—. Estoy de acuerdo en que esto no nos sirve. ¿Seguro que no te puedo convencer para que te pongas uno de mis vestidos?

—No, gracias. No te ofendas, pero todos tus vestidos llevan la palabra «tómame» escrita encima.

—En ese caso, ojalá alguien les prestara atención. De acuerdo. Nada de vestidos. Apártate para que pueda ver mejor qué tenemos —rebuscó entre la ropa que había sobre la cama de Frankie y eligió unos *leggings* de color verde esmeralda—. Estos podrían servir. Son bonitos. ¿Cuándo te los has comprado?

—No me los he comprado. Paige y tú me los comprasteis cuando fuisteis a pasar el día a Bloomingdale's.

—Me acuerdo. ¡Qué gran día! No te los he visto puestos nunca. ¿No te gustan?

—Me gustan —admitió Frankie—, pero no los quiero estropear poniéndomelos.

—Se supone que te los tienes que poner.

—Nunca sé qué ponerme con ellos.

—Tengo una blusa de seda preciosa que quedaría perfecta y un bolso a juego. Voy a por ellos en un momento, pero primero enséñame tus zapatos. No quiero tener que hacer dos viajes.

Frankie sacó dos pares de zapatillas de correr, varios pares de Converse, tres pares de botas robustas y dos pares de zapatos planos.

Eva los descartó todos.

—¿No tienes nada con tacón?

—El último par que tenía se me rompió cuando se me quedó atascado en aquella rejilla de la Quinta Avenida.

—Tenemos el mismo número. Te dejaré algo.

—No quiero llevar tacones. Me encantan mis zapatos planos. Me gusta poder caminar.

—Los tacones te dan una excusa para agarrarlo del brazo... —dijo Eva y, ante la mirada de Frankie, añadió apresuradamente—: Lo cual no quieres hacer, obviamente, así que podrías llevar zapatos planos perfectamente. Gran idea.

—Nada de esto es una gran idea. ¿De qué vamos a hablar?

—De lo mismo que habláis cuando estamos todos juntos —Eva seguía rebuscando entre la ropa—. De plantas, de azoteas, de Garras, de taxistas locos, de los ruidos de las obras de Manhattan... El tema de conversación es infinito. ¿Qué es esto? —preguntó sosteniendo una vieja camiseta gris con un agujero en el hombro.

Frankie se encogió de hombros.

—Sé que es vieja, pero no importa porque me la pongo para dormir.

—Ya no —dijo Eva tirándola al suelo.

—Vivo sola. ¿A quién le importa lo que me ponga para dormir?

—A mí. No podré dormir arriba pensando en que aquí abajo llevas esto puesto.

—Te quiero, pero hay veces en las que me pareces muy rara.

—El sentimiento es mutuo —Eva tiró otra camiseta al suelo—. ¿Y qué pasa si se produce un incendio por la noche? Un bombero guapo podría venir a rescatarte y tú llevarías esa cosa gris y fea.

—Si hubiera un incendio por la noche, esperaría que el bombero estuviera centrado en que los dos no muriéramos achicharrados en lugar de juzgando mi gusto para la moda.

—¿A esto lo llamas «gusto»? —Eva tiró otra camiseta al montón—. Tu armario es una abominación. No me extraña que no sepas qué ponerte para ir a cenar con Matt. Aquí no hay nada.

El recordatorio de la cena hizo que a Frankie le volvieran los nervios al estómago.

—No sé por qué quiere hacer esto.

—Porque le gustas —dijo Eva pacientemente—, y quiere pasar tiempo contigo.

—Debería haberlo besado. Así todo habría acabado.

—Si te pide una segunda cita, puedes probarlo —Eva alargó la mano y enroscó en su dedo un rizo de Frankie—. Tienes un pelo precioso. Imagino que no me dejarías...

—No.

—Pero si no sabes qué...

—Aun así, no.

Eva suspiró y bajó la mano.

—¿Y qué tal un toque de brillo de labios? Solo para resaltar tu boca.

—No quiero resaltar mi boca ni ninguna otra parte de mí. Voy a cenar y ahí acaba todo —porque, si no acababa ahí, eso significaría...

Tragó saliva y miró a Eva.

—¡Para! —Eva se levantó—. Tienes que dejar de analizarlo todo y prepararte ya. Ve a darte una ducha mientras yo voy a por la blusa —fue a la puerta y se detuvo con mirada melancólica–. Cuánto me alegro por ti. No me puedo creer que por fin los dos vayáis a tener una cita.

–¡No es una cita!

–Claro que no –respondió Eva intentando calmarla–. Lo que quería decir es que espero que lo paséis genial en vuestra... eh... cena que no es una cita. Una no cita. Es una no cita.

–¿Qué pasa? –Paige se estaba comiendo una tostada con una mano y moviendo el ratón con la otra mientras revisaba el correo electrónico–. ¿Adónde vas con tu blusa favorita?

–Se la voy a prestar a Frankie. Tiene una cita con Matt –dijo Eva bailando por la habitación y canturreando para sí–. Pero no lo llames así o la asustarás. Van a tener una no cita, que es el nuevo modo de salir para la gente a la que le asusta salir con otros. Para Frankie, básicamente.

Paige se terminó la tostada.

–Una no cita. Suena interesante. ¿Y qué pasa si se divierten?

–No lo sé –Eva se encogió de hombros–. Supongo que tendrán una segunda no cita y antes de que se den cuenta estarán teniendo no citas de manera regular. A lo mejor incluso habrá un no compromiso y una no boda. Con tal de que la tarta sea de verdad, lo demás no me importa.

Paige enarcó las cejas.

–¿No crees que te estás adelantando un poco?

–Alguien tiene que hacerlo. Frankie lleva demasiado tiempo atascada emocionalmente. Y su armario también lleva demasiado tiempo atascado sin evolucionar y eso tiene que acabar. Voy a colarle unas cuantas cosas en el apartamento con disimulo, espero que no se dé cuenta – frunció el ceño–. Ojalá Matt la agarre y la bese.

–Para –dijo Paige alzando una mano–. No quiero imaginarme a mi hermano besándose.

–Seguro que besa de maravilla.

–¡No! No quiero pensar en eso. Vete y dale la blusa a Frankie –Paige levantó el teléfono–. ¿Seguro que no te importa que me quede a dormir con Jake?

–¿Importarme? ¿Por qué iba a importarme? No soy tu madre –dijo Eva y, adoptando un gesto serio, añadió–: Espero que uses protección, Paige, y que tomes las decisiones correctas.

–Ya sabes a qué me refería.

–Sé a qué te referías. Te preocupa que me pase toda la noche llorando, pero te prometo que no lo haré.

–No me gusta dejarte sola.

–¡Por favor! ¿Acaso tengo doce años? Estoy deseando pasar algo de tiempo sola. Me voy a dar una sesión de belleza y a hacer un maratón de Netflix. ¡Qué maravilla!

Paige la miró fijamente.

–¿Estás segura?

–Estoy segura. No tienes que vigilarme. Es verdad que a veces estoy triste, pero es de esperar. He perdido a la única familia que me quedaba y la echo de menos terriblemente. A veces la vida es un asco. Todos lo sabemos. Sé que Frankie y tú pensáis que soy como un malvavisco dulce, pero soy bastante resistente.

–Sé que lo eres –Paige le dio un abrazo–. Y no estás sola. Nosotras también somos tu familia.

–Lo sé, pero esta noche no necesito una niñera. Ve a avivar las llamas con Jake, pero no tantas como para que tengáis que llamar a los bomberos. Aún estoy intentando recuperarme después de haber visto lo que se pone Frankie para dormir –Eva le dio una palmadita en el hombro y se alejó–. Tengo un trabajo muy importante que hacer. Tengo que asegurarme de que Frankie no echa el pestillo de la puerta y se niega a ir a esa cita.

—Eso no va a pasar.

—No la has visto. Estaba al borde de un ataque de pánico.

—Matt se ocupará de ella. Y, por cierto, tomo unas decisiones excelentes, aunque puede que no quiera revelárselas todas a mi madre.

# Capítulo 8

«Las relaciones son como Halloween. Dan miedo».
—Frankie

Matt había optado por una velada discreta e informal que se pareciera lo menos posible a una cita, y en cuanto vio lo nerviosa que estaba Frankie supo que había tomado la decisión correcta.

—Frankie...

—¿Qué? ¿Qué? ¿Estoy bien? No me has dicho adónde vamos, así que me ha costado saber qué ponerme. Seguro que no llevo la ropa adecuada...

—Estás increíble. ¿Puedes caminar con esos zapatos? Porque vamos a caminar.

—Claro que puedo caminar. Me estás confundiendo con Eva, que lleva zapatos que son como rascacielos. ¿Te parece que estoy increíble? ¿Te gusta la blusa? —se tiró de la blusa de seda y él sonrió.

—No me había fijado en la blusa, pero ahora que lo dices... —la vio tomar aliento.

—Oh, qué zalamero.

—No es zalamería —deslizó los dedos bajo su barbilla y le giró la cara hacia él—. Es la verdad. Se llama «cumplido».

Ella lo miró con dureza.

—Los cumplidos me hacen sentir incómoda. Apártate.

—No me pienso apartar. Y ya te acostumbrarás a los cumplidos con el tiempo. ¿Estás lista? Tengo un taxi esperando.

Unos días atrás le habría divertido y exasperado a la vez que pudiera sentirse nerviosa a su lado cuando se conocían de toda la vida, pero eso era antes de darse cuenta de lo mucho que no sabía de ella. Entendió que lo que importaba no era la duración de la relación, sino la profundidad. Ahora sabía que ella tenía secretos.

Y quería que los compartiera con él.

Quería saber quién le había dicho que era un «muy deficiente».

Pero ahora mismo quería que dejara de pensar en la noche que tenían por delante. Cambió de tema mientras se dirigían al taxi y le contaba una historia divertida sobre una clienta que había conocido hacía unos días y que había querido plantar un manzanal instantáneo.

—¿Instantáneo? ¿Cómo puede ser instantáneo? ¿Se cree que tienes poderes mágicos? —y así, la mirada de recelo de Frankie quedó sustituida por risas mientras subían al taxi.

—Vio una foto en una revista y quería que su jardín estuviera igual. Había leído que podías comprar árboles maduros y se creía que era lo único que hacía falta. Tuvimos una conversación muy seria —se relajó en el asiento trasero y miró por la ventanilla mientras el taxi cruzaba el Puente de Brooklyn en dirección a Lower Manhattan.

—Entonces ¿le has dicho que no a un cliente?

—La escuché y después le propuse un enfoque distinto. Nunca acepto un trabajo que sé que es mala idea. A corto plazo habríamos tenido una clienta, pero, cuando su manzanal se hubiera marchitado y muerto, se habría convertido en una exclienta y mi reputación habría servido para abono junto con las manzanas.

—Y probablemente ahora esté enamorada de ti.

Matt se rio.

—Yo no iría tan lejos, pero sin duda llegamos a cierto nivel de entendimiento.

—¿Dónde vive?

—En Maine —cuando pasara un rato, sacaría el tema de Puffin Island, pero aún no.

—Entonces, tendrás que tener cuidado con las especies que le recomiendas.

—¿Por el clima frío?

—Por el clima frío, por la época de crecimiento breve y por las enfermedades.

—Eso es lo que le dije —aun así, estuvo bien que Frankie se lo confirmara. La profundidad de sus conocimientos siempre lo impresionaba—. Quiere cultivar manzanas Pink Lady.

—Olvídalo. Y también que se olvide de la Braeburn, de la Gold-Rush y de la Granny Smith. Como no maduran antes de la primera helada, no tienen sabor. Yo optaría por Beacon o Snow. La Honeygold y la Honeycrisp también funcionarían, pero plantes lo que plantes, tienes que preparar la tierra y trabajarla bien porque de lo contrario tus pobres manzanos se irán a pique.

—Tomo nota.

Siguieron discutiendo del tema con mayor detalle mientras el taxi atravesaba Manhattan en dirección norte y él se fijó en que, cuando dejaba de pensar en la «cita», Frankie estaba relajada. También se fijó en que la blusa que llevaba resaltaba el increíble verde de sus ojos. El cabello le caía sobre los hombros como una maraña de fuego y llamas y tenía la nariz ligeramente roja del sol.

—Voy a hablar con algún productor de manzanas local y le prometí que, mientras tanto, le llevaría un plano.

—Victoria se ha ido. ¿Quién te lo va a hacer?

—Esperaba que lo hicieras tú.

—¡Ya te estoy ayudando con la azotea! ¿Qué crees que soy? ¿Un robot?

—No. Creo que eres una persona muy competente y con mucho talento —se le ocurrieron muchas otras cosas más, cosas que lo mantenían despierto por las noches y que lo desconcentraban, pero limitó los cumplidos al trabajo—. Y precisamente porque eres competente y tienes talento, necesito tus ideas para este jardín. He pensado que podrías implicar a Roxy y pasarle un poco de tu experiencia.

La mirada de Frankie se suavizó.

—Me gusta Roxy y eres muy generoso al haberla contratado.

—Es muy trabajadora y se merece una oportunidad —se inclinó hacia delante para decirle algo al taxista y Frankie miró por la ventanilla.

—Esto es Central Park.

—Así es.

—¿Esta es nuestra cita?

—¿Qué cita? No estamos teniendo ninguna cita.

El taxi se detuvo, Matt le pagó e instó a Frankie, que no dejaba de protestar, a bajar del coche.

—Quiero pagar.

Él negó con la cabeza, pero entonces recordó la importancia que le daba ella a pagar sus propias cosas.

—Puedes pagar el camino de vuelta. O, si no, podrías pagarme dándome la ayuda que no me puede dar nadie más.

Ella esperó mientras él cerraba la puerta del taxi.

—¿Así que me estás pidiendo que te ayude con este trabajo y con el otro? Aunque tuviera tiempo, no puedo aconsejarte debidamente sin ver el jardín. Necesitaría darme un paseo por él y hacerme una idea del lugar. Necesitaría saber más del terreno...

—Entonces ¿es un «sí»? Gracias.

—Yo no he dicho... —emitió un sonido de exasperación—. ¡Qué manipulador eres!

—Soy un hombre que sabe cómo elegir a la mejor persona para este trabajo —la conversación era como las que tenían habitualmente; tanto que él sonrió y al cabo de un segundo ella le devolvió la sonrisa.

—Paige hace lo mismo.

—¿Qué hace?

—Eso que consiste en fascinar a la gente para que os dé la respuesta que queréis oír.

—¿Te parezco fascinante?

—No. Me pareces tremendamente irritante.

—¿Tienes hambre?

—¿Sinceramente? No mucha. Las citas me ponen nerviosa y ponerme nerviosa me quita el apetito —se detuvo en seco con mirada de desesperación—. Ya te he advertido que esto no se me da bien. Se supone que debería estar generando una conversación fascinante y seduciéndote con mi ingenio y mi cuerpo, pero hasta ahora lo único que he hecho ha sido hablar de manzanas.

—En primer lugar, no estamos teniendo una cita. En segundo lugar, estamos en un sitio público, así que probablemente sea mejor que no me seduzcas. Y en tercer lugar, resulta que las manzanas me parecen muy interesantes.

—Matt...

—Frankie —dijo con tono paciente—, te estás esforzando demasiado. Sé tú misma.

—Estoy nerviosa. Mira... —alargó las manos—, estoy temblando. Si me dieras una copa ahora, la tiraría.

—Te he pedido salir conmigo porque me gustas. Me gustas tú, no la versión de ti que crees que deberías ser. Solo tienes que ser tú, nada más. No es difícil, Frankie.

—Yo —no parecía muy convencida—. De acuerdo, lo intentaré.

Él le agarró la mano y la llevó contra sí, apartándola de los monopatinadores y de los carruajes tirados por caballos. En las noches de agosto, Central Park estaba abarrotado y lleno de color, y ellos entraron en él dejando atrás la locura de la ciudad, las brillantes luces y el estruendo de las bocinas. Se cruzaron con corredores y turistas, con parejas de enamorados paseando de la mano, con músicos y con una pareja de novios que estaban posando para sus fotos de boda.

–Alerta nupcial –dijo él lentamente–. Mira al frente.

–No hay escapatoria –ella esbozó una mueca y alzó la mirada hacia las copas de los árboles–. Es precioso. Después de una semana mirando torres de acero y cristal, necesitaba una dosis de naturaleza. Ha sido una gran idea.

–Me encanta Central Park. Es uno de mis lugares favoritos de Nueva York. Cuando llegué aquí, echaba de menos Puffin Island y solía venir al parque a por mi dosis de naturaleza. Es un lugar donde puedes escapar de la excesiva energía de esta ciudad. Hay un banco del que me apropié y donde estudiaba. Es lo mejor del parque. Encontrar tu propio espacio.

Pasearon por un estrecho y serpenteante camino entre sol y sombra y parterres rebosantes de flores.

–¿Qué habrías hecho si me hubiera puesto tacones?

–Sabía que no te los pondrías.

–¿Cómo lo sabías?

–Porque te conozco –aunque en realidad resultaba que no la conocía tan bien como había creído o querido. No obstante, tenía pensado hacer algo al respecto.

La miró y la encontró mirándolo.

Dejó de caminar y ella hizo lo mismo.

El aire se quedó quieto. No había viento y todo el sonido se desvaneció.

Un mechón de pelo se curvó alrededor de la mejilla de Frankie apuntando hacia su boca, como diciendo «por aquí». Él quería recorrer esos brillantes mechones con la punta de los dedos y explorar la línea de su barbilla con los labios. Quería acercarse lo suficiente como para contarle las pecas que le moteaban la nariz. Quería acercarla a sí y besarla, ahí mismo, entre los árboles y las flores; entre las risas de los niños y los ladridos de los perros.

Pero fueron esas dos últimas cosas las que impidieron que la tomara en brazos. Cuando por fin la besara, quería que fuera en privado.

Se apartó de ella y miró al cielo intentando actuar con normalidad. Intentando actuar como si no le estuviera hirviendo la sangre ni golpeteando el corazón.

−¿Sabías que en verano aquí se puede pasear entre murciélagos?

Hubo una breve pausa.

−¿Pasear entre murciélagos? −el tono ronco de su voz sugirió que ella estaba sufriendo tanto como él.

−Me he enterado hace poco. Si lo hubiera sabido, habría traído a mi hermana hace años.

A ella se le escapó una carcajada.

−Paige lo odiaría.

−Todo hermano tiene el deber de darle buenos sustos a su hermana −eligió una ruta que los llevó por serpenteantes caminos boscosos y pasearon bajo motas de sol mientras disfrutaban de la naturaleza.

Por su propio bien, Matt condujo la conversación hacia temas poco arriesgados.

Le preguntó por Genio Urbano y ella le habló de algunos de sus más recientes éxitos en el negocio.

−Trabajamos muchas horas, pero las horas no se hacen tan largas cuando estás trabajando con tus amigas. A veces nos reímos tanto que el trabajo se parece a cuando salimos alguna noche −le contó un par de historias que le hicieron sonreír y después le preguntó por su negocio y él le habló de su actual dilema.

Su negocio estaba creciendo tan rápido que había llegado a un punto en el que tenía que decidir si expandirse o rechazar encargos. Lo que de verdad quería hacer era encontrar el modo de que Roxy se formara académicamente, pero, si lo hacía, tendría a una persona menos en la plantilla.

—Muestra verdadera aptitud y es muy aplicada, pero con eso no basta. Tiene que aprender las bases científicas del cuidado de las plantas para poder encargarse de los programas de mantenimiento para los clientes.

—¿Podría ir a clase por las noches y los fines de semana?

—Pero tiene que cuidar de Mia.

—Cuando yo estaba estudiando, había una mujer que tardó seis años en sacarse el título. Son muy flexibles a la hora de dejarte hacer lo que haga falta para que puedas adaptar los estudios a tu agenda.

A Matt le sorprendió descubrir lo útil que resultaba hablar con ella del problema porque, normalmente, tomaba todas las decisiones solo. Ese era el modo en que actuaba.

Llegaron al Bow Bridge cuando el sol se ponía y se quedaron allí de pie contemplando las vistas de Central Park West y de la Quinta Avenida, observando las copas de los árboles bañadas en tonos rojizos bajo la luz que se desvanecía.

—El atardecer en Central Park —murmuró ella—. No podría ser más perfecto.

Estaban de pie el uno al lado del otro, cerca pero sin tocarse.

Matt se preguntó si despertaría en ella las mismas sensaciones que ella despertaba en él.

Y entonces Frankie se giró para mirarlo y él vio el calor de su propio deseo reflejado en sus ojos.

Su boca era una suave y apetitosa curva. Lo único que

tenía que hacer era bajar la cabeza, pero no lo hizo. Había decidido que, cuando la besara, ella lo desearía tanto que no se pararía a pensar en si lo hacía bien o mal.

De modo que dio un paso atrás y alargó la mano.

—Tenemos la mesa reservada para las ocho y cuarto.

Frankie vaciló, pero después le agarró la mano y juntos recorrieron el camino hasta la famosa Terraza Bethesda.

—Siempre que vengo aquí me siento como si estuviera en el plató de una película.

Él sonrió.

—¿Qué película? ¿*Un día inolvidable*, *Solo en casa 2* o *Rescate*?

Sus voces y sus pisadas resonaban y él se detuvo bajo los elegantes arcos en dirección a la famosa fuente.

—Yo estoy pensando más en *Los Vengadores* o en aquel episodio de *Dr. Who*. No me gustan mucho las comedias románticas.

—A mí tampoco.

—Eres un chico. No deberían gustarte —ella caminó hacia la fuente—. ¿No me vas a preguntar por mis películas favoritas?

—Ya sé cuáles son tus películas favoritas. *Psicosis*. *La ventana indiscreta*. Eres adicta a Hitchcock.

—¿Y por qué no iba a serlo? Ese tipo era un genio. Te olvidas de *Vértigo*. Me encanta esa película.

—También te encantan *El resplandor* y *Alien*.

—La primera. Ridley Scott.

—Me encanta su trabajo.

—Debería haber ganado el Óscar al mejor director por *Gladiator*. Se lo robaron —ella miró a una pareja abrazada junto a la fuente y después desvió la mirada rápidamente—. Pues ya no te queda nada por descubrir de mí. Ya lo sabes todo.

No todo, pero tenía intención de arreglarlo.

Caminaron por el camino que bordeaba el lago mientras observaban cómo los últimos destellos de luz jugaban sobre la superficie del agua.

–¿Vamos a cenar en el restaurante del lago?

–Sí –él abrió la puerta del restaurante y ella entró. Matt inhaló su sutil aroma floral y notó cómo su brazo desnudo le rozó el suyo.

Durante toda la noche había sido ella la que había estado tensa, pero ahora le tocaba a él.

–Esto es perfecto –dijo Frankie acomodándose en la silla y mirando al agua–. Llevo casi toda mi vida adulta viviendo en Nueva York y nunca he comido aquí.

–Jake trajo a Paige hace unas semanas.

Les tomaron nota de la comanda y Frankie se apoyó contra el respaldo mientras el camarero les servía el vino.

–¿Te resulta raro saber que están juntos?

–Sí. Aún me estoy acostumbrando, aunque Jake es mi mejor amigo. Cuando se trata de mi hermana, tengo una vena demasiado protectora.

–Es un buen rasgo.

–A ella la vuelve loca.

–Pero, si se lo preguntaras, seguro que no querría que fuera de otro modo. Los dos tenéis suerte. Cuando yo era pequeña, habría dado lo que fuera por tener a alguien con quien compartir tanta porquería.

–Tenías a Eva y a Paige.

–Pero no es lo mismo que tener a alguien en casa. Las amigas te pueden escuchar, comprenderte y apoyarte, pero hay una diferencia entre apoyar desde fuera y vivirlo contigo –se detuvo–. Hay algunas cosas que ni siquiera puedes compartir con tus amigas.

Y eso era otra cosa más que él no había sabido. Siempre había dado por hecho que lo compartía todo con Paige y Eva.

Sonaba música de fondo, pero él no la oía.

—¿Qué cosas?

Se produjo un prolongado silencio.

Al notar que respiraba aceleradamente, sintió que Frankie estaba a punto de decirle algo, pero entonces ella esbozó una pequeña sonrisa y sacudió la cabeza.

—Lo único que digo es que no se puede entender cómo funciona una familia a menos que vivas dentro de ella.

—El divorcio de tus padres debió de ser duro.

—No solo el divorcio. Los años previos al divorcio también lo fueron —dio un trago—. Habría sido genial tener una hermana. Me habría quitado mucha presión, sobre todo si le hubiera gustado arreglarse y salir de fiesta. A mí eso no se me da bien. Supone una decepción constante para mi madre ver que su vida social es más excitante que la mía. Aun así, si lo miro por el lado positivo, lo único de lo que puedo estar segura es de que nunca querrá pedirme ropa prestada —la alegría de su tono pretendía enmascarar el dolor que sentía, pero no lo logró.

—Podrías haber tenido un hermano, pero eso tampoco te habría ayudado con lo de arreglarse. Y no solo eso; a los chicos se nos da fatal acordarnos de llamar a nuestras madres, así que tampoco habría sido de mucha ayuda a la hora de liberarte de esa carga.

—¿No llamas a tu madre?

—Intento llamarla, pero no sé cómo al final se me pasa la semana y entonces me llama ella y después es demasiado tarde para impresionarla llamándola. A veces ella tampoco me llama. Llama a Paige y hablan de mí a mis espaldas, probablemente mientras se ponen de acuerdo en que soy un inútil. Tener una hermana no es del todo un lecho de rosas.

—Paige y tú estáis muy unidos.

—Es verdad, pero también es verdad que muchas veces, cuando éramos pequeños, me vi tentado a tirar a mi hermana a la zona más profunda de la Bahía Penobscot, así que no hagas que parezca que todo es de color de rosa.

—Sé que la vida no es de color de rosa, pero aun así pienso que tenéis suerte. Tu familia es prácticamente perfecta.

—Ninguna familia es perfecta, Frankie. Tenemos nuestros momentos de enfado y nuestros roces. Si no me crees, pasa Acción de Gracias con nosotros. Paige ha heredado de nuestra madre su gen de planificadora y organizadora, así que te las puedes imaginar a las dos juntas en la cocina. Es como dos generales con distintas estrategias intentando ponerse de acuerdo sobre un plan de batalla. Todos a cubierto.

Frankie se rio.

—Me encanta tu madre.

—Vuelve loca a Paige porque es demasiado protectora.

—Supongo que es algo de familia —lo miró y él pensó en cuánto deseaba enmendar lo que fuera que le estaba haciendo daño.

—Supongo que sí.

La comida llegó y durante un momento la conversación giró en torno a los platos tan perfectamente elaborados. Comieron vieiras seguidas de un cremoso *risotto* y una ensalada perfecta.

Los rodeaban el murmullo de las conversaciones, el tintineo de las copas y alguna que otra carcajada, pero él lo ignoró todo. Su único interés era ella.

—No llevas las gafas puestas.

—No le veía sentido ahora que sabes que no las necesito —Frankie se centró en su plato y él se fijó en el contraste que había entre sus oscuras y densas pestañas y el intenso color crema de sus mejillas.

—Me alegro. No quiero que te escondas de mí.

—La comida está deliciosa —soltó el tenedor—. Bueno, ¿y en qué parte de Maine está ese jardín con el que quieres que te ayude? ¿Es costero? Porque eso influirá en la variedad de manzanas que recomendemos. Y también dependerá de cuánto al sur esté.

—Está en Puffin Island —si no la hubiera estado mirando a la cara, se habría perdido su reacción—. Son una pareja de Boston que han comprado una casa de veraneo en el noroeste de la isla. Están rediseñando la casa y el jardín. Mis padres se encontraron con ellos en Almacenes Harbor y así me conocieron. Ya sabes cómo es aquello.

—Sí —Frankie agarró su cucharilla y removió el café que le habían servido—. Ya sé cómo es. Entonces ¿vas a volver a Puffin Island por un trabajo? Vaya desplazamiento.

La tensión había vuelto y él se preguntó cómo Frankie podía verse incapaz de sentir.

Tenía tantos sentimientos que parecían estar a punto de estallar dentro de ella.

—No creo que tenga que hacer más que un par de visitas. El hombre es socio en el mismo bufete donde trabaja mi padre. Es un favor.

—¿No vas a cobrarles?

—Sí voy a cobrarles. El favor es que estoy dispuesto a viajar a Puffin Island. No es exactamente como ir a la vuelta de la esquina. Hemos quedado en que les prepararé un diseño detallado, tanto de paisajismo como de siembra, y después se lo pasaré a una empresa local.

—Suena bien. Haz fotos y con mucho gusto te daré ideas. ¿Cuándo tienes pensado ir?

—Dentro de dos fines de semana. Tengo que ir a una boda, así que me parece bien aprovechar. Un viejo amigo se casa. A lo mejor lo conoces. Ryan Cooper.

—No personalmente, pero sé quién es. Su familia tenía esa casa increíble con vistas a Puffin Point. Tablillas blancas y unas vistas impresionantes.

—El mismo. Mi invitación incluye acompañante —se

detuvo; se sentía como un hombre a punto de saltar de un barco a las profundas aguas–. Ven conmigo, Frankie.

La taza de Frankie chocó contra el platillo.

–No hablarás en serio.

–¿Por qué no?

–En primer lugar, porque es una boda y ya sabes cuánto odio las bodas, y en segundo lugar, porque es Puffin Island. ¿Has juntado las dos cosas que menos me gustan y esperas que te diga que sí? –su café seguía intacto ante ella–. No me puedo creer que me lo hayas preguntado. Mi cara aparece en todos los carteles de «Se Busca» del pueblo.

Sus palabras e imaginar lo duro que habría sido para ella hicieron que a Matt se le encogiera el pecho de dolor. Una pequeña comunidad podía apoyarte o asfixiarte, pero fuera como fuera, no podías escapar de ello. No te podías ocultar. No había anonimato.

No había duda de que la población local tenía obsesión con lo que hacían los vecinos y él sabía que algunas personas odiaban ese aspecto de la vida en una isla. Pero no opinaba lo mismo. La gente era gente vivieras donde vivieras. Le gustaba vivir formando parte de una comunidad. Para él, dar y recibir era lo que hacía que el mundo fuera un lugar mejor e intentaba que ella también lo viera de ese modo.

–Nos divertiríamos, Frankie. Un fin de semana lejos de la locura de Nueva York. Podríamos respirar el aire del mar, caminar por el bosque, comer helado y curiosear en la nueva tienda de regalos de la futura esposa de Ryan.

La vela que había entre los dos tituló y por un momento él vio una expresión pensativa en su mirada.

Pero entonces Frankie negó con la cabeza.

–Y podríamos jugar a ese juego tan divertido llamado «Evita a Frankie». Es ese juego en el que los vecinos cruzan la calle para no tener que toparse conmigo. Si aún no has jugado, deberías. En su momento fue una actividad que se extendió por toda la isla.

Conociendo a los isleños como los conocía, a él le costaba creerlo. Era cierto que todo el mundo sabía lo que les pasaba a los demás y que se solía tratar con desconfianza a los extraños, pero en general la gente de allí siempre le había parecido amable y dispuesta a apoyar a los demás. Ella le estaba dibujando un escenario que no reconocía.

–Eso no pasaba.

–Tal vez a ti no. No pienso volver a la isla. Esa parte de mi vida pasó. Terminó. Pertenece al pasado.

–Si no vuelves, entonces ni ha pasado ni ha terminado.

–Los dos sabemos que los isleños tienen buena memoria.

–Lo sé. David Warren aún me recuerda aquella vez en la que robé heno de su campo para el conejo de Paige porque no me apetecía ir andando hasta la tienda de animales. Pero eso no significa que no me dé una cálida bienvenida cuando estoy en casa.

–¡Eso es a ti! –su tono exasperado tenía matices de pánico–. No he vuelto a Puffin Island desde que salí de la universidad. ¿Por qué iba a hacerlo?

Aunque su hermana le había dicho lo mismo, a él seguía impactándole oírlo.

–Porque creciste allí. Fue tu casa hasta que tuviste dieciocho años.

–No pienso en ese lugar como si fuera mi casa.

–Pero sí que piensas en ese lugar –sabía que lo hacía y sospechaba que pensaba en la isla más de lo que admitiría.

–Ese lugar no tiene más que malos recuerdos para mí.

–¿Y si intentamos sustituirlos por recuerdos mejores?

–A lo mejor solo reuniríamos un puñado de malos recuerdos más que añadir a la carga que ya tengo.

–Eso no sucedería. Estaría contigo todo el tiempo.

Ella enarcó las cejas.

—¿Irías a lomos de tu corcel blanco y llevarías una espada? Te lo pregunto para saber cómo reconocerte. No creo en los cuentos de hadas. Resulta que sé que el Príncipe Azul no existe. Y para que quede claro, no creo en el amor verdadero, ni en los finales felices ni en ninguna de esas chorradas.

—Con tal de que aún creas en Santa Claus, vamos bien —su recompensa por haber aligerado el tono de la conversación fue una sonrisa a regañadientes.

—En él sí creo.

—Es un alivio. Estaba empezando a pensar que no teníamos nada en común. Ven conmigo, Frankie —le dijo en voz baja—. Deja atrás ese fantasma. Sigue adelante.

—No sería seguir adelante. Sería ir hacia atrás.

—Todo sigue hacia delante. Incluso Puffin Island. Y a veces tienes que retroceder para avanzar. No hay razón para que te mantengas alejada.

—Mi madre tuvo la culpa de romper al menos un matrimonio en esa isla. Alicia y Sam Becket. Fue una época espantosa.

Matt había oído muchos rumores sobre el matrimonio poco convencional de los Becket, pero decidió que no era el momento de mencionarlo.

—Incluso aunque eso sea cierto, y muchos dirían que no se puede romper algo si es fuerte, tú no eres tu madre. No eres responsable de cómo elija vivir su vida. No eres responsable ahora y no eras responsable entonces —ojalá pudiera hacerle ver eso.

—Tal vez tengas razón y me haría bien volver porque veo ese lugar como una isla del terror que Lucas Blade perfectamente podría incluir en uno de sus libros, pero una parte de mí tiene...

—¿Miedo?

—¡No! No tengo miedo. No soy tan patética —lo miró

con furia y después dejó caer los hombros–. Vale, de acuerdo, sí tengo miedo. Y resulta que sí soy patética.

–No eres patética. Lo pasaste mal y eso te ha dejado malos recuerdos. Todos tendemos a evitar las cosas que nos hacen hundirnos.

–¿Qué evitas tú?

Matt se terminó el café.

–No se me dan bien los hospitales. Después de todas aquellas visitas con Paige… –se detuvo al verse invadido por tantas imágenes–. En cuanto cruzo la puerta, huelo el olor a hospital y veo a médicos con rostros serios y a familiares pálidos dando sorbos a un café asqueroso de esos endebles vasos, vuelvo atrás, vuelvo a sentir la tensión y a ver a mis padres intentando disimular su angustia. No soporto oír a la gente hablar de salud y hospitales. Me cierro en banda. Desconecto.

Ella lo miró con compasión.

–Fueron momentos muy malos.

–Lo que quiero decir es que todos tenemos cosas que preferiríamos evitar, Frankie. Y eso no nos convierte en personas patéticas, nos convierte en humanos.

–Bueno, pues entonces soy superhumana y no voy a ir. Tendrías que drogarme y atarme al avión. Miraré tus fotos, opinaré sobre tu manzanal, pero no pienso poner un pie en Puffin Island –agarró su café y dio un sorbo.

Él la miró.

–Si cambias de opinión, avísame.

–No pienso cambiar de opinión.

Él ni siquiera intentó persuadirla.

Había plantado una semilla y ahora iba a dejar que creciera.


Era una cobarde. No solo porque le daba miedo volver a pisar la isla, aunque sin duda eso tenía que ver, sino porque sabía que ir a la isla con Matt implicaría llevar la relación al siguiente nivel. Y entonces terminaría.

No quería que terminara.

Esa noche estaba siendo la más divertida que recordaba haber tenido, aunque bajo las risas y la conversación también había una mezcla de temblores, tensión y excitación que la dejaba sin aliento.

De no ser porque sabía que no existían, hasta podría haber llegado a creer en los finales felices.

Estaba sentada en el coche viendo cómo la reluciente Nueva York nocturna pasaba ante sus ojos como un glamuroso plató de cine.

Era tarde, pero las calles estaban tan abarrotadas como lo estaban en mitad del día.

Podía haber estado mirando a la gente o pensando en Puffin Island y en todo lo que Matt había dicho, pero lo único en lo que podía pensar era en él. En su poderoso muslo cerca del suyo aunque sin llegar a tocarlo, en la anchura de sus hombros contra el respaldo del asiento.

Su respuesta física era intensa y le resultaba extraña. No entendía cómo podía sentirse así. Él le había dado la mano en el parque un par de veces mientras paseaban, nada más. Pero estaba descubriendo muy rápidamente que la respuesta sexual estaba arraigada en algo más que en el roce y las caricias. Podía desencadenarla una sonrisa, una palabra o una mirada, como la que le había dirigido durante la cena y la había hecho sentirse como si fuera la única mujer del restaurante.

Y se dio cuenta de que lo más deliciosamente excitante de todo era lo bien que la conocía.

Era como si pudiera verla por dentro, ver todo lo que mantenía oculto. Eso debería haberle dado miedo, pero más bien le provocaba una cálida excitación, como si toda la energía que solía volcar en esconder quién era de pronto se hubiera redireccionado.

Le dirigió una mirada furtiva y él giró la cabeza y le sonrió. Era como si entendiera todo lo que estaba pensando.

En el parque, por un instante, había estado convencida de que la iba a besar, y también en el puente mientras se ponía el sol. Casi había ardido en llamas de deseo, y, cuando él no la había besado, se había quedado dividida entre una sensación de alivio por el hecho de que el momento en el que Matt habría descubierto que era terriblemente mala en el sexo hubiera quedado pospuesto y una de frustración porque había deseado locamente que la besara.

Y esos nervios habían vuelto porque no tenía ni idea de qué pasaría ahora.

Su reglamento para las relaciones no era como el de los demás.

¿Lo invitaba a tomar un café?

¿Le daba las buenas noches en la puerta?

Fue preocupada durante todo el camino de vuelta y esa preocupación se intensificó mientras cruzaban el Puente de Brooklyn con sus luces resplandeciendo sobre la superficie dorada del East River.

Pagó al taxista y fue hasta la puerta del apartamento deseando poder calmar las sensaciones que se le acumulaban en la boca del estómago.

Con manos temblorosas, metió la mano en el bolsillo y sacó las llaves.

—Ha sido una noche divertida.

Estaba tan inquieta como un canguro subido a un trampolín.

Matt alargó la mano y su corazón palpitó con ritmo acelerado. Ahora sí que la besaría, sin duda. La química era tan poderosa que incluso podía sentirla y esperó, sin apenas atreverse a respirar, deseando desesperadamente que sucediera y al mismo tiempo aterrorizada porque sabía que una vez la besara ahí acabaría todo. Él lo sabría. Expectante y nerviosa, sintió miles de voltios de electricidad recorriéndole el cuerpo.

Empezó a cerrar los ojos. Se tambaleó y después notó los dedos de Matt rozando los suyos cuando le quitó las llaves para abrir la puerta del apartamento.

—Buenas noches, Frankie —percibió su voz cerca de la oreja, áspera, masculina y empañada por la intimidad del momento. Lo tenía tan cerca que podía ver la rugosa textura de la incipiente barba que le ensombrecía la mandíbula.

—Matt...

—Que duermas bien.

Ella abrió los ojos y lo miró.

«¿Que duerma bien?». ¿Eso era todo lo que le iba a decir?

¿Llevaba toda la noche acumulando tensión y ahora no iba a besarla?

¡Vaya! Pues, si no iba a besarla, lo besaría ella a él. Necesitaban quitarse eso de en medio de una vez por todas. Alargó la mano para llevarlo hacia ella, pero su mano no tocó más que aire y él ni siquiera se percató porque ya se estaba apartando.

Por eso mismo, pensó algo atolondrada mientras lo veía alejarse, era por lo que evitaba las relaciones.

Nunca, ni en un millón de años, comprendería a los hombres.

## Capítulo 9

«Si tu vaso está medio lleno, abre otra botella de vino».
—Paige

Frustrada y agitada, Frankie cerró la puerta del apartamento. Estaba muy nerviosa para dormir. Tenía la mente llena de pensamientos demasiado incómodos como para examinarlos detenidamente. Pensamientos sobre desnudarse con Matt. Pensamientos ardientes, sudorosos. Pensamientos excitantes.

Mierda.

La cita no había sido como se había esperado que fuese. Había pensado que sería como todas: unas cuantas horas incómodas durante las que la conversación no encajaba del todo; el equivalente verbal a narices que chocan durante un beso. Por el contrario, había sido relajada y divertida. Matt la había hecho divertida.

Central Park. ¿Por qué a nadie se le había ocurrido llevarla allí en una cita?

La respuesta era obvia. Porque nadie la conocía tan bien como Matt. Siempre consistían en un restaurante o una película y todas sus relaciones se venían abajo mucho antes de que su pareja en cuestión pudiera llegar a enterarse de que estar al aire libre era su actividad favorita.

Por lo que a ella respectaba, la noche solo había tenido una pega: no la había besado.

Por otro lado, si la hubiera besado, eso habría echado a perder la velada. Sabiendo que no dormiría, decidió ir a devolverle a Eva su bolso.

Su amiga tardó un poco en abrir la puerta y, cuando finalmente lo hizo, Frankie retrocedió impactada.

–¿Qué le ha pasado a tu cara? Si vas a hacer una audición para una película de terror, el papel es tuyo.

–Es una mascarilla facial, Frankie. Se supone que me tiene que dejar guapa.

–Odio decirte esto, pero te han mentido. Deberías haber leído la letra pequeña.

Eva sonrió y la mascarilla empezó a agrietarse.

–¿Qué tal ha ido tu cita? Quiero decir, la cena –se corrigió apresuradamente–. Cena. Sé que no ha sido una cita.

–Ha sido... –¿cómo podía describirla? Había sido mágica, excitante, aterradora–. Ha sido diferente.

–¿Diferente en el sentido de buena o de «que alguien me saque de aquí»?

–Buena.

–¿Adónde te ha llevado?

–A Central Park. Hemos paseado, hemos charlado y después hemos cenado.

–¿Te ha resultado estresante?

–Me ha resultado perfecta –exceptuando el momento en el que la había invitado a Puffin Island, aunque intentaba no pensar en eso.

Y exceptuando que no la había besado.

Mierda, ¿por qué no la había besado?

–Gracias por dejarme el bolso. Te lavaré la blusa –distraída, Frankie le devolvió el bolso, pero entonces miró a

Eva fijamente–. ¿Se te ha metido algo de eso en los ojos? Están muy rojos.

–¡Oh! –nerviosa, Eva se llevó los dedos a la mejilla–. A lo mejor. ¡Qué torpe soy! ¿Quieres pasar? Podríamos charlar un rato y abrir una botella de vino –abrió más la puerta, pero Frankie negó con la cabeza.

Estaba a punto de preguntarle dónde estaba Paige y después recordó que estaba con Jake, lo cual significaba que Eva estaba sola y con mucho tiempo para darle vueltas a la cabeza. ¿Cómo se le podía haber olvidado?

–Paige se queda a dormir con Jake esta noche. ¿Estarás bien?

–¡Claro! Estoy disfrutando de una noche tranquila sola. Había olvidado lo agradable que es hacer eso de vez en cuando. Me voy a quitar esto de la cara y a sentarme con unas palomitas y Netflix.

–¿Qué vas a ver?

–No sé. Algo que no verías ni en un millón de años. Habrá besos y finales felices. Las dos sabemos que las películas románticas son tu idea del infierno. ¡Hasta mañana!

La puerta se cerró y Frankie volvió al apartamento preguntándose por qué se sentía tan intranquila.

Eva era adulta. Si hubiera querido compañía, lo habría dicho.

Se dio una ducha y se puso cómoda para leer, pero por primera vez las palabras, ni siquiera las escritas por Lucas Blade, no captaron su atención. Seguía pensando en Matt y entremezclado con eso estaba la preocupación por su amiga.

Eva había dicho que estaba bien, pero ¿y si no lo estaba?

Si Paige hubiera estado en casa, no se habría preocupado. Paige era mucho mejor que ella a la hora de dar apoyo emocional cuando hacía falta. Y no es que se considerara una mala amiga, porque no era así. Era fuerte, leal y se preocupaba profundamente a su modo, pero era la primera en admitir que en un momento de crisis emocional no sabía actuar. El exceso de emociones la ponía nerviosa. Siempre le había pasado. Desconocía si había nacido siendo así o si ese rasgo había surgido de las tempestuosas aguas del divorcio de sus padres, pero siempre que había emociones intensas de por medio, quería meterse en un agujero oscuro y esconderse hasta que la tormenta pasara. Se sentía una inepta y una inútil por ello.

Pero esa noche no estaba Paige, lo que significaba que Eva estaba sola.

Ese pensamiento la invadía e impedía que se relajara.

Agarró el teléfono preguntándose si debía llamar a su amiga, pero colgó.

¿De qué serviría? Diría: «¿Estás bien?». Y Eva respondería: «Sí. ¿Y tú?».

Probablemente estaba ensimismada viendo una película romántica.

Impacientada, intentó leer el libro, pero no podía concentrarse. Diez minutos después miró el reloj.

¿Y si Eva no estaba viendo nada?

¿Y si se había vuelto a meter un dedo en el ojo al intentar quitarse la mascarilla? Tenía los ojos rojos y...

–Mierda.

Se levantó del sofá tan rápido que el libro se le cayó al suelo. Eva no tenía los ojos rojos por la mascarilla. Los tenía rojos porque había estado llorando.

Al momento estaba aporreando la puerta de Eva.

En esa ocasión, Eva tardó más en responder. Se había quitado la mascarilla, pero los ojos seguían rojos.

–¿Qué pasa?

Frankie quería decir que a ella no le pasaba nada, pero

se detuvo. Eva era una persona desinteresada y generosa que no antepondría sus propias necesidades.

—Antes me has invitado a entrar.
—Odias las películas románticas.
—Podemos hablar. Me apetece hablar.
—¿Sobre qué?
—Sobre cosas... —no sabía qué excusa poner—. Problemas —dijo vagamente.

Eva parecía confusa.

—Odias hablar de tus problemas. Primero los reprimes, te indignas, te enrabietas y les pegas patadas a las cosas y después los atacas como Boudicca repeliendo a un ejército invasor.

—Sí, bueno, pero esta noche intento probar un enfoque distinto.

Frankie entró y vio la ropa de Eva tirada por toda la casa formando un arco iris de brillantes tonos pastel.

—Madre mía, ¿han entrado a robarte?
—No.
—Alguien te ha vaciado los cajones.
—He sido yo. Estaba buscando mi pañuelo de seda de color melocotón.
—¿Lo has encontrado? —Frankie miraba las montañas de ropa sabiendo que ella jamás encontraría nada en ese caos. ¿Cómo podía una persona llegar a ponerse todo eso?
—A lo mejor lo tiene Paige.
—¿Y tú criticas mi ropa?
—Critico la ropa en sí misma, no el modo en que la almacenas.
—Tú pareces estar usando el suelo para almacenarla. ¿Quieres ayuda para clasificar todo esto? Podríamos hacer un mercadillo y donar las ganancias a los gatos heridos o algo así.
—Ya hago suficiente por los gatos heridos al soportar

a Garras a pesar de sus problemas de carácter y, de todos modos, todo lo que ves aquí tiene importancia y significado. No quiero deshacerme de nada de esto. Aquí no hay ni una sola prenda que no me encante.

—¿En serio? ¿Y qué pasa con...? —preguntó Frankie agarrando un jersey verde tejido a mano—. Nunca te lo he visto puesto.

—Me lo hizo mi abuela —los ojos se le llenaron de lágrimas y se tiró en el sofá ignorando la montaña de ropa—. Lo siento. No me hagas caso.

—Soy yo la que debería sentirlo —angustiada, Frankie dobló el jersey con cuidado y se sentó al lado de Eva—. No llores. Por favor, no llores. Soy una patosa y una estúpida y Paige me va a matar por haberte disgustado.

—No eres tú, soy yo. Estas cosas me pasan. Estoy bien.

—No estás bien. ¿Qué puedo hacer? ¿Necesitas un vaso de agua? ¿Un abrazo? —Frankie le dio una palmadita en el hombro con torpeza y sintió una sacudida de frustración. ¿Por qué era tan inútil en esas situaciones?—. Dime algo, Ev.

—Es solo un mal rato, nada más. Se me pasará. Lo superaré. Te estoy usando como mi modelo a imitar.

—¿A mí?

—Sí. Paige y tú sois las personas más fuertes que conozco. Las dos os habéis enfrentado a situaciones muy malas en la vida y habéis seguido adelante. Estoy intentando ser más como vosotras y menos como un malvavisco.

—No quieras ser como yo. Soy un desastre —Frankie sacó un pañuelo de color melocotón que estaba medio escondido bajo uno de los cojines—. ¿Es esto lo que buscabas?

—¡Sí! Y me pareces increíble —Eva se sonó la nariz—. Eres tan independiente, tan fuerte y sensata. Eres valiente, una inspiración para mí.

Frankie pensó en el modo en que había respondido a la propuesta de Matt de que lo acompañara a Puffin Island.

«Tendrías que drogarme y atarme al avión».

—No soy valiente, Ev. Y me encanta tu faceta de malvavisco. No cambies nunca.

Las palabras de su amiga la hicieron sentirse un fraude.

Sabía que no era una inspiración para nadie. Si de verdad fuera fuerte y sensata, ¿le daría tanto miedo volver a Puffin Island? ¿Le aterraría tanto dar el salto con Matt?

—Quiero cambiar mi forma de ser. Estoy cansada de sentirme mal y cualquier consejo será bien recibido —Eva agarró otro pañuelo de papel—. Si quieres ayudarme, puedes distraerme. Cuéntame cómo ha sido tu noche con Matt. Has dicho que ha sido perfecta.

—Hemos paseado por Central Park. Hemos charlado. Hemos cenado. Ha habido comida y conversación.

—Pero no ha sido una cita.

—No. Definitivamente, no ha sido una cita.

—¿Así que no ha habido momentos románticos?

Eva parecía tan decepcionada que Frankie se sintió tentada a inventarse uno para ver a su amiga sonreír.

—Me ha agarrado la mano un par de veces.

A Eva se le iluminó la cara.

—¿En serio?

—Probablemente para impedir que me fuera corriendo.

—¿Y por qué te ibas a ir corriendo?

—Ha mencionado Puffin Island. Quiere que vuelva allí para pasar un fin de semana con él —se quitó los zapatos y se acurrucó en el sofá junto a Eva—. Va a combinar un trabajo con la boda de un amigo —sabiendo que su amiga lo preguntaría, añadió el nombre—: Ryan Cooper.

—Lo conozco. Está buenísimo.

—Y también está fuera del mercado porque se va a

casar con su embarazadísima novia, Emily, en una boda romántica en la playa.

Eva miró al frente con ojos soñadores.

—Me encantaría planear y organizar una boda en la playa. ¿Y estás invitada? ¡Qué suerte! A eso me refiero cuando digo que eres una inspiración. A la mayoría de la gente que ha pasado por lo que has pasado tú le daría demasiado miedo volver, y aunque tú también tienes miedo, vas a hacerlo de todos modos.

Frankie abrió la boca. No iba a volver, de ningún modo.

—La verdad es que no...

—No malgastes aliento diciéndome que no eres valiente, porque lo eres. Sé que estás asustada, pero hacer algo aunque te asuste es lo que define a un valiente.

—Sí, pero yo no...

—¡Sí que lo eres! Eres valiente. Y lo voy a recordar cada vez que lo pase mal pensando en mi abuela. Es duro, pero lo voy a superar. Ya me siento mejor, de hecho —estrujó el pañuelo que había estado usando—. Me alegro de que vayas a volver. Nunca te lo he dicho, pero me preocupaba que te hubieras alejado tanto de ese lugar. Además, la isla tiene muchas cosas maravillosas.

Dios, ¿cómo iba a salir de esa?

Tenía la garganta tan seca que se sentía como si hubiera tragado arena.

—Di una.

—El olor a sal y a mar. La sensación que te invade cuando caminas por los acantilados y miras al infinito y te das cuenta de lo grande que es el mundo y lo pequeña que eres tú. El viento en el pelo, las gaviotas, los niños pequeños con grandes sonrisas pringadas de helado.

Frankie sintió algo por dentro, un anhelo que llevaba mucho tiempo olvidado.

—Yo también echo de menos todas esas cosas.

—Y también hay gente maravillosamente peculiar.

—A esos no los echo de menos.

—El otro día leí la noticia de un hombre que había muerto en su apartamento de Harlem. Tardaron cinco semanas en descubrir su cuerpo. ¡Cinco semanas! Eso jamás pasaría en Puffin Island.

—Cierto. Y no haría falta una autopsia porque todos sabrían la causa de la muerte.

—Lo sé —Eva deslizaba el pañuelo de seda entre sus dedos—. Esa es una de las cosas brillantes que tiene ese lugar. Me encanta Nueva York y no querría vivir en ninguna otra parte, pero sí que me pregunto cómo sería vivir aquí si no os tuviera a Paige, a Matt, a Jake y a ti. Estaría terriblemente sola.

—Pero nos tienes. Somos una comunidad. No tienes que estar en una isla para formar parte de una comunidad, Eva. Solo tienes que acercarte a la gente y eso lo haces de manera natural. No sé qué pasará con nuestras vidas, ninguna lo sabemos, pero sí que sé que nunca estarás sola. Eres como la luz. La gente siempre se siente atraída hacia ti porque les iluminas el día.

A Eva se le llenaron los ojos de lágrimas.

—Puede que eso sea lo más bonito que me han dicho en la vida.

Frankie agarró la caja de pañuelos.

—Te he hecho llorar otra vez.

—Pero en el buen sentido.

—¿Es que se puede llorar en un buen sentido?

—Claro que sí. ¿Tú nunca lloras?

—No. Tengo un corazón de piedra.

Eva se sonó la nariz.

—Frankie, tienes un corazón tan grande que se te va a salir del pecho.

—Eso lo pondría todo perdido, aunque nadie lo notaría en este apartamento que tienes. Será mejor que recojas antes de que venga Paige porque, si no, le va a dar un ataque –Frankie se recostó en el sofá preguntándose cómo salir de ese malentendido–. Una boda en Puffin Island es la combinación perfecta de todas las cosas que odio en la vida.

–Lo sé. Pero vas a ir de todos modos. Eres increíble. Y estoy segura de que nadie mencionará nada del pasado. Han transcurrido diez años. Paige me ha dicho que la semana pasada os encontrasteis con tu madre. ¿Fue duro?

–Horrible. No me puedo creer que vaya a decir esto, porque las dos sabemos que no soy del equipo de los finales felices, pero ojalá encontrara a alguien que le importe de verdad. Ninguna de sus relaciones cuaja.

Eva se puso el pañuelo al cuello.

–Si fuera una sartén, sería una con revestimiento de teflón.

Frankie se rio.

–Así es mi madre. Antiadherente.

–El amor es complicado.

–¡Y que lo digas! Y por eso la gente prefiere evitarlo. Yo soy una de esas personas.

–Eso no es verdad. Pongamos el ejemplo de esta noche: estás aquí arriba conmigo cuando preferirías estar sola. Eso es amor. No amor romántico, tal vez, pero amor de todos modos.

–¿Quién ha dicho que quiera estar sola?

–Te conozco. Estabas nerviosa por lo de esta noche y, cuando estás nerviosa, reaccionas encerrándote y apartándote de todos y leyendo u ocupándote de tus plantas. Pero estás aquí. Conmigo. Porque sabes que estoy disgustada. Eres la mejor amiga del mundo.

A Frankie se le hizo un nudo en la garganta.

–El amor de amigas es distinto.

–En realidad, no. El amor romántico debería sostenerse sobre los pilares de una amistad fuerte. Por mucho que un hombre fuera el que mejor besa del mundo, no querría estar con él si no fuera mi mejor amigo. Mira, ya me estoy poniendo sentimental, justo lo que no te gusta. ¿Entiendes a lo que me refiero? Eres valiente. Te enfrentas a lo que hay que enfrentarse incluso cuando no te gusta. Como mi cara cuando lloro.

–No llores –que Frankie se sintiera incómoda no tenía nada que ver con el hecho de estar sentada sobre una montaña de ropa. Su amiga la había puesto en un pedestal y se iba a caer de él dándose un buen golpe.

–Es tarde. Deberías irte a dormir.

Frankie miró a su amiga y recordó todas las veces en las que Eva había estado a su lado.

–¿Tienes ingredientes para hacer ese chocolate caliente tan alucinante que preparas?

–Sí. ¿Quieres bajarte una taza a casa?

–Estaba pensando en quedarme a dormir en la habitación de Paige –dijo con aire despreocupado–. Sería divertido. ¿Tienes nata montada?

–Yo siempre tengo nata montada. Nunca se sabe cuándo la puedes necesitar.

–Esta noche es una de esas ocasiones.

–Podríamos acurrucarnos a ver una película juntas – dijo Eva emocionada y después añadió con cierto desánimo–: ¿Seguro que no estás haciendo esto por mí? Porque estoy bien, de verdad, y...

–No lo estoy haciendo por ti. Lo estoy haciendo por mí. No quiero estar sola.

Era cierto.

No quería estar sola, porque de lo contrario comenzaría a ponerse nerviosa por el viaje a Puffin Island.

Sí, cierto, podía haberle dicho a Eva que lo había malinterpretado y que no tenía ninguna intención de volver a ese lugar, pero eso la habría disgustado ahora que empezaba a estar mejor.

No tenía la más mínima idea de por qué Eva la había elegido como modelo a seguir. Lo único que sabía era que, si ella era una fuente de inspiración, entonces sería mejor que hiciera algo inspirador y valiente.

# Capítulo 10

«Si tu vaso está medio lleno, tienes menos probabilidades de que se te caiga el contenido».
—Frankie

Al día siguiente, Matt estaba colocando el primer banco de madera en la azotea cuando Frankie se plantó frente a él.

—A ver, sobre lo del viaje a Puffin Island... —sus palabras fluyeron como un río a pleno caudal—. No es que te esté diciendo que vaya a ir, porque me sigue pareciendo una locura, pero, si fuera, ¿dónde me alojaría? Para ti es sencillo, te puedes quedar con tus padres, pero en cuanto la gente me reconozca, me darán con la puerta en las narices y encerrarán con llave a sus maridos y a sus hijos. Probablemente tendré que acampar en el campo, así que necesito saber qué llevarme.

Matt se incorporó.

Estaba claro que había estado toda la noche dando vueltas al asunto, pero al menos parecía que había pasado de un «no» rotundo a un «tal vez». Se preguntó qué le habría hecho cambiar de idea.

—No vas a acampar en el campo y yo no tengo intención de quedarme con mis padres –no añadió que el motivo era que lo que tenía planeado hacerle a Frankie no lo podía llevar a cabo delante de sus padres–. ¿Por qué no me dejas a mí el asunto del alojamiento? Hay habitaciones en el Ocean Club. Ryan y Emily las tienen reservadas para la gente que no vive en la isla.

–¿Qué significa eso? ¿Que vamos a alojarnos juntos?

–Eso es lo que me gustaría –vio algo en sus ojos, algo parecido al pánico–. ¿Qué pasa, Frankie? ¿No te gusta mi compañía?

–Sabes que me gusta tu compañía.

–Pues eso es lo único que importa. No tenemos que preocuparnos de lo demás.

La tensión que había entre ellos estaba desbordada. Ya fuera bajo la luz de la luna o del sol, en el amanecer o en el atardecer, siempre estaba allí, esa palpitante química.

–Haces que parezca muy sencillo, pero no lo es –se rodeó la cintura con los brazos–. No sé qué es esto, Matt. ¿Es amistad? ¿Estamos saliendo? ¿Es un fin de semana de... qué?

–¿Necesitas definirlo tan específicamente?

–Sí. Si sé qué esperar, sabré si tengo la habilidad de ser lo que quieres que sea. Por norma general, es una buena idea en la vida no asumir cosas que hagan destacar tus debilidades.

Hacía que sonara como una entrevista de trabajo.

–No necesitas ninguna habilidad especial para pasar un fin de semana conmigo, Frankie. Y no quiero que seas nadie más que tú misma.

–Eso no suele funcionar muy bien.

–A mí me funciona.

Ella se mordió el labio.

–¿Cuál es el plan?

–Llegaremos el viernes por la mañana y visitaremos el terreno para poder tomar medidas y muestras del suelo.

Después, el sábado, es la boda. Había pensado que podríamos dejarnos el domingo para nosotros y volver por la tarde –intentó hacer que sonara como un plan sencillo y relajado, pero ella parecía nerviosa de todos modos.

–¿Un día para nosotros? ¿Y qué haríamos?

–Si te dijera que nos reiríamos, que disfrutaríamos de mucha conversación interesante y de una cantidad indecente de sexo alucinante, ¿qué me dirías?

A Frankie se le encendieron las mejillas.

–Te diría que las dos primeras cosas suenan bien.

–¿Tienes algo que yo debiera saber en contra del sexo alucinante?

–¡Sí! ¡Empezando por el hecho de que ni siquiera sé lo que es eso! Ya te he dicho que el sexo no es lo mío. Si esa es la razón por la que me estás invitando, deberías llevarte a otra persona.

Frankie habló con una voz nerviosa y entrecortada que lo removió por dentro.

–Frankie...

–Ya que no me crees, te lo voy a demostrar –sin previo aviso, se sacó las manos de los bolsillos y lo agarró de la pechera de la camisa.

Después lo llevó hacia sí, se puso de puntillas y lo besó.

Él se quedó paralizado, la mente se le quedó en blanco. El mundo que lo rodeaba se redujo a un ruido blanco.

Durante un segundo se quedó así, asimilando que por fin estaba besando a Frankie. O, mejor dicho, que ella lo estaba besando a él.

Cuando sintió que empezaba a apartarse, le rodeó la cara con las manos para mantener su boca contra la suya. De ninguna manera la dejaría marchar. Eso no iba a terminar. El deseo estalló en su interior, brutal y real, y deslizó una mano por su espalda para acercarla más a sí. Hundió la otra mano en su suave melena y le sujetó la cabeza mientras la besaba. Tal vez había sido ella la que había empezado, pero ahora era él el que tenía las riendas.

La boca de Frankie era suave y cálida y la sintió derretirse dentro de él. Sintió su inseguridad, pero también su deseo. Un deseo que se igualaba al suyo. Un puro deseo sexual que le hizo perder el equilibrio. Apoyó la mano sobre la superficie más cercana, un cercado de madera que estaba construyendo para uno de sus clientes de Brooklyn. La otra la posó sobre sus caderas y con ella la acercó a su tersa y palpitante erección. La deseaba con una intensidad que no había sentido nunca. Los dos estaban completamente vestidos y, aun así, ese beso era la experiencia más erótica de su vida.

No tenía ni idea de cómo habría terminado aquello si el estruendo de la bocina de un coche no los hubiera devuelto a la realidad.

Frankie apartó la boca y lo miró, con la respiración entrecortada. Matt esperaba que no estuviera esperando que le dijera algo, porque en ese mismo momento solo había una parte de su cuerpo que parecía estar funcionando.

Ella se llevó los dedos a los labios y dio un paso atrás topándose contra el cercado.

—¿Para qué has hecho esto?

Le estaba costando mucho centrarse.

—¿Qué?

—Besarme. ¡Me has besado!

—Cielo, has sido tú la que me ha besado a mí.

—Pero tú me has devuelto el beso —ella se pasó la mano por el pelo y se lo levantó de la nuca, como si tuviera demasiado calor.

Matt la comprendía. Si él tuviera más calor, entraría en combustión.

—Siempre he pensado que besarse es uno de los mejores pasatiempos cuando es una experiencia compartida.

–Quería quitármelo de encima.

Por lo que a él respectaba, lo único que habían conseguido era echarle más leña al fuego, pero estaba dispuesto a seguirle el juego.

–Supongo que lo hemos hecho.

–Sí. Así que ahora lo sabemos.

–Sí –bajó la mirada hasta la suave curva de su boca–. Ahora lo sabemos.

Ella lo miró.

–Para que quede claro, si nuestra relación es un tablero del Monopoly, no hemos pasado de la casilla de Salida.

–Pero al menos no estamos en la casilla de la cárcel. Eso siempre es bueno –aunque, si se pudiera ir a la cárcel por malos pensamientos, a él le esperaba pasar ahí dentro una larga temporada.

–Te hemos comprado algo.

Paige puso cuatro bolsas sobre la mesa y Frankie despertó y dejó de soñar con Matt.

Ese beso no se había parecido a nada de lo que se había esperado. No se había parecido a nada que hubiera experimentado antes. Había empezado ella, pero de algún modo el equilibrio del poder había cambiado al instante. Sin duda, Matt había sido el que había estado al mando. Estaba intentando averiguar cómo había podido pasar eso, pero todo era un recuerdo borroso. Ni en un millón de años se habría imaginado que besar podía resultar tan intenso. Aún podía sentirlo. La firme presión de sus manos sobre su cara, la destreza de su boca, el calor. Había sido un descubrimiento, un relámpago...

Mierda, estaba empezando a pensar como Eva.

Se dio una bofetada mental y alargó las manos hacia las bolsas.

—Parece caro.

—Es para agradecerte todo lo que has trabajado por hacer despegar esta empresa.

—Vosotras también habéis trabajado mucho.

—Podría haberme regalado alguna cosa —Paige sonrió y Eva, con su faldita azul de patinadora por los muslos, se balanceó sobre el borde del escritorio de Frankie.

—Ábrelos. Hemos intentado llegar a un punto intermedio entre algo con lo que te sentirías cómoda y algo que creemos que te sentaría genial.

—¿Es esto un cambio de imagen?

—Es un «gracias» —Eva empujó las bolsas hacia ella—. La otra noche me encontraba fatal y me ayudaste. Sé que odias decidir qué ropa ponerte, así que espero habértelo puesto fácil. Hay un conjunto para el viaje al que le puedes dar un toque más arreglado cuando vayas a ver al cliente. Después hay algo para ponerte en la boda y algo para ponerte en la playa.

—No había decidido qué ponerme para la boda —apartó el papel de seda y sacó una pieza larga y ligera de resbaladiza seda de color verde esmeralda—. ¿Es un vestido? Yo no...

—No es un vestido. Es un mono y te va a quedar impresionante. Puede que haga viento y no vas a querer pasarte todo el tiempo intentando evitar que los demás invitados te vean la ropa interior. Y, por cierto, me he tomado la libertad de comprarte algunas cosas más personales.

—¿Me has comprado lencería?

—Si tienes un accidente y te llevan a urgencias, no quiero que ver tu ropa interior desparejada los distraiga e impida que te salven. Y ya que fui yo la que tiró a la basura aquella abominación gris que llamabas «camisón», he pensado que te lo debía.

«Lencería».

No era estúpida. Sabía por qué Eva le había comprado lencería y no era para que tuviera una buena apariencia en el caso de que se produjera un encuentro con los servicios de emergencias.

Quería que tuviera una buena apariencia en el caso de que se produjera un encuentro con Matt.

Aunque eso también podría contar como un grave accidente.

El beso la había dejado más aterrada si cabía porque ahora tenía más altura desde la que caer. La extrema decepción que llegaría cuando se metieran en la cama sería abrumadora.

Volvió a meter el mono de seda en la bolsa y ojeó las demás.

—Os habéis gastado una fortuna.

—Hacer algo que te da miedo siempre es más sencillo si tienes buen aspecto. También te hemos comprado un jersey nuevo.

—¿Estamos en bancarrota?

—No, nos va bien —Paige le pasó una bolsa pequeña—. Sé que odias los pintalabios, pero este tono es tan neutro que apenas cuenta. Irá bien con el mono para la boda. Veraniego y ligero —se detuvo—. Estamos orgullosas de ti.

Frankie se sentía un fraude.

—No teníais por qué hacer esto.

—Eres tú la que lo está haciendo y creemos que eres increíble. Eres fuerte y valiente —Paige le dio un abrazo y se apartó cuando el teléfono de Frankie sonó—. Será mejor que respondas.

¿Valiente?

No tenían ni idea de lo que decían.

Nunca había tenido tanto miedo en su vida, pero desconocía si era por la idea de estar a solas con Matt o por la idea de volver a Puffin Island. Todo formaba ahora una maraña de nervios en su cabeza.

Necesitando escapar de allí, agarró el teléfono y salió del despacho.

Paige se sentó en su silla.

—¿Crees que se lo va a poner todo?

—No lo sé. Espero que sí porque Matt va a necesitar ir a terapia si se pone algo como aquella camiseta gris para meterse en la cama.

—Está tan loco por ella que tengo la sensación de que no le importaría.

Eva la miró muy seria.

—No viste esa camiseta. Ni siquiera Marilyn Monroe habría salido airosa si se la hubiera puesto.

# Capítulo 11

«Si vives tu vida mirando atrás, nunca verás lo que tienes por delante».

—Eva

Había dos modos de llegar a Puffin Island. Uno era tomando el ferri que iba a la isla y el otro, cruzando la bahía en un vuelo breve.

Ya que solo disponían de un fin de semana, Matt optó por el avión.

–Lo ha organizado Ryan. Me ha dicho que en verano hay mucho tráfico por la carretera de la costa y tiene razón. Necesitamos llegar a tiempo para ver el jardín.

A Frankie no le importaba si viajaban en burro, lo que la inquietaba era el destino.

Caminaba hacia el pequeño avión sintiendo cada vez más náuseas y preguntándose si sería demasiado tarde para cambiar de opinión.

Ya no le importaba ser o no la inspiración de Eva. Lo único que le importaba en ese momento era no pasar por ese trance.

Una estrecha extensión de agua era lo único que la separaba de su pasado.

Estaba tan nerviosa que incluso había dejado de pensar en el beso.

El nombre del piloto era Zachary Flynn. Eva habría dicho que estaba «bueno», que tenía un aire ligeramente peligroso, mientras que a Frankie lo único que le importaba era que no lo había visto nunca.

Para ella, ese era el factor clave.

Al menos él no abriría la puerta del avión y la empujaría a las agitadas aguas de la bahía Penobscot. Si no lo conocía, no podía mirarla con malos ojos.

El hidroavión Cessna era perfecto para vuelos cortos entre las islas y Frankie contemplaba desde arriba la resplandeciente extensión de la bahía, los yates y las islas con barcos pesqueros flotando en puertos cubiertos.

Era consciente de que Matt estaba sentado a su lado, tan poderoso y real. En un momento dado él alargó la mano y le dio un apretón a la suya en un gesto que pretendía ser reconfortante, pero que hizo que el estómago le diera un vuelco de nervios.

Sabía que estaba intentando llevar su relación a otro nivel. Por desgracia, también sabía que en cuanto le pusiera un dedo encima el nivel que tocarían sería el del sótano en lugar del del ático. Cierto, el beso no había resultado ser como se lo había esperado, pero no quería hacerse ilusiones con el resto.

Sin embargo, ahora no había tiempo para preocuparse más por eso porque ya podía ver la isla y la pista de aterrizaje en la distancia.

Mientras aterrizaban, miró nerviosa a su alrededor, casi esperándose ver un pelotón de vecinos sujetando una pancarta que dijera «¡Sal de nuestra isla!», pero allí no había nadie más excepto el personal que se ocupaba de la pequeña pista durante los meses de verano.

–El coche de alquiler ya está reservado –dijo Zach dándole a Matt un juego de llaves–. Es el plateado del fondo del aparcamiento. Tened cuidado mientras recorréis el último kilómetro hasta mi casa. El Campamento Puffin está a rebosar de gente, pero iréis bien una vez lleguéis a Seagull's Nest. El lugar está bien surtido, pero, si hay alguna marca en especial de cerveza que os apetezca, tal vez es mejor que la compréis de camino.

Frankie se echó la bolsa de viaje al hombro y Matt y ella caminaron hasta el coche.

–¿Nos vamos a alojar en el campamento?

–Zach tiene una cabaña que alquila. Está encima del agua. Pensé que preferirías estar alejada del pueblo.

Sí que lo prefería. Sonaba bien eso de estar en un lugar alejado del pueblo y de toda la gente con la que temía encontrarse. La conmovió que hubiera sido tan considerado.

–¿Dónde vive Zach si no se aloja en la cabaña?

–En Castaway Cottage.

Todo el que hubiera nacido en la isla conocía Castaway Cottage. Se asentaba en la perfecta curva que formaba la bahía Shell, con vistas a Puffin Rock y al bravo océano Atlántico.

Frankie había perdido la cuenta del número de horas que había pasado en esa playa sola, soñando con subirse a una balsa y escapar.

–Conocía a la mujer que vivía allí. Kathleen Forrest. Murió hace unos años.

Matt se sentó en el asiento del conductor y Frankie en el del copiloto.

–¿Cómo la conociste?

Los recuerdos se le precipitaron encima, como si hubiera abierto un armario demasiado lleno.

–El día que mi padre se marchó, yo también me marché –y aún se sentía culpable por ello. Su madre le había dicho después que la mitad de la isla la había estado buscando–. Corrí por el camino de la costa y acabé en la bahía Shell. Era la única que había allí, o al menos eso creía. Lloré hasta quedarme sin lágrimas y entonces apareció Kathleen con un termo de chocolate caliente. Me envolvió en una manta y me llevó a la casa –frunció el ceño–. Recuerdo que en la puerta vacilé y murmuré algo sobre que era una desconocida. Nunca he olvidado su respuesta.

–¿Cuál fue?

–«En Puffin Island no existen los desconocidos, solo los amigos».

Matt asintió.

–Son unas palabras que le pegan.

–Llamó a alguien del ayuntamiento para decirles que yo estaba a salvo. Todos me habían estado buscando.

–¿Por qué te fuiste?

Frankie miraba por la ventanilla. Nunca le había contado el motivo a nadie.

–Supongo que fue impactante –esa parte no era mentira. Se había quedado impactada. Había entrado en pánico y estaba confusa. No solo su padre se había ido, sino que ella se encontraba en una horrible posición y no sabía cómo manejarla.

–Tu madre debió de estar preocupadísima –Matt la miró y algo en su expresión le hizo preguntarse si sospechaba que había algo más.

–Estaba demasiado impactada por lo de mi padre como para pensar en mí –Frankie intentó olvidarse del pasado–. Bueno, ¿adónde vamos a ir primero?

–Si estás de humor para hablar de manzanos, he pensado que podríamos ir a hacer la visita. Después podemos pasar por el puerto y comprar algo de camino a la cabaña.

Almacenes Harbor era el centro de los chismorreos de la isla. Se preguntó si Matt pensaría que era una cobarde si se quedaba en el coche y dejaba que él comprara lo que necesitaran.

Matt condujo como un lugareño, tomando carreteras que sorteaban el centro del pueblo para finalmente acabar en una carretera que bordeaba el bosque.

La pareja que quería el manzanal les dio un cálido recibimiento. Tenían una jarra de té helado esperándolos y Frankie se bebió su vaso mientras Matt y ella analizaban el jardín y discutían las opciones.

Aunque Matt no era un horticultor formado, tenía muchas ideas y experiencia y una gran ventaja: había crecido en Puffin Island. Entendía el clima y el reto que suponía plantar en ese entorno.

Dos horas después, volvieron a subir al coche y Matt condujo hacia el puerto.

—La visita ha resultado útil. Es un jardín relativamente protegido. Va a ser más sencillo de lo que creía.

—Primero vamos a tener que pasar algo de tiempo preparando la tierra.

—Estoy de acuerdo —se estaban acercando a la carretera que conducía al puerto y Frankie se hundió ligeramente en el asiento. No estaba preparada para ver a nadie. No había pensado en cómo enfrentarse a ello.

Matt aparcó en una plaza y se giró hacia ella.

—Puedo ir solo si lo prefieres.

Pero en ese caso tendría que confesarles a Paige y a Eva que se había quedado en el coche.

—No. Vamos —se soltó el cinturón de seguridad y él le agarró la mano.

—No vas a la guerra, Frankie —dijo con tono suave—. La mayoría de la gente que esté ahí dentro no recordará nada de aquella época. La mitad probablemente no conocerá a tu madre.

—Esperemos que no porque, de lo contrario, voy a ir escondiéndome detrás de ti —intentando bromear, añadió—: Es una suerte que tengas los hombros anchos.

Entró en Almacenes Harbor sintiéndose como si estuviera caminando por el tablón de un barco pirata. La campanilla de la puerta sonó anunciando su llegada y todas las cabezas se giraron hacia ellos.

«Allá vamos».

Le ardía la cara y sentía la curva del brazo de Matt rodeándole la cintura con actitud protectora.

—Relájate —le murmuró al oído—. Casi todo el mundo que hay aquí son turistas. ¿Qué quieres cenar? Antes de que respondas, tengo que advertirte que, si voy a cocinar yo, tienes tres opciones.

—¿Tres? ¿Nada más? —se sintió aliviada de tener una excusa para centrarse en él—. Dime.

—Pizza, pasta y muslos de pato con salsa de naranja.

—Qué elegante.

Él esbozó una pícara sonrisa.

—Es el plato que cocino cuando quiero sexo.

—¿Y te funciona?

—Supongo que eso lo averiguaremos luego.

A ella se le paró el corazón por un instante y durante un momento se olvidó de los vecinos del pueblo.

—No quiero echar a perder tu récord, así que vamos a tomarnos una pizza.

Eligieron lo que querían comprar y llevaron la cesta a la caja. Frankie estaba empezando a pensar que Matt podía tener razón y que no iba a ser tan malo como se había temido cuando se giró y se chocó con una señora mayor que llevaba una bolsa de manzanas. Tenía el pelo tan blanco como la nieve que cubría la isla durante los largos meses de invierno; su piel estaba arrugada y era fina como el papel, pero su mirada azul era afilada y estaba alerta.

Hilda Dodge.

Tras reconocerla de inmediato, Frankie se giró para ir hacia la puerta, pero la mujer alargó una mano con energía y la agarró del brazo.

—Francesca, ¿verdad?

¡Mierda! Volver allí había sido un error. Un error enorme.

Hilda había vivido al lado de los Becket, de modo que probablemente había visto a su madre entrando y saliendo por la ventana del dormitorio y ahora iban a hablar de ello con todo lujo de detalles. Iban a recordarlo ahí, junto al pasillo de las verduras, donde sin duda el color de sus mejillas haría que la pila de brillantes tomates en rama parecieran descoloridos.

—Frankie.

—No te vemos por aquí desde … —Hilda agachó la cabeza mientras hacía los cálculos—. Deben de haber pasado casi diez años.

Diez años, un mes, seis días y cinco horas.

—Me fui a la universidad —«huí y no volví». Así de fuerte y valiente era.

—Te recuerdo bien. Paige, tú y aquella otra chica… La rubia guapa que vivía con su abuela…

—Eva.

—Eso es. Eva. Mi memoria ya no es lo que era. Las tres erais uña y carne. Y tú eras muy tímida.

—¿Cómo dice?

—Muchas veces intenté hablar contigo después de aquello que pasó con tus padres, pero siempre te cambiabas de acera para no tener que hablar conmigo —Hilda se le acercó y bajó la voz—. Yo tenía la misma edad que tú cuando mis padres se divorciaron. ¡Qué impacto! Fue como llegar a casa y encontrarte con que alguien te la ha tirado abajo. En un instante desaparece todo a lo que estás acostumbrada. Todo se desvanece.

Se había sentido exactamente así. Como si su mundo se hubiera extinguido.

Frankie la miró.

—Usted… Yo creía…

—Quería que supieras que tenías nuestro apoyo. Todo el mundo en la isla sentía lo mismo. Cuando desapareciste aquel día... —a Hilda se le llenaron los ojos de lágrimas y le dio una palmadita a Frankie en el brazo—, todos salimos a buscarte. Todos. Buscamos por los campos y por el bosque. Todos rezábamos por que no te hubieras metido al agua. Cuando Kathleen llamó para decir que te tenía en su casa, a salvo... Bueno, aquella noche muchos rezaron dando gracias.

¿Habían rezado dando gracias?

—Yo...

—Hemos echado de menos verte por aquí, aunque entiendo por qué tenías que salir de este lugar y empezar de nuevo. Demasiados recuerdos —le dio un breve abrazo—. Aun así, todo eso lo has dejado atrás. Y ahora estás en casa, que es lo principal.

«¿En casa?».

—Ahora vivo en Nueva York, Hilda. Esa es mi casa.

—Un isleño es isleño para siempre. No puedes huir de eso, cariño. Que disfrutes de tu estancia. Toda la isla está emocionada con la boda.

Aturdida, Frankie dejó que Matt la guiara hasta la puerta y de ahí al coche.

Salieron del aparcamiento evitando el tráfico que hacía cola para acceder al ferri.

A Frankie aún le daba vueltas la cabeza. Estaba sentada en silencio, procesando lo que acababa de pasar.

—¿No lo vas a decir?

—¿Decir qué?

—«Te lo dije». Me dijiste que eran imaginaciones mías eso de que la gente se cambiaba de acera.

—En primer lugar, dejé de decir «Te lo dije» cuando tenía unos nueve años. Y en segundo lugar, no creo que todo sean imaginaciones tuyas. Me encanta este lugar, pero soy el primero en reconocer que tiene sus desventajas y una de ellas es el interés que tienen algunos por meterse en la vida de los demás.

—Tal vez —aunque, mirando atrás, podía ver que quizás Hilda había tenido razón. Era ella la que se había cambiado de acera porque le había dado demasiada vergüenza mirar a la gente a la cara—. Creía que sabía lo que estaban pensando, lo que me iban a decir.

—No eres la única persona que va por ahí imaginando que sabe lo que está pensando la gente.

—Tú no haces eso.

Él se encogió de hombros.

—Soy humano. A veces lo hago, pero por norma general, me resulta más fiable esperar hasta que una persona me diga lo que piensa en lugar de hacer suposiciones. No solo porque me parece lo más lógico, sino porque soy un chico. Carezco de intuición femenina.

—Al parecer, yo también —Frankie apoyó la cabeza en el respaldo del asiento y dejó que la invadieran los recuerdos—. Me daba mucho miedo.

—¿Hilda? Es una de las ancianas de la isla. De pequeños a todos nos daba un poco de miedo. Pero tiene un sentido del humor muy pícaro y haría lo que fuera por la gente de este lugar. Míralo por el lado positivo. Has entrado en Almacenes Harbor y has salido viva. Y aún mejor, Hilda te ha abrazado. Eso por aquí equivale a una señal de aprobación para entrar en la isla.

Era cierto.

Frankie se sintió algo menos tensa. Todo había sido producto de su cabeza. La vergüenza que había sentido la había llevado a evitar a la gente y había confundido quién estaba evitando a quién.

«Un isleño es isleño para siempre».

Tal vez no sentía que ese lugar fuera su «casa» exactamente, pero debía admitir que tenía su encanto. Un encanto que había olvidado. O quizá no lo había olvidado, sino que, más bien, la belleza del lugar había quedado manchada por los sucesos que habían rodeado el divorcio de sus padres.

Matt se detuvo para dejar pasar el tráfico y después tomó la carretera que conducía hasta el Campamento Puffin en el lado este de la isla.

Frankie miraba por la ventanilla contemplando el mar más allá de los ondulantes campos. Resplandecía y brillaba bajo la luz del sol, era un día perfecto para salir a navegar. En la bahía, las embarcaciones se mecían en sus aguas y a lo lejos podía ver el continente.

—Esto es precioso. Nunca he pasado mucho tiempo en esta parte de la isla.

—¿Nunca pasaste un verano en el Campamento Puffin?

—No. Paige no podía porque no estaba bien del todo, aunque eso ya lo sabes, por supuesto.

Para ella había sido un alivio tener una excusa para no pasar el verano junto a los demás chicos. Algunos habían sido majos, pero había habido un grupo de chicos mayores que la habían hecho sufrir. Ya había sido demasiado duro soportar que se metieran con ella en el colegio como para además prolongar la tortura durante los largos días de verano. Era un alivio escapar de aquello durante unos meses.

—Eva y yo solíamos organizar nuestro propio campamento en la cueva de la bahía justo a continuación de South Beach. ¿La conoces?

—La conozco bien —la sonrisa que esbozó hizo a Frankie preguntarse cómo de bien la conocería.

Por la noche, la cueva había sido el lugar de preferencia para los adolescentes que buscaban intimidad.

—Enterramos una caja en la cueva y cada una metió algo personal en ella.

—Espero que la enterrarais bien profunda porque, si no, ahora mismo esa caja estará flotando en algún lugar cerca de Groenlandia. La boda es en South Beach, así que podemos buscarla –Matt aminoró la marcha cuando la carretera se convirtió en un camino de tierra que rodeaba el bosque e iba directamente al campamento–. Desde aquí hay un camino que lleva a los acantilados que dan a Castaway Cottage.

–Lo he recorrido varias veces –en aquel momento había tenido catorce años y se había sentido aislada, con un secreto que no podía contarles ni a sus mejores amigas–. Normalmente llegaba hasta la casa, pero nunca entré exceptuando aquella ocasión. Solía sentarme en las rocas y mirarla durante horas –hasta que el acogedor brillo de las luces y las volutas de humo que salían de la chimenea habían aumentado su sensación de aislamiento y había recorrido los acantilados hasta regresar a los pedazos de su destrozada familia–. Recuerdo que era muy acogedora. Kathleen tenía fotos enmarcadas de aves marinas por las paredes y en la cocina había unos tarros enormes llenos de cristales de mar que había recogido de la playa. Todo lo que había en esa casa te hacía pensar en el océano. Recuerdo que deseé poder quedarme allí para siempre, envuelta en aquella manta, escuchando las olas chocando contra las rocas. Y Kathleen fue muy amable –tanto que casi le había contado todo.

Casi.

Y esa era la razón por la que no había vuelto a llamar a aquella puerta. No se había fiado de sí misma, había temido que pudiera acabar contándoselo todo. Porque no era un secreto suyo que pudiera contar; era una carga que había arrastrado toda su vida sin quererlo.

–Entonces sí que tienes algunos buenos recuerdos de los isleños.

Pasaron por delante de los edificios principales del campamento y tomaron el estrecho camino que recorría la costa. Frankie vio grupos de niños en kayaks, en el agua junto a la orilla, y otro grupo levantando un campamento en la playa. Se estaban riendo, reuniendo piezas de madera de mar y discutiendo entre sí. Creando recuerdos.

¿Tenía ella buenos recuerdos?

—Tal vez sí, pero todo lo que sucedió los eclipsó. Después de que mi padre se marchara, mi madre se quedó tan destruida que yo no sabía qué hacer —vio a dos chicas intentando hundir la madera en la arena, riéndose y cayéndose la una encima de la otra—. Había días en los que no salía de la cama y tenía miedo de dejarla sola. Y así sucedió durante meses. La gente venía a diario para ver cómo estábamos. Siempre que entraba en Almacenes Harbor, me daban palmaditas en la espalda y me decían que lamentaban mucho mis problemas. Cada día teníamos una cacerola con algún guiso en la puerta de casa. Y entonces mi madre decidió que ya se había hartado de ser la víctima, así que se hizo un cambio de imagen, empezó a salir de fiesta y a emborracharse con Sam Becket y el resto ya es historia. Los guisos dejaron de llegar. Después de aquello, casi me esperaba que me volcaran uno por la cabeza.

—Por lo que oí, el matrimonio de los Becket tenía problemas desde mucho antes de que tu madre decidiera redescubrir su juventud.

—Yo nunca he oído eso.

—Probablemente eras demasiado pequeña para captar esa información. Si los rumores eran ciertos, él tenía muchas aventuras.

Frankie asimiló la información.

—¿Tenía otras aventuras? ¿Y por qué yo no lo sabía?

—Porque nunca has sido una persona cotilla. Es una de las cosas que me gustan de ti.

El corazón le dio un vuelco.

—¿Y hay algo más de mí que te guste?

—¿Estás flirteando conmigo? —le dijo él con una pícara sonrisa que hizo que el corazón le golpeteara con fuerza contra el pecho.

—No sé flirtear. Iba a buscar información al respecto, pero he estado demasiado ocupada.

—¿Se puede buscar información sobre flirteos?

—Se puede buscar información sobre cualquier cosa. Probablemente hasta haya algún curso online.

—¿Flirteo Nivel 0? —él mantenía la mirada en la carretera mientras conducía por el irregular terreno, pero su sonrisa aumentó—. Entonces, si no estabas flirteando, eso significa que era una pregunta seria. Responderé, pero debería advertirte de que la lista es larga, así que podría tardar un poco.

—Eres un imbécil, Matt Walker.

—Creo que lo que quieres decir es que soy encantador.

—¿Y ese encanto te suele funcionar?

—Supongo que lo averiguaremos.

La miró y ella vio el fuego en su mirada, aunque no tuvo tiempo de analizar sus palabras porque un instante después, Matt ya estaba deteniendo el coche en la puerta de la cabaña.

—Hemos llegado. Esto es Seagull's Nest.

La sencilla cabaña de madera estaba situada en el acantilado donde el bosque se topaba con el mar. Tenía su propio muelle privado suspendido sobre la playa y en un día como ese, con el mar agitado, las olas salpicaban los tablones.

Cautivada, Frankie bajó del asiento del copiloto.

La cabaña era idílica, aunque estaba retirada. Hasta ese día había dado por hecho que pasarían la noche rodeados de otros invitados de la boda. Se había imaginado celebraciones en grupo, bebida y risas.

No se había imaginado un lugar tan íntimo como Seagull's Nest.

—¿Tienes llave?

—Están en la puerta —Matt soltó las bolsas—. Por aquí nadie se preocupa mucho de las llaves, lo cual requiere cierta adaptación por nuestra parte, los neoyorquinos.

Él empujó la puerta y Frankie pasó delante; sus cuerpos se rozaron.

Todo su ser era un amasijo de excitación sexual y nervios, lo cual era una locura teniendo en cuenta que estaba con Matt. ¿Por qué estaba nerviosa cuando lo conocía de toda la vida?

Salvo que ese no era el Matt que había conocido. Ese Matt era nuevo para ella.

La cabaña era sencilla pero con estilo, el perfecto refugio para un fin de semana romántico. La enorme cama estaba vestida con sábanas limpias y frescas y junto a ella había un jarrón con un ramo de fragantes flores. La ventana estaba abierta y la cabaña estaba inundada por los aromas del verano y del aire ligeramente salado.

Era un lugar encantador. Y romántico.

Y habría sido maravilloso de no ser porque a ella no le gustaba lo romántico. No tenía la más mínima idea sobre el tema y muy pronto Matt lo descubriría. ¿Qué se estaría esperando? Ella estaba segura de que la lista de razones por las que le gustaba iba a quedar reducida a cifras muy bajas en cuanto descubriera más sobre ella. Había intentado advertirlo, pero o no la había estado escuchando o había dado por hecho que estaba exagerando.

O tal vez era uno de esos hombres que consideraban que eran dioses del sexo y que podrían solventar cualquier problema.

Lo cual aumentaba la presión.

Iba a ser la primera mujer a la que no habría logrado excitar. Como un viejo y oxidado motor que no podía volver a funcionar por mucho amor y cuidados que se le prodigaran.

Anhelaba tener una actitud normal y sana con respecto a las relaciones. Debería estar flirteando y riéndose, emocionada e impacientada. Por el contrario, quería salir corriendo al bosque y esconderse como había hecho de niña.

Perdió la calma y retrocedió hacia la puerta.

—Este lugar es para amantes.

—Sí, así es —la rodeó con el brazo y la llevó hacia sí—. ¿Algún problema con eso?

Muchos problemas con eso.

Ahora que estaba allí, todas sus inseguridades se precipitaron y amontonaron.

El hecho de que el sexo nunca hubiera desempeñado un gran papel en su vida nunca le había preocupado y ahora se daba cuenta de que era porque nunca le había importado lo suficiente. Nunca le había importado sentirse decepcionada. Para ella, el sexo había sido una actividad cargada de complicaciones y condicionada por incómodos recuerdos del pasado. Pero nunca había experimentado el mismo deseo electrizante que sentía con Matt.

Lo deseaba desesperadamente. Tanto que el zumbido de la excitación era algo que parecía estar permanentemente encendido en ella cada vez que estaba cerca de él. Había sido así desde el beso. Y quería volver a besarlo. Quería arrancarle la ropa y explorarlo, y ese era un impulso que no había tenido nunca antes. Lo quería todo de él y lo único que la retenía era el miedo a decepcionarlo y a decepcionarse a sí misma. ¿Y si la realidad no estaba a la altura de las promesas y las expectativas? Nunca había sentido una excitación tan deliciosa y embriagadora. Era como si le hubieran inyectado una droga y no quería que esa sensación desapareciera.

—Dime algo —dijo él con voz suave—. Dime qué pasa.

—Esto no va a funcionar nunca —dado todo lo que sabía de ella, no veía motivos para no ser sincera. Odiaba guardar secretos. Ya tenía más que suficientes guardados dentro—. Cada vez que me voy a la cama con un hombre es decepcionante. Yo me aburro y él se aburre. Probablemente te resultará más excitante navegar por Internet. No puedo... Quiero decir, nunca he... –y esa era otra cosa más que nunca le había contado a nadie–. Da igual.

–A mí jamás podrías aburrirme, Frankie –respondió él deslizando el pulgar por su mejilla sonrojada–. Y no hay motivos para que estés tan estresada.

–Yo decidiré con qué me quiero estresar –no podía recordar una situación más estresante que esa–. Soy adulta y soy dueña de mis niveles de estrés.

Él sonrió.

–A veces el modo de controlar algo que temes es hacerlo sin más.

–¿Como ir al dentista?

Él enarcó una ceja.

–Estoy bastante seguro de que la experiencia estará un poco por encima de eso. ¿Confías en mí?

–Por supuesto, pero eso no tiene nada que ver con esto –de nuevo, hizo un intento desesperado por hacer que la entendiera–. No creo que yo sea muy sexual. No soy así. O tal vez la situación con mi madre me ha convertido en una persona tan tensa que no me puedo relajar lo suficiente para hacerlo. No lo sé, pero sí que sé que el hecho de que estés como un tren no va a cambiar nada. ¿Crees que esto va a funcionar porque eres un dios del sexo que va a ser quien me enseñe lo que me estoy perdiendo?

–No, sé que esto va a funcionar porque me importas y yo te importo. Y también porque me paso todo el tiempo queriendo arrancarte la ropa. Esa es otra pista –agachó la cabeza y le acarició el cuello con los labios–. Deja de pensar en cómo era antes y céntrate en cómo es ahora –estaba tan seguro de sí mismo que cada movimiento suyo era suave y decidido mientras que ella era un manojo de nervios.

Frankie cerró los ojos intentando controlar las oleadas de sensaciones. El corazón le palpitaba con tanta fuerza que pensó que tal vez él podría oírlo.

–Matt...

—¿Te he hecho daño alguna vez?

—No, pero nosotros nunca...

—Con que digas «no» es suficiente. El «pero» no es necesario. Si hago algo que no te guste o que te haga sentir incómoda, solo tienes que decirlo y pararé —le rodeó la nuca con la mano y la recorrió con besos desde el cuello hasta la mandíbula acercándose lenta y seductoramente a su boca. Frankie se preguntó si lo estaría haciendo a propósito, provocándola, haciéndole esperar. La espera aumentaba la tensión y bajo esa tensión había excitación.

Sus nervios y su incertidumbre no cambiaban el hecho de que lo deseaba con todo su ser.

No tuvo oportunidad de hablar porque él acercó la boca a la suya y la besó lentamente, realizando una seductora exploración que hizo que se le acelerara el pulso. Fue tan excitante como había sido la primera vez y dejó escapar un pequeño gemido a la vez que le agarraba de la camisa. De momento, podía sobrellevarlo. Si él se detenía ahí, probablemente lo bordarían.

Matt la empujó hasta que sus hombros quedaron contra la puerta. Ella sintió la dureza de sus muslos enjaulando los suyos y una endurecida presión contra ella. Atrapada, soltó un pequeño gemido y rodeó con sus brazos sus poderosos hombros.

Besar a Matt fue una experiencia que repercutió en todo su cuerpo. Pequeños cosquilleos de excitación le recorrieron la piel y penetraron en sus extremidades. Sus manos se aferraban con fuerza a sus hombros y sus dedos se hundían en sus duros y masculinos músculos. Agradecía que Matt fuera tan fuerte porque no estaba segura de confiar en que su propio cuerpo la pudiera mantener en pie. Por suerte, no tenía que preocuparse por eso porque él la tenía sujeta contra su poderoso cuerpo, atrapándola mientras la besaba. Su boca resultaba ardiente, parecía hambrienta, y su beso era exigente y explícito. Con la mano que tenía libre rodeó uno de sus voluminosos pechos y lo tocó a través de su fina capa de ropa. Era la primera vez que la tocaba de un modo tan íntimo y eso la hizo tensarse. Él se detuvo y deslizó lentamente el pulgar sobre un pezón. Una intensa sensación la atravesó, como un rayo, y gimió contra su boca. El deseo era tan agudo que le costaba mantenerse quieta. Sintió su mano agarrándole con fuerza la cadera, manteniéndola quieta mientras la otra seguía provocando cada terminación de su cuerpo con caricias lentas y deliciosas que la dejaron temblando. Sentía su dureza presionando contra ella y, aun así, él seguía besándola, atrapándola.

De pronto eso no fue suficiente. Quería más. No quería que la tocara a través de la ropa; quería sentirlo todo y, apresuradamente, bajó la mano hasta el bajo de su camisa. Él, sin levantar la boca de la suya, le desabrochó los botones y le quitó la camisa, de modo que ahora entre ellos lo único que había era el sujetador de seda y encaje que Eva había insistido en que se pusiera. No notó que Matt lo desabrochara, pero debió de hacerlo porque sí que sintió la suave tela deslizarse como un susurro sobre su piel y caer al suelo. Y después, cuando él la arrastró más al fondo de la calidez de su boca, cerró los ojos. Matt coló la lengua en su interior trazando deliciosos círculos que elevaron sus niveles de excitación. Hasta ese momento no había sabido que el placer pudiera resultar angustioso.

Sin previo aviso, él la levantó y la llevó a la cama.

La dejó sobre el suave nido de almohadas y cojines y ella se sumió en un turbulento mundo de sensaciones mientras terminaba de desnudarla. Matt se arrancó la camisa y Frankie pudo ver un atisbo de tensos músculos antes de que se tendiera sobre ella. El vello de su pecho rozó su piel extremadamente sensible y al instante ya la estaba besando otra vez.

La ventana estaba abierta y lo único que se oía eran el susurro del mar al rozar la arena y la respiración entrecortada de Matt mientras le recorría el cuerpo a besos y le separaba los muslos.

Para Frankie, el sexo siempre había sido un mero manoseo en la oscuridad profundamente insatisfactorio, pero la cabaña estaba bañada por el sol del atardecer y la calidez de los rayos le salpicaba la piel e iluminaba cada centímetro de su cuerpo desnudo.

Sintió el excesivamente delicado roce de la lengua de Matt en la parte alta de sus muslos e intentó apartarse.

–¡Para! –avergonzada, intentó apartarlo–. ¡No puedes hacer eso!

–¿Por qué no?

–Me da demasiada vergüenza...

–¿Te da vergüenza porque no estás acostumbrada a estar desnuda delante de mí? Te acostumbrarás.

–Matt, no, yo... Oh... –cerró los ojos cuando él la tocó y miles de sensaciones le recorrieron el cuerpo–. No puedes... Aún es de día.

–Ese no es motivo para parar, es solo una observación –el humor que salpicaba su voz la hizo sentirse aún más avergonzada y resistirse, pero él le sujetó las caderas contra la cama.

–¿Al menos podemos esperar a que anochezca?

–Si esperamos a que anochezca, encenderé las luces. No hay diferencia.

–Matt...

–Confía en mí. Quiero que confíes en mí –dijo Matt con un tono ronco que hizo que le ardiera la cara. A continuación, se alzó sobre su cuerpo y le acarició el pelo–. Relájate. Estás a salvo, Frankie. Te prometo que siempre te mantendré a salvo –le decía mientras acariciaba su sedosa y sensible piel con las puntas de los dedos, como si fueran el roce de una pluma. Sabía exactamente dónde tocarla, cómo tocarla. Y después siguió el mismo camino con su boca hasta que se acercó a esa parte secreta de su cuerpo. Frankie sintió la calidez de su aliento, el roce de sus dedos y después el lento y diestro roce de su lengua.

Se le escapó un gemido y, sorprendida, se llevó una mano a la boca.

Antes siempre se había visto condicionada por su pasado, pero en ese mismo momento su pasado no estaba por ninguna parte. Ahora solo estaba el presente.

Movió las caderas contra las sábanas, pero él la sujetó enseguida y siguió explorando con la lengua su anhelante piel. Le hizo cosas que nadie le había hecho nunca; sus dedos y su boca, tan pícaramente habilidosos, dispararon su excitación a un nivel estratosférico. Olvidó que estaba tumbada desnuda bajo un rayo de sol, olvidó que era Matt, se olvidó de todo excepto del delicioso placer que la hacía retorcerse y que él estaba creando con la pausada caricia de su lengua y la íntima invasión de sus dedos.

Siguió tumbada en esa pose, que no podía ser más íntima, desnuda ante él y completamente vulnerable. Sintió su cuerpo sacudirse y tensarse mientras él la arrastraba hacia un misterioso y escurridizo clímax. El placer siguió subiendo hasta alcanzar un punto casi angustioso y entonces su cuerpo se sacudió y se tensó alrededor de la presión de sus dedos. Llegó al clímax vagamente consciente de estar gritando el nombre de Matt y diciéndole que no parara mientras su cuerpo se estremecía y vibraba.

Finalmente, se quedó tumbada, sin fuerzas, y cerró los ojos.

Lo sintió moverse y alzarse un poco en la cama para quedar tumbado a su lado.

—Frankie... —la voz de Matt sonó áspera—. Mírame.

¿Que lo mirara? ¿Estaba de broma? Jamás podría volver a mirarlo. Se cubrió la cara con la mano, pero entonces sintió a Matt rodeándole la muñeca y apartándole la mano.

—Déjame, Matt. En serio. Déjame. Me iré a casa sola. No tenemos por qué volver a mirarnos o hablarnos. Diles a todos en la boda que me he muerto.

Hubo una pausa y cuando él habló su voz tenía un toque de diversión.

—A ver, para tener claro qué decir, ¿cuál ha sido la causa de la muerte?

—La vergüenza —sintió sus dedos sobre su brazo, acariciándola con delicadeza.

—¿Por qué estás avergonzada?

—¿De verdad hace falta preguntarlo?

Porque se había desmoronado completamente delante de él. Había gritado su nombre. Estaba segura de que en cierto momento incluso le había suplicado...

Le ardía tanto la cara que podía haber carbonizado una hamburguesa en ella. Matt posó la mano sobre su mejilla y la obligó a mirarlo.

—No hay nada malo en disfrutar del sexo, Frankie. Y, por supuesto, no hay nada malo en ti.

Para mayor vergüenza, comenzó a sentir el ardor de las lágrimas en los ojos.

Mierda, mierda. Ella nunca lloraba. Nunca.

—Mírame, Frankie... —él le apartó las manos de la cara y maldijo al ver el brillo de la humedad en su rostro. En ese momento ya no hubo diversión en su voz—. No llores, cielo. Joder, no llores. Siento haberte avergonzado. La próxima vez iré más despacio. Lo haremos a oscuras si es lo que quieres.

—No eres tú, soy yo. No sé por qué estoy llorando. Yo nunca lloro... —se frotó la cara con la palma de la mano—. Pero tampoco sabía que pudiera sentirme así. Creía que no podía... Creía que era... Ya no sé quién soy.

Él la llevó contra sí y la envolvió en sus brazos, rodeándola con su calidez y su fuerza.

—Eres la misma persona que has sido siempre, con la diferencia de que has aprendido algo nuevo sobre ti misma. Todos descubrimos algo nuevo sobre nosotros mismos constantemente, Frankie. No es malo.

No se sentía mal, se sentía bien. Todo eso la estaba haciendo sentir bien y quería más.

¿Cómo podía querer más?

Mantuvo la cara contra su pecho, absorbiendo su fuerza y su masculino aroma.

Vacilante, deslizó la mano por su muslo, notando sus duros músculos y su áspero vello. Después, le cubrió con la mano.

La respiración de Matt cambió, pero él no dijo nada. Simplemente se quedó allí tumbado mientras ella exploraba su grueso miembro, acariciándolo como nunca antes había acariciado a nadie.

Se le encogió el estómago; una dulce sacudida de deseo consumió todo su cuerpo.

—¿Matt?

Hubo una pausa y después él respiró entre dientes.

—¿Qué?

—Te deseo —fue una frase simple, pero expresó sus sentimientos a la perfección. Nunca había estado más segura de nada en su vida.

Él la colocó debajo de su cuerpo y la miró; sus ojos ardían como un fuego azul. Frankie sintió el peso y el íntimo roce de su cuerpo contra ella. La excitación volvió, aunque esa vez fue mil veces más poderosa porque sabía que había más por descubrir.

Y quería que fuera él el que se lo enseñara.

Su boca le rozó la mandíbula y se quedó ahí, de modo sugerente.

—Si te ha parecido que ha estado bien, estoy deseando

demostrarte lo bien que te vas a sentir cuando esté dentro de ti.

Sus palabras la dejaron sin aliento y la impaciencia que la invadió fue tan intensa que casi resultó dolorosa.

Sensaciones y emociones la devoraban, la asfixiaban.

—Matt... —hundió los dedos en el duro músculo de sus hombros—. Por favor. Quiero...

Él silenció sus palabras con sus labios, besándola con una destreza lenta y deliberada hasta que ella comenzó a retorcerse bajo él. Y justo cuando creía que se iba a morir de deseo, Matt apartó la boca de la suya lo justo para agarrar algo.

Se le disparó el ritmo cardíaco.

No sabía qué le sorprendió más, si el hecho de que de verdad fuera a pasar o el hecho de que de verdad quisiera que pasara. Le había dado mucho miedo dejar que sucediera, pero ahora que había llegado el momento no podía recordar por qué.

Lo rodeó con las piernas y lo acercó con fuerza, pero Matt se tomó su tiempo, deslizando la mano por su cuerpo, provocándola con unos dedos diestros y expertos hasta que se sintió tan desesperada que apenas podía quedarse quieta. A través del sonido de sus propios gemidos entrecortados oyó la voz de Matt cerca de su oído, instándola a relajarse y a confiar en él.

Lo notó cambiar de posición y la impaciencia que la invadió fue tan intensa e impactante que la dejó sin aliento. Él coló la mano bajo sus nalgas y ella sintió el roce íntimo de su cuerpo contra el suyo. Al instante, lo notó adentrándose en su interior con movimientos lentos pero fuertes, tomándose su tiempo, permitiendo que su cuerpo se ajustara a la presión y el grosor del suyo.

Frankie no fue consciente de que estaba hundiendo los dedos en sus hombros hasta que él se detuvo.

—Respira, cielo —le dijo con tono áspero y ronco—. Iré despacio.

Frankie descubrió que no quería que fuera despacio y hundió los dedos en su sedoso pelo para acercarle la cabeza a la suya.

A partir de ahí todo fueron sensaciones. Sintió la ágil caricia de su lengua y la aspereza de su barbilla contra su sensible piel. Sintió sus manos, fuertes y resueltas, moviéndose sobre ella, colocándola tal como la quería tener.

Cada movimiento lo llevaba más adentro y la llenaba de un torrente de sensaciones. Lo rodeó con los brazos mientras no dejaba de pensar que estaba con Matt; Matt, a quien conocía desde siempre.

El impacto que eso le produjo le fundió el cerebro.

Se arqueó hacia él preguntándose cómo era posible que algo resultara tan increíblemente agradable. Por primera vez en su vida no estaba tensa, no le preocupaba no estar sintiendo nada porque ahora sí que lo estaba sintiendo todo.

Él le agarró las manos y se las colocó por encima de la cabeza.

Frankie gimió su nombre contra su boca y él se movió con un ritmo constante y habilidoso que la volvió loca. No tuvo que pensar qué hacer porque su cuerpo ya lo hizo por sí solo, o tal vez simplemente fue porque Matt sí sabía lo que hacer.

Como si se tratara de una repentina y deslumbrante revelación, se dio cuenta de que se había equivocado con todo lo que había creído sobre el sexo y todo lo que había creído sobre sí misma. Ni se le daba mal ni lo odiaba.

Le encantaba, y estando con la persona adecuada, resultaba perfecto.

Matt era la persona adecuada.

Y mientras ese pensamiento se asentaba en su cabeza, él se adentró más en ella y desató un placer que los arrasó a los dos.

# Capítulo 12

«La sorpresa es la sal de la vida. Empléala generosamente».

—Eva

Frankie estaba tendida con la cabeza apoyada en el pecho de Matt y las piernas entrelazadas con las suyas. Sentía el roce de su vello corporal y el peso de sus músculos contra ella. Tenía una sensación extraña, como si el cuerpo le pesara, como si él se lo hubiera desmontado y lo hubiera recompuesto de un modo distinto. Más que seducirla lentamente, era como si la hubiera desmoronado de un modo salvaje. Había sensaciones y cosquilleos que no reconocía. Sentimientos que no reconocía.

Nunca había ansiado las relaciones íntimas, pero ahora que las había experimentado, se preguntaba cómo podía haber vivido sin ellas.

—Tengo que confesarte algo.

—¿Umm? —él tenía los ojos cerrados. No había dicho ni una sola palabra desde que se había dedicado a refutar todas las creencias que ella tenía sobre el sexo.

—Me gusta el sexo.

—¡No me digas! Es posible que no pueda volver a moverme de esta cama. Es probable que sobreviva, pero es demasiado pronto para estar seguro –la rodeaba con el brazo y ella sentía la deliciosa presión de su pierna sobre la suya.

No había nada en las palabras de Matt que pudiera causarle inquietud, pero aun así notó un sutil cambio en él que no podía identificar. Decidió que se debía probablemente a su inexperiencia. ¿Qué sabía ella sobre el modo en que los hombres se comportaban después del sexo?

Nada.

–¿Desearías que no hubiéramos cruzado la línea?

Matt abrió los ojos y giró la cabeza para mirarla con una leve sonrisa.

–¿Qué línea? Creo que hemos cruzado unas cuantas.

Ella sintió mucho calor en las mejillas.

–La línea entre ser amigos y amantes.

–Ah, esa. No. ¿Y tú?

Frankie decidió que encantada se ahogaría en esos ojos del color del océano.

–No –mirarlo la hacía marearse de deseo–. ¿Y ahora qué pasa?

–¿Ahora mismo? Pues que yo me quedo aquí tumbado con la esperanza de que mi ritmo cardíaco vuelva a la normalidad. Te avisaré cuando suceda.

–Hablo en serio.

–Cielo, yo también –se incorporó sobre un codo para poder verla bien–. ¿Qué te gustaría que pasara ahora?

–Tengo una experiencia muy limitada, pero normalmente llegados a este punto el hombre dice «Gracias, ya te llamaré» y después se va y no llama nunca.

–No tengo energía para cruzar la habitación para ir a por un vaso de agua, así que mucho menos para salir por la puerta. Y, además, estoy desnudo –añadió con un pícaro brillo en los ojos–. Lo cual es una complicación.

—Una vez hayas recobrado las fuerzas, sigue siendo una opción.

—Para mí no es una opción —agachó la cabeza y la besó lentamente—. Te conozco desde hace mucho tiempo, Frankie. Sé que piensas que las relaciones siempre terminan mal, pero la nuestra no lo hará. Deja de pensar en eso.

—De acuerdo —quería preguntarle si se refería a si su relación no iba a terminar mal o a si no iba a terminar nunca, pero sabía que esa pregunta era tremendamente inapropiada y por ello se mordió la lengua y no dijo nada. Necesitaba algo de consuelo, de seguridad, y odiaba esa sensación.

Él le acariciaba la mejilla con delicadeza.

—Hay un millón de cosas que podría decirte ahora, pero no es el momento adecuado.

Así que sí que pasaba algo.

—Dime.

Matt sacudió la cabeza.

—No —se apartó de ella y a Frankie le dio un vuelco el corazón.

Sabía que le estaba ocultando algo.

—Quiero saber qué estás sintiendo.

—No estás preparada para oír lo que estoy sintiendo, pero digamos que no me voy a ir a ninguna parte. ¿Me harías un favor?

—Ya te lo he hecho. Varias veces.

—¿Estás flirteando conmigo?

—Podría ser. Pero está claro que en el campo del coqueteo soy virgen, así que necesitaré que seas delicado conmigo.

Él esbozó una lenta sonrisa y bajó la boca hasta la suya.

—Puedo ser delicado si hace falta —y así fue su beso. Con él removió lenta y delicadamente sus sentidos e hizo que la sangre le palpitara por las venas. Y justo cuando Frankie creía que iba a estallar, levantó la cabeza–. Deja de preocuparte, Frankie. Deja de analizarlo todo y disfruta el momento.

Ella se preguntó si la razón por la que quería que se centrara en el momento era que sabía que no iba a durar. ¿Era eso lo que creía que ella no estaba preparada para oír?

Mierda, pero ¿qué le pasaba?

Estaba en la cama con el hombre más atractivo del planeta, que no estaba dando muestras de ir a marcharse, y aun así ella estaba ahí tumbada esperando a que eso sucediera.

Matt tenía razón. Tenía que dejar de analizarlo todo y tenía que dejar de usar el enfoque frívolo que tenía su madre de las relaciones como si eso fuera lo normal.

–Si todos los momentos van a ser tan buenos como los que acabamos de tener, supongo que podría hacerlo.

Con actitud posesiva, él la colocó bajo su cuerpo y ella gimió cuando se situó entre sus muslos.

Era el hombre más guapo que había visto en su vida.

Y estaba en su cama.

«En su cama».

Ella, Frankie Cole, no era un «muy deficiente».

Con Matt se sentía sexy y femenina y...

«Feliz».

Fue el último pensamiento coherente que tuvo en mucho rato.


Matt salió de la ducha, se ató una toalla alrededor de las caderas y volvió a entrar en el dormitorio. Frankie seguía tumbada en la cama, con la sábana envolviéndole las piernas y la melena tendida sobre la almohada como un resplandor de fuego.

Tenía los ojos cerrados y sus espesas pestañas formaban una oscura medialuna sobre sus mejillas del color de la nata montada. La observó por un momento y se sintió como un hombre que había calculado mal las distancias y que, accidentalmente, se había caído por un precipicio.

Había tenido buenas experiencias sexuales antes, pero lo que había compartido con Frankie había sido mucho más que buen sexo.

Se había centrado en ayudarla a descubrir algo sobre sí misma que ella desconocía, pero no había contado con que en el proceso él descubriría algo sobre sí mismo también.

Estaba acostumbrado a tener el control de su vida. Había creído que tenía la situación bajo control.

Pero resultaba que nunca había estado tan equivocado y darse cuenta de ello lo impresionó.

Frankie abrió los ojos. Lo miró adormilada durante un instante y después esbozó una dulce sonrisa.

–¿Me estás viendo dormir? Qué aburrido.

Nada de lo que ella hiciera podía ser aburrido.

Quería meterse con ella en la cama, pero no se fiaba de no acabar diciendo algo que la asustara.

Conociendo a Frankie como la conocía, sabía que no haría falta mucho para asustarla y no quería que volviera a levantar esas barreras tras las que se ocultaba. Quería que siguiera tal como estaba ahora. Descuidada. Confiada.

–Vístete. Te llevo a cenar.

–Hemos comprado pizza.

–No me apetece pizza –y, además, necesitaba alejarse del acogedor interior de la cabaña, donde la intimidad y la oscuridad harían que le resultara demasiado fácil decir algo que sabía que ella no estaba preparada para oír.

–¿Te refieres a una cita?

Él se vistió deprisa antes de cambiar de opinión.

—Es una cena. Etiquétalo del modo que te haga sentir más cómoda.

Hubo una pausa y después Frankie salió de la cama; la melena le caía sobre los hombros formando espirales del color del fuego.

—Sin duda es una cita —dijo ella con un tono ronco y ligeramente divertido que hizo estragos en la fuerza de voluntad de Matt.

Quería tirarla en la cama, mantenerla allí y no dejarla marchar nunca.

Mierda. Tenía un gran problema.

—Genial —fue hacia la puerta de espaldas y se tropezó con una mesilla. Agarró la lámpara antes de que se cayera al suelo—. Te espero en el muelle cuando estés lista.

Ella frunció el ceño perpleja.

—Pero...

—No hay prisa.

Ahora Matt se chocó contra el marco de la puerta y Frankie se estremeció.

—¿Estás...?

—Estoy bien —le palpitaba el hombro, pero no era nada comparado con cómo le palpitaba el resto del cuerpo.

Salió al muelle y se apoyó en la barandilla mientras contemplaba el océano.

Esa noche estaba calmado, rozando la playa con olas engañosamente delicadas. Por un instante pensó en sumergirse en el agua helada, pero Frankie salió justo un momento después.

Llevaba unos vaqueros negros ajustados y un top de seda verde que le hizo desear haber ido a nadar.

Fueron hasta el Ocean Club. El restaurante estaba abarrotado y animado y en la puerta los recibió una bonita chica con una amplia sonrisa.

—¿Matt y Frankie? Soy Kirsti. Ryan me dijo que a lo mejor veníais y que reconocería a Frankie porque tiene un pelo increíble. Y tenía razón. Me recuerdas a una pintura prerrafaelista. He estudiado Arte en la universidad –añadió a modo de explicación–. Os hemos reservado una mesa por si veníais. Ahora mismo todo está lleno en todas partes, por un lado porque es la temporada alta de turismo y, por otro, por la boda, por supuesto. Hacía diez años que no venías, ¿verdad? –sonrió a Frankie–. Seguro que estás feliz de estar en casa. Si podéis abriros paso entre la multitud, os llevo a vuestra mesa –se giró, sacudiendo su cola de caballo, y atravesó el restaurante hasta la otra punta, donde unas puertas de cristal se abrían a una espectacular terraza con vistas a la playa.

Matt sintió la mano de Frankie agarrándole la suya y se giró para mirarla.

–¿Te parece bien este sitio?

–Me encanta.

–¿No te ha molestado el comentario sobre tu pelo?

–Me ha hecho un cumplido. Tú me has enseñado a aceptar un cumplido.

También le había enseñado otras cosas, como por ejemplo a igualarse al ritmo que él marcaba, a confiar en su cuerpo y a confiar en él.

Frankie alzó la mirada y él vio en sus ojos el mismo deseo que estaba sintiendo.

El sonido que había a su alrededor se desvaneció. Sintió su pulso resonando. Y entonces entendió que ir allí había sido un error. Deberían haberse quedado en la intimidad de la cabaña, donde habría sido libre de hacer lo que quisiera hacer sin miedo a que lo arrestaran. Si hubieran estado viviendo en la Edad de Piedra, la habría arrastrado hasta su cueva y no la habría dejado marchar jamás.

Frankie le apretó la mano y lo miró vacilante.

–Deberíamos ir.

Por un momento, pensó que le estaba proponiendo marcharse de allí, y estaba a punto de mostrar su acuerdo cuando ella señaló a Kirsti.

—Sí —respondió con voz áspera y algo temblorosa. Vio a Frankie fruncir el ceño ligeramente antes de tirarle de la mano e ir hacia donde la joven los esperaba.

—Esta noche estamos celebrando tres fiestas grandes dentro del local, así que hay un poco de alboroto. Aquí se está mejor para disfrutar de una noche romántica. Es más íntimo.

Genial. Justo cuando él estaba intentando moderar los momentos de intimidad, le daban luz de luna y velas.

Asintió como pudo.

—Es genial. Gracias.

La mesa estaba situada en el extremo más alejado y tenía unas vistas impresionantes de la bahía. Una vela titilaba en el centro y el aroma a flores llenaba la terraza.

—La langosta está buena —dijo Kirsti entregándoles las cartas—. Y también el salmón. Volveré en un momento para tomaros nota. Podéis empezar con una copa de champán. Invita la casa, cortesía del jefe.

—¿Ryan está ofreciendo copas gratis?

—Aprovechad el momento. Es lo que hace el amor, te derrite el cerebro, o eso parece. Y encima es viernes por la noche. Le va a costar una fortuna.

Frankie agarró la carta.

—¿Vas a ir a la boda?

—No me la perdería por nada. Llevo mucho tiempo esperando que esto pase y soy en parte responsable de que Emily y él estén juntos. Emparejar a la gente es mi don especial y siempre supe que serían una pareja perfecta —los dejó solos y se detuvo junto a una mesa cercana para llevarse un par de vasos vacíos e intercambiar unas palabras con una joven pareja antes de desaparecer entre el gentío de la zona del bar.

—Es una romántica, como Eva. Se harían grandes amigas en dos segundos –Frankie ojeó la carta–. No me puedo creer que Ryan se acordara de mí. Solo lo vi un par de veces.

–Eres más inolvidable de lo que crees, Frankie.

Ella soltó la carta.

–Porque mi madre dejó una estela de destrucción por toda la isla.

–No me refería a eso. Este lugar ha cambiado. Ha avanzado, igual que nosotros. Mira a tu alrededor –señaló con la cabeza–. ¿Alguien de estas personas sabe cómo era este sitio hace diez años?

–Supongo que no. Este edificio era un astillero destrozado cuando yo era pequeña. Ryan lo ha transformado.

–Es un empresario inteligente. No es un lugar fácil para hacer dinero, pero ha triplicado el número de visitantes a la isla desde que abrió el Ocean Club. Es bueno para la economía local.

Kirsti llegó a la mesa.

–Las aceitunas también son de parte de la casa –colocó un pequeño cuenco en el centro de la mesa junto con las bebidas.

Habían terminado de pedir la comanda cuando Ryan apareció en la terraza.

Matt se puso de pie y su amigo le dio una palmada en el hombro.

–Vaya, vaya, pero si es el chico de ciudad –su saludo fue cálido–. Es un honor tener un poco del estilo de Nueva York en nuestra boda.

Ryan y él habían ido juntos al colegio, se habían visto alguna que otra vez mientras estudiaban en la universidad y se habían tomado unas copas siempre que coincidían en la isla.

Ryan miró a Frankie.

–Sigues teniendo el mismo pelo increíble –dio un paso adelante y la abrazó antes de dirigirse a Kirsti–. Solo he venido a comprobar que no estás hundiendo el local en mi ausencia.

—¡No deberías estar aquí! ¿Cómo está Emily? Espero que el bebé no llegue antes de la boda.

A juzgar por su expresión relajada, Ryan no parecía demasiado preocupado.

—Espero que no. No podemos invitar a nadie más. Ya viene la mitad de la isla.

—Más de la mitad. Mañana hará un día precioso y la playa es el lugar perfecto para casarse —dijo Kirsti dándole una palmada en el hombro—. Vete a casa y duerme un poco. Pronto te van a faltar horas de sueño.

—Gracias por el recordatorio.

Los dos fueron hacia la cocina y Matt vio a Frankie levantar su copa y mirar al mar. La relajada expresión de su rostro se había desvanecido.

Solo había hecho falta la palabra «boda».

—¿Te puedo preguntar algo?

—Claro.

Hubo una pausa cuando Kirsti llegó con su comida y dejó los platos en la mesa.

Matt esperó a que se alejara antes de seguir hablando.

—Cuando aquella noche en Central Park te pedí que vinieras, me dijiste que no. Fuiste muy tajante al decir que no querías hacerlo, pero después cambiaste de opinión. ¿Por qué? —era algo que lo había desconcertado.

Ella bajó la copa.

—Por Eva.

—¿Eva te convenció de que era una buena idea?

—No. Fue un malentendido —dijo Frankie esbozando una irónica sonrisa—. Estábamos hablando y no sé cómo se hizo la idea de que yo te había dicho que sí y lo vio como una forma de estar enfrentándome a mis miedos. Por la razón que sea, me ve como una fuente de inspiración para hacer cosas complicadas. ¿Te lo puedes creer?

—¿Y por qué no le dijiste que te había malinterpretado?

—¿Cómo iba a hacerlo? Ev lo está pasando muy mal ahora mismo. Echa mucho de menos a su abuela. Está pasando una fase de duelo —se quedó en silencio—. Mira, sé que soy una impostora. No soy nada valiente, soy una cobarde. No estoy aquí porque quiera enfrentarme a mis miedos. Si fuera por mí, con mucho gusto seguiría escondiéndome de ellos. Estoy aquí porque, al parecer, saber que estoy haciendo algo complicado ayuda a mi mejor amiga a salir de la cama cada mañana. Eso es todo. No es para tanto.

¿Cómo podía pensar eso?

—Pues yo diría que hacer lo que te resulta más difícil porque crees que ayudará a tu amiga sí que es para tanto.

—Sigo sin estar convencida de asistir al evento. No quiero arruinar la boda.

—¿Y por qué ibas a arruinar la boda?

—No se me dan bien, Matt. Sé que para la mayoría son eventos felices, pero yo no lo veo así. Seguro que crees que estoy loca.

—Creo que eres alguien que ha sufrido las repercusiones de una mala relación en lugar de vivir lo bueno. Y lo sufriste a una edad en la que te causó un gran impacto. Si hubieras sido mayor, podrías haberte valido de otros ejemplos para compensarlo.

—He dejado de contar cuántas relaciones ha tenido mi madre. Cada vez que la veo romper con otro hombre, eso refuerza mi creencia de que las relaciones no duran —suspiró—. Lo cual nos trae de nuevo de vuelta a la boda. ¿Qué les digo a los novios?

—Pues que esperas que sean felices. Porque me imagino que lo esperas, ¿no?

—Claro que espero que sean felices. Es solo que...

—¿No crees que lo vayan a ser?

Frankie se encogió de hombros.

—He visto las relaciones pasar del regocijo al espanto demasiadas veces como para tener fe en ellas —lo miró—. Y esta es la parte en la que me demuestras que estoy equivocada diciéndome que tus padres llevan juntos casi tres décadas.

—No te voy a decir algo que ya sabes. Eres una mujer inteligente, Frankie. Hay muchos ejemplos de amor ahí fuera, pero, cuando has visto algo distinto, supongo que eso es lo que tienes en la cabeza y es complicado olvidarlo.

Y sabía que ese era el mayor obstáculo que había en su relación.

—Exacto. Esa novia del evento que tuvimos hace unas semanas... parecía como si toda su vida se hubiera desmoronado. Me recordó a mi madre después de que se marchara mi padre. Bueno, vamos a cambiar de asunto —dijo, y se terminó el champán—. Quiero preguntarte una cosa. Es personal.

—Creo que ya te he demostrado que no tengo ningún problema en hablar de asuntos personales.

—Sí, bueno, esto es algo personal incómodo, no personal íntimo —ella vaciló—. Probablemente no quieras hablar de ello.

La tensión le recorrió los hombros.

—Me quieres preguntar por Caroline.

—Estuvisteis comprometidos.

—Sí. Hasta que ella tuvo una aventura con un colega profesor de la universidad —no era su tema de conversación favorito, pero quería que Frankie supiera que no había nada que no pudiera preguntarle—. No es ningún secreto, Frankie.

—¿Pensaste en volver con ella?

«No significó nada, Matt. Fui una estúpida. Quiero que me perdones».

—Durante unos cinco segundos, que fue lo que mi cerebro tardó en reaccionar.

—¿Por la aventura?

—Por la mentira —pensó en las mentiras, en las evasivas, en los retorcidos juegos—. Si una persona es capaz de mentirte una vez, ¿cómo puedes estar seguro de que no volverá a hacerlo? Había perdido la confianza. Y, si no hay confianza entre dos personas, ¿qué hay? No existen las relaciones perfectas. Por mucho amor que haya, hay grandes probabilidades de que en algún momento pase por momentos duros. La vida es impredecible. Puede hacer que te topes con cosas inesperadas y complicadas y para sobrellevarlas hace falta confianza y sinceridad.

—Así que te rompió el corazón y lo pisoteó, pero eso no ha hecho que rechaces las relaciones.

Él entendía por qué se lo preguntaba.

—Esa relación no funcionó, pero no significa que las relaciones no funcionen nunca. Una única experiencia no es representativa de todas las demás.

—Ojalá yo pudiera sentir lo mismo.

—De pequeño tuve la suerte de ver muchos ejemplos de relaciones buenas y sólidas. Mis padres, mis tíos... No viví tu experiencia.

—¿No te preocupa que te vuelvan a hacer daño?

—Si me hacen daño, lo superaré —la miraba fijamente—. Sea cual sea la razón por la que lo has hecho, me alegro de que hayas venido este fin de semana.

—Yo también —Frankie se apoyó la barbilla en la palma de la mano y miró al océano—. ¿Volverías a vivir aquí?

—No. No quiero vivir en un lugar donde el hecho de que dos personas se den la mano sea toda una noticia. Y, además, me encanta la ciudad, aunque eso no significa que no me encante venir de visita aquí —miró la bahía, los barcos y las boyas flotando—. Tiene muchos recuerdos buenos para mí. Aquí me sucedieron muchas cosas por primera vez. La primera vez que salí a navegar, la primera vez que hice surf, la primera vez que besé a una chica —eso hizo que Frankie sonriera.

—¿Quién fue?

—No voy a responder a esa pregunta.

—Eres todo un caballero.

—Fingiremos que ese es el motivo, porque así no tendré que confesar que fui malísimo y un torpe besando.

—No me lo puedo imaginar.

—Fue hace mucho tiempo. He aprendido alguna que otra cosa desde entonces —habían pasado mucho tiempo juntos antes, pero ahora todo estaba imbuido de un nuevo significado.

Frankie soltó el tenedor.

—¿Nos podemos ir?

—¿Ahora? ¿No quieres ni postre ni café?

—Sí, pero quiero más otras cosas y es una cuestión de prioridades —lo miró a la boca y Matt sintió el intenso calor de la excitación recorriéndole el cuerpo.

Se levantó, sacó la cartera y dejó unos billetes sobre la mesa.

—Vamos —le agarró la mano, la acercó a sí y salió del restaurante todo lo deprisa que pudo evitando tropezarse con las mesas.

Al llegar al final de las escaleras, giró a la derecha en lugar de a la izquierda.

—¿Adónde vamos? —preguntó Frankie siguiéndole el paso—. El coche está por el otro lado.

—No vamos al coche. Vamos a la playa.

—¿A la playa?

—Nunca has practicado sexo en la cueva y lo vamos a solucionar.

—¿Qué? ¡No podemos! —Frankie soltó una carcajada de incredulidad y clavó los tacones en el suelo—. Matt, no tenemos diecisiete años.

—Da gracias por ello. Cuando tenía diecisiete años era muy torpe y tardé cinco minutos en quitarle el sujetador a una chica. Ahora mis movimientos son muchos más certeros.

La acercó y la besó, y en esa ocasión no hubo resistencia, no hubo vacilación. Ella le devolvió el beso y le hizo sentir la sangre palpitándole por el cerebro. Al notarla apoyada contra él, levantó la cabeza con cierta reticencia y le preguntó.

—¿Puedes correr con esos zapatos?

—Si hace falta, sí.

—Hace falta. No me importa que todo el mundo en el Ocean Club se pregunte por qué nos hemos dejado la cena a medio terminar, pero preferiría que no lo presenciaran —agarrándole la mano con fuerza, la llevó por el camino que conducía a la playa.

—No me puedo creer que estemos haciendo esto. ¿Cuándo fue la última vez que practicaste sexo en la playa?

—¿Sinceramente? En esta playa, nunca, pero me gustaría probarlo todo una vez.

Llegaron a la arena y ella se detuvo.

—Eva me va a matar si estropeo estos zapatos.

—Quítatelos.

—¡De eso nada! Me golpearé el pie con una roca y me tendrán que llevar en avión a tierra firme para operarme. Y entonces toda la isla sabrá que me di un golpe porque estaba practicando sexo en la playa. No quiero ser la comidilla de nadie.

—Te llevaré en brazos.

—Si me llevas, no vas a poder ver por dónde vas. ¡Ay! —exclamó con un grito de sorpresa cuando él la levantó y se la echó al hombro.

—¡Bájame! —riéndose, le golpeaba la espalda con los puños—. ¡Matt! Te estás comportando como un cavernícola.

—Un hombre que está a punto de tener sexo en una cueva tiene todo el derecho del mundo a comportarse como un cavernícola —avanzaba por la playa; la luz del Ocean Club iluminaba la arena. Cruzó South Beach, escenario de numerosos asados de langosta y fiestas de adolescentes borrachos, y se dirigió hacia la cala contigua.

El sonido del mar y de la arena anulaba el ruido del Ocean Club. Se detuvo junto a la entrada de la cueva y le quitó los zapatos a Frankie. Solo entonces la posó sobre la arena.

Ella perdió el equilibrio y lo agarró de la camisa.

—No me puedo creer que hayas hecho esto.

—No hablar. Yo Tarzán. Tú Jane. Entrar cueva.

—Tarzán vivía en una jungla. ¿Y si hay alguien más aquí dentro? —dijo ella asomándose a la oscuridad.

—No hay nadie. Hace unos años prohibieron practicar sexo aquí después de que la patrulla de salvamento tuviera que rescatar a unos adolescentes desnudos que habían perdido la noción del tiempo y por poco no terminaron ahogados. El pueblo se reunió para intentar decidir qué poner en el cartel. «No está permitido el sexo, riesgo elevado de ahogamiento» perdió a favor de «No está permitido el baño durante la noche».

—Entonces ¿no deberíamos estar aquí?

—Estamos infringiendo todas las normas. ¿Cómo te hace sentir eso?

—Sorprendentemente bien —lo rodeó por el cuello—. Me he pasado la vida intentando librarme de la reputación de mi familia, pero esta noche tengo intención de ganármela.

Él sonrió. Le encantaba esa nueva faceta suya.

—¿Quién eres y qué has hecho con Frankie?

—¿Te estás quejando?

—¡No! —volvió a tomarla en brazos y la metió en la cueva mientras sujetaba el móvil para alumbrarse—. ¿Qué prefieres? ¿Arena granulada o rocas afiladas? —su voz resonaba y las rocas brillaban en la tenue luz.

—Haces que suene muy erótico —dijo ella con voz temblorosa y rozándole el cuello con su cálido aliento—. Matt...
—sonaba como si estuviera sin aliento—, ¿y si perdemos la noción del tiempo y nos ahogamos?

—Soy un gran nadador —la bajó y sus pies tocaron el suelo. Después le quitó el top y se lo guardó en el bolsillo.

—¿Qué estás haciendo?

—No quiero arriesgarme a que la marea se lo lleve y tenga que explicarle al pueblo por qué Frankie Cole va caminando por Main Street sin la parte de arriba.

—Si yo me quito la parte de arriba, tú también —dijo ella tirándole de la camisa con brusquedad. Los botones salieron volando—. ¡Huy!

—Eres una salvaje —riéndose, él le rodeó la cara con las manos y la besó mientras sentía a Frankie bajándole la cremallera. Gimió cuando ella se arrodilló frente a él—. Frankie...

—Nunca he hecho esto, así que, si lo hago mal, tendrás que decírmelo.

Matt se agarró a la roca que tenía delante y se quedó sin respiración cuando ella lo tomó en la calidez de su boca.

—Joder...

—¿Te estoy haciendo daño?

—No.

—¿Seguro? Porque te he oído gemir.

Él agachó la cabeza y la apoyó en el brazo.

—Ha sido un gemido de los buenos.

—Aaah... —exclamó ella con petulancia—. Entonces, me gustaría probar algunas otras cosas...

Matt estaba a punto de preguntarle qué otras cosas, pero entonces ella hizo algo con la lengua que le borró del cerebro todo pensamiento coherente.

Se aferró con más fuerza a la roca y los afilados bordes se le clavaron en la palma. Las sensaciones lo arrasaron como una fuerte oleada y, maldiciendo, se apartó.

—¿Qué pasa? —ella habló con la voz entrecortada y a él no le salían las palabras.

—No pasa nada —le costaba hablar—. Dame un minuto.

Frankie se levantó y él la rodeó con un brazo por la cintura para acercarla a la vez que hundía la otra mano en su pelo. Nunca había deseado a nadie como la deseaba a ella.

Besándola, le bajó los vaqueros y la ayudó a quitárselos. Después, posó las manos sobre sus nalgas y sintió la calidez de su piel desnuda. Lo único que los separaba era una fina y sedosa ropa interior que no supuso ningún obstáculo.

Ella gimió contra sus labios.

—Eva me compró esa ropa interior que acabas de arrancarme.

—Gran elección. Le doy mi aprobación.

Frankie se rio apenas sin aliento.

—Ni siquiera la has visto.

—No, pero ha salido con facilidad y eso es lo principal.

La risa de Frankie se convirtió en un gemido cuando Matt le metió la mano entre los muslos.

—Matt...

Él deslizó los dedos por los sedosos pliegues de su piel y después los coló en su interior. Ella, sin apenas poder respirar, hundió los dedos en su pelo.

—Ay, Dios... Por favor, ahora... No quiero esperar...

Sin dejar de besarla, Matt se sacó la cartera del bolsillo y ella emitió un gemido de protesta que él acalló con su boca.

—Intento protegerte.

—Oh...

Por su tono, Matt supo que Frankie se había olvidado

de ese detalle. Y él también se habría olvidado fácilmente de no ser porque protegerla era lo principal para él. Nunca, jamás, querría hacerle daño.

Se detuvo lo justo para colocarse el preservativo y después la alzó y ella lo rodeó con las piernas por la cintura.

Frankie le lamía los labios y deslizaba la lengua por su mandíbula.

–Si me tiras, te mato.

–Levanto losas de hormigón a diario. Creo que soy capaz de sujetar a una mujer frágil sin que se produzca ningún accidente.

–¿Frágil? ¿Crees que soy frágil?

–Creo que hay partes de ti que son frágiles –la besó de nuevo, le giró un poco el cuerpo y se adentró en ella con un largo y suave movimiento. Sumergido en su sedoso calor, cerró los ojos–. ¿Te hago daño?

–¡No! Dios, no... –Frankie intentó moverse, pero era él el que llevaba el control. La besaba y le sujetaba las caderas mientras se adentraba en ella.

En esa ocasión no hubo una lenta seducción; en esa ocasión saciaron el deseo de un modo rápido y frenético.

Matt sintió las primeras sacudidas de su orgasmo envolviéndolo y se hundió más en ella. La oyó gritar y juntos llegaron al clímax.

Ligeramente aturdido, la bajó a la arena con cuidado.

Ella apoyó la cabeza en su pecho.

–Acabamos de practicar sexo en una cueva.

–Lo sé.

–De pie.

–Lo sé –Matt le acariciaba el pelo–. Y, si no dejas de hablar de ello, va a volver a pasar.

Frankie levantó la cabeza.

–Quiero que vuelva a pasar, pero no aquí.

–¿Dónde? ¿En el asiento trasero del coche? ¿En la

copa de un árbol? Tú pide y yo estaré encantado de ayudarte.
—¿Has practicado sexo en la copa de un árbol?
—No, pero por ti lo intentaría. Tarzán, ¿recuerdas?
Frankie se reía a carcajadas, sin apenas aliento.
—Vamos a la cabaña.
Y él no se lo discutió.

# Capítulo 13

«Una boda es una excusa para comer tarta».

—Paige

Frankie durmió profundamente y se despertó tarde. Si hubiera estado sola en su apartamento de Nueva York, se habría despertado con las bocinas de los coches y el estruendo de las sirenas de la policía, pero ahí en la isla lo único que se oía era el sonido de las olas rompiendo contra las rocas.

Se quedó allí tumbada, sumida en esa deliciosa neblina a medio camino entre el sueño y el despertar, saboreando ese momento de paz.

Matt la rodeaba con los brazos y ella tenía las piernas atrapadas entre las de él.

Si se hubiera movido, lo habría despertado, de modo que se quedó quieta con mucho gusto.

Debería haberse sentido extraña por haberse despertado junto a un hombre, pero no fue así.

Analizó el pensamiento durante unos minutos y llegó a la conclusión de que la razón por la que no se sentía extraña era porque se trataba de Matt.

El día anterior, cuando había llegado, solo había sentido estrés y tensión. Pero, de algún modo, todo eso se había evaporado.

Habían tenido sexo.

Un sexo increíble, alucinante. Y lo habían hecho una y otra vez, no solamente en la cama, sino también en la playa.

Matt se despertaría en cualquier momento y ella tenía la intención de repetir la experiencia. Estudió su rostro con minucioso detalle, sopesando cómo reaccionaría su sensible piel ante la oscura barba incipiente que le cubría la mandíbula.

Estaba deseando descubrirlo.

Justo en ese momento, su teléfono se iluminó sobre la mesilla y lo agarró con cuidado, intentando no despertarlo.

Tenía un mensaje de Eva. Una única palabra.

*¿Y?*

Sabiendo exactamente qué le estaba preguntando, Frankie sonrió y le respondió.

*¿Y, qué?*

*¿Estás en tu cama?*

Vaciló un instante. Eso podía contárselo, ¿verdad?

*No.*

Unos segundos más tarde la pantalla se volvió a iluminar.

*¡Ay, Dios mío! ¿Con un extraño o con Matt?*

—Espero que no le estés contando nuestros secretos a mi hermana —la voz de Matt sonó adormilada y sexy y ella giró la cabeza con gesto de culpabilidad.

—Es Eva. Quería saber si hemos compartido habitación. Odio mentir. ¿Te importa?

—El hecho de que odies mentir es una de las cosas que me gustan de ti, ¿lo recuerdas? Y, de todos modos, te van a sacar la información en cualquier momento, así que por qué no decírselo ya.

Ella dejó el teléfono sobre la mesilla y se acurrucó contra Matt.

—¿Qué más te gusta de mí?

—¿Quieres que te dé una lista?

—A lo mejor. Una corta.

Él se movió y se tumbó encima.

—Me encanta tu pelo.

—Oh, vamos... ¿Empiezas con mi pelo?

—Me encanta —dijo Matt deslizando los dedos entre sus ondas—. Me encantan tus pecas...

—¡Estás eligiendo todas las cosas que más me acomplejan!

—No estamos hablando de las cosas que te gustan a ti, sino de las que me gustan a mí —bajó la cabeza y la besó—. Me encanta que seas sincera.

—Directa.

—Sincera. Me gusta —se puso serio—. Me encanta que hayas venido aquí, a un lugar que te asusta, solo porque querías apoyar a tu amiga. Me encanta que te ofrezcas a quedarte en el apartamento con ella a pesar de que te gusta tener tu propio espacio...

—¿Te lo ha contado?

—Me lo ha contado Paige. Me encanta lo inteligente que eres, me encanta tu sentido del humor...

—¿Te encanta que sea una adicta al sexo?

—Eso es lo mejor —la besó y ella se rio y lo abrazó por el cuello.

—Tú eres el máximo responsable de ese defecto.

—Si es un defecto, me alegro de ser el responsable —la besó y ella se derritió por dentro.

—¿Cómo lo haces?

Con un gemido, él apartó la boca de la suya.

—¿Cómo hago qué?

—¿Hacer que te desee tanto? Estoy desesperada. Otra vez.

—Creo que tienes mucha energía sexual acumulada que necesitas consumir. Y me alegro de poder ayudarte con eso.

—Tu generosidad es una de tus mejores cualidades —soltó un grito ahogado cuando él coló la mano bajo sus nalgas—. ¿Tenemos que ir a esa boda?

Él se quedó quieto.

—¿No quieres ir?

—Estoy asustada, lo admito. Hasta ahora nos hemos encontrado con unas cuantas personas y todos han sido muy amables, pero la mitad de la isla va a estar en esta boda. ¿Y si alguien me dice algo?

—Espero que mucha gente te diga algo. Cosas como «Qué alegría verte de nuevo en la isla, Frankie» o «Encantado de conocerte» —bajó la frente y la apoyó contra la suya—. No va a pasar nada malo, cielo.

Esa palabra cariñosa hizo que el corazón se le diera la vuelta.

—No lo sabes.

—Lo sé. Voy a estar contigo todo el tiempo. Si alguien te mira mal, los tiraré de boca al mar —sus ojos azules se iluminaron—. Sabes que puedo ser un poco sobreprotector. Es uno de mis defectos. Estoy trabajando en ello.

—¿Un poco sobreprotector? Matt, te he visto con Paige. Podrías conseguir trabajo a tiempo parcial como guardaespaldas —bromeó, aunque en el fondo le encantaba esa faceta suya. Siendo alguien a quien sus padres nunca habían protegido mucho de nada, la hacía sentirse sorprendentemente bien estar con una persona a quien le importara tanto lo que sentía.

—Con Paige es distinto. Es mi hermana. Mi labor era que no se metiera en problemas, mientras que contigo... —se cambió de posición y se situó entre sus muslos—, contigo el propósito es meterte en todos los problemas posibles.

—No sabía que tuvieras un lado tan malo, Matt Walker.

—Lo mantengo oculto —se hundió en ella y Frankie gimió al sentir su engrosado miembro rozar su sensible piel.

—¿Cuánto tiempo me voy a sentir así? ¿Cuándo me voy a aburrir?

Él bajó la boca hasta la suya y Frankie lo sintió sonreír contra sus labios.

—Nunca —murmuró—, mientras yo tenga algo que ver.

En algún lugar en lo más profundo de su mente, una diminuta parte de ella sabía que todo eso era demasiado bueno para ser verdad, pero lo que Matt le estaba haciendo, lo que le estaba haciendo sentir, acalló la voz de la ansiedad. Abrumada por las sensaciones, cerró los ojos y se dejó llevar por el cuento de hadas.

Matt estaba bajo la ducha y cerró los ojos. Habría metido a Frankie en la ducha con él de no ser porque necesitaba un momento para calmarse. Había querido que se abriera a él y lo había hecho. Y el hecho de que hubiera confiado en él lo suficiente, de algún modo había intensificado el grado de intimidad de su relación. Se había quedado impactado con su respuesta, pero lo que más le había impactado había sido la fuerza de la suya propia. Había creído que lo que sentía por ella no podía ser más profundo, pero parecía que se había equivocado al respecto.

¿Qué pasaría cuando estuvieran de vuelta en Nueva York? ¿De vuelta a su vida cotidiana?

Quería congelar el tiempo y mantenerla allí, aislada del mundo exterior. Casi se veía tentado a saltarse la boda. Encantado, habría pasado el resto de su vida escondido en esa cabaña con Frankie. El resto del mundo podía irse al infierno por lo que a él respectaba.

—Matt... —Frankie estaba delante de él con el teléfono en la mano—. Es Ryan.

Sintiéndose culpable por haber estado contemplando modos de librarse de la boda de su amigo, agarró una tolla y después el teléfono.

Distraído por la diminuta hondonada de la base del cuello de Frankie, escuchó a su amigo resumirle el problema.

—Lo siento. Son malas noticias —desvió la mirada para intentar centrarse—. Entonces ¿vais a volar al continente? ¿Cuánto tardaréis? No, no hay problema. Esperaremos aquí hasta que nos escribas —terminó la llamada y Frankie lo miró expectante.

—¿Qué ha pasado?

Él la llevó hacia sí y besó la suave y perlada piel de su cuello.

—Tenemos un par de horas más para quedarnos en la cama.

—Qué bien —respondió ella rodeándolo por el cuello—. ¿Por alguna razón en particular?

—Ryan y Emily tienen una minicrisis nupcial —le apartó el pelo a un lado y le besó el cuello mientras inhalaba su aroma—. La florista tiene apendicitis y la trasladaron en avión al continente durante la noche. Por desgracia, se llevó las llaves de la tienda, así que no pueden recoger las flores. Van a retrasar la boda un par de horas para poder ir con Zach a recogerlas.

—Pero tardará unas horas en volar hasta allí. ¿Y qué pasa si está en el quirófano y tienen que esperar a que termine?

—Supongo que es un riesgo que van a tener que correr. No tienen muchas opciones.

Se produjo un prolongado silencio hasta que ella se apartó de Matt con reticencia y respiró hondo.

—Yo me ocuparé de las flores.

Sabiendo lo mucho que odiaba las bodas, a Matt no se le había pasado por la cabeza pedírselo.

—¿Tú?

—¡Es el día de su boda! Quieren que sea perfecto. Yo lo haré. Llama a Ryan —dijo y se alejó, como si no se fiara de sí misma y temiera cambiar de opinión—. Si no puedo entrar en la tienda, entonces voy a tener que asaltar el jardín de alguien.

—Frankie... —sabía que era un gran paso para ella. Una parte de él quería explorar ese cambio en profundidad, pero no tenían mucho tiempo—. ¿Hablas en serio?

—Yo nunca bromeo con las bodas, Matt —su humor irónico le hizo sonreír.

—En ese caso, llamaré a Ryan —le tomó la cara entre las manos y la besó con deseo—. Espero que valore el sacrificio que voy a hacer.

—¡Deja de distraerme! —dijo empujándolo—. Llámalo. Y algún dato como el color del que va a vestir la novia me vendría bien.

Matt hizo la llamada, medio centrado en su amigo y medio centrado en ella. Frankie ignoró el mono de seda verde que tenía tendido en la cama y en su lugar se puso unos pantalones de yoga que le sentaban como si fueran una segunda piel.

Aún tenía el pelo húmedo de la ducha que se había dado antes que él. Se lo recogió en una cola de caballo y agarró el bolso.

—¿Y bien?

—Ryan no sabe qué va a llevar la novia. Al parecer, es un secreto muy protegido, pero cree que Brittany lo sabrá. Y mientras tanto, Kirsti está enviando un mensaje a todos los de la isla pidiéndoles acceso a sus jardines. Tienen un sistema que utilizan para casos de emergencia y a través del cual pueden escribir a todo el mundo. Los habitantes que tienen flores en sus jardines están respondiendo a Ryan y él me va a mandar una lista para que puedas ir a elegir las flores.

—¿Me estás diciendo que los vecinos me están dando permiso para entrar en sus propiedades y llevarme sus flores?

—Así es.

—¿Les ha dicho que soy yo? ¿Frankie Cole?

—Lo saben y estoy seguro de que esperan que puedas solucionarles el problema a Emily y a Ryan. ¿Qué necesitas además de las flores?

—No lo sé... Algo con lo que unirlas. Y tengo que llevarme este traje en una bolsa porque, si salgo con pantalones de yoga en las fotos, Eva y Paige me van a matar.

—Lo meteré en el coche y nos cambiaremos cuando hayamos terminado con las flores —comprobó el correo electrónico—. Mira, algunos ya han respondido y han hecho un listado de las flores que tienen.

Ella estudió el contenido de los correos mientras se calzaba.

—Brittany y Zach... ¿Es el mismo Zach que nos trajo hasta aquí en avión? Tienen un jardín bien provisto. Espera un minuto... ¿Es Brittany Forrest? ¿La nieta de Kathleen?

—Sí. Podemos estar en Castaway Cottage en diez minutos.

Matt colgó los trajes en la parte trasera del coche, salió del campamento y tomó la carretera que conducía al norte de la isla.

—No he tenido tiempo de peinarme. Va a parecer que he estado cerca de una explosión. Eva y Paige me van a matar, sin duda. Se suponía que me iba a arreglar mucho y a ponerme elegante.

—Estás sexy y preciosa. Eres la clase de mujer que un hombre querría arrastrar hasta una cueva para practicar sexo salvaje.

—¿Sí? —se lo quedó mirando lentamente—. No estoy acostumbrada a tener ese aspecto.

Y él no estaba acostumbrado a la pausada y sexy sonrisa que Frankie le lanzó.

—Esa sonrisa te sienta bien. ¿Quieres que paremos el coche y probemos un poco de sexo en el bosque?

—¡Céntrate! Solo tenemos un par de horas y, si empiezas a hablar de sexo, no podré concentrarme. Ya sabes que las bodas no sacan lo mejor de mí. ¿Cuántas damas de honor hay? ¿Y chicas de las flores?

—¿Cómo voy a saberlo? Soy un tío.

—Si voy a hacer unos ramos tengo que saber la cantidad —sacó una libreta de su bolso e hizo unos cuantos esbozos.

Matt notó que se estaba concentrando en las flores en lugar de ponerse nerviosa por la boda y por estar de vuelta en la isla.

Castaway Cottage era una bonita casa de playa de madera. Cuando llegaron, la puerta ya estaba abierta y el perro más feo que había visto Matt en su vida salió a recibirlos.

—¡Fauces! ¡Entra aquí ahora mismo! —gritó una voz femenina al otro lado de la puerta.

Matt se acercó con una sonrisa.

—Hola, Brittany.

—¡Matt! —le dio un cálido abrazo seguido de una mirada nerviosa—. ¿Puedes solucionarlo? Es el gran día de Em y queríamos que todo fuese perfecto. Necesitamos un milagro.

—Te he traído un milagro y se llama Frankie —se giró y vio a Frankie de rodillas haciéndole carantoñas al perro, que rodaba por el suelo feliz.

Brittany enarcó las cejas.

—Vaya, esa reacción no es nada normal. La mayoría de la gente tarda un buen rato en acercarse a nuestro perro. Aunque, claro, en parte es culpa nuestra por llamarlo «Fauces», que no es que sea exactamente un nombre que garantice que se vaya a ganar la simpatía de la gente. Lo quiero, pero soy la primera en reconocer que no es el animal más agradable a la vista del planeta.

—A mí me parece precioso —dijo Frankie levantándose después de darle una última palmadita al animal—. ¿Conoces los detalles de la boda?

—¿Qué detalles necesitas?

Brittany la puso al corriente de todo.

—Llévate todo lo que quieras del jardín. Quiero que el día de Emily sea perfecto y todos te estamos muy agradecidos por haberte ofrecido a ayudar. ¿Necesitas algo más?

—Alambre para sujetar los ramos. ¿Y cinta? Me valdrá con cintas para el pelo.

Brittany hizo una mueca.

—Lo del alambre es fácil. Lo de las cintas, no tanto. No soy de llevar cintas en el pelo, pero conozco a alguien que sí lo es. Escribiré a Ryan para que traiga todo lo que tiene Lizzy. Mientras tanto, iré a por el alambre.

—Genial. Las cintas las podemos añadir luego. ¿De qué color va vestida la novia?

—La novia está muy embarazada —dijo Brittany con diversión en la mirada—, así que lleva un vestido de color crema muy mono. Lo ha diseñado muestra amiga Skylar.

—Entonces ¿tenemos que intentar quitarle protagonismo a la tripa?

Brittany se rio.

—Estoy segura de que eres fantástica en tu trabajo, pero te aseguro que no hay nada en el planeta que pueda disimular esa barriga.

—No me refiero a disimular, pero no quiero que la barriga parezca más grande por hacer el ramo demasiado recargado.

Brittany los llevó hacia un lateral de la casa y la siguieron por un portón que conducía al jardín costero situado en la parte trasera.

La expresión de Frankie pasó de la sorpresa al más absoluto asombro. Miró a Brittany.

—¿Eres jardinera?

—¡No, qué va! Soy arqueóloga. Soy más de matar plantas mientras hago excavaciones que de cuidarlas. Este jardín era como el bebé de mi abuela. Se pasaba aquí todos sus ratos libres. Murió hace unos años, pero una de sus amigas, nuestra vecina, sigue viniendo a cuidarlo.

—Es precioso. Relajante. Resulta increíble para tratarse de un jardín costero. ¿Cómo sobrevive a los duros inviernos?

—Ni idea. Imagino que las plantas se tendrían que congelar de frío, como nosotros.

—El problema no es la congelación, sino el deshielo. Es necesario mantenerlas latentes —Frankie se agachó y examinó el suelo del parterre que tenía más cerca—. Mantillo de algas.

—¿Sí? —Brittany miró a Matt y sonrió—. Si tú lo dices...

—Es genial para la tierra y las babosas lo odian.

—Mi abuela libraba una batalla constante contra las babosas —dijo Brittany metiéndose las manos en los bolsillos—. ¿Crees que hay algo aquí que pueda servir para hacerle un ramo decente a Em?

—Hay bastante. ¿Hay algo que no quieras que toque?

—Puedes dejarlo pelado si hace falta.

—*Phlox carolina*, la blanca —Frankie fue hacia un extremo—. La llamamos «flox nupcial». Y también hay *Leu-*

*canthemum vulgare...* –estaba hablando consigo misma, distraída, emocionada mientras se adentraba entusiasmada en el jardín.

Brittany enarcó una ceja hacia Matt, que se encogió de hombros.

–Yo tampoco sé qué es eso, pero nadie sabe de flores tanto como Frankie, así que podemos dejarlo en sus manos.

–Genial. En ese caso, voy a terminar de prepararme. Puedes usar la mesa de la cocina para crear tu obra maestra. Grita si necesitas algo y no dejéis que Zach le dé beicon a Fauces.

Los dejó allí y Frankie sacó sus esbozos del bolso.

Matt la observaba.

–¿Qué puedo hacer?

–Quedarte ahí quieto e ir sujetando lo que te vaya dando –se movía por el jardín como una mariposa, deteniéndose, admirando, oliendo y reuniendo flores.

En menos de diez minutos tenía un buen puñado de flores y follaje.

–Puedo trabajar con esto. Vamos a llevarlo a la cocina para que pueda empezar a montar los ramos.

La cocina de Castaway Cottage era el corazón de la casa. Una gran mesa dominaba el centro de la habitación y las estanterías estaban adornadas con fragmentos de madera del mar, tarros de cristales marinos y conchas.

Matt podía imaginarse a una joven Frankie sentada allí, perdida y confundida por lo que estaba pasando en su casa.

La puerta principal estaba abierta y Fauces entraba y salía a su antojo dejando tras de sí arena de la playa. La luz del sol jugaba sobre los suelos de madera pulidos y la alfombra de rayas con tonos azules le añadía ese toque playero.

Era en momentos así cuando echaba en falta la isla.

En el verano era un lugar idílico, pero Matt sabía que cuando llegara el invierno adquiriría un ambiente distinto. La nieve cubriría las carreteras y el jardín y lo convertiría en un misterioso y helado país de las maravillas. La comunidad quedaría reducida a los lugareños y a unos cuantos entusiastas acérrimos de los deportes de invierno.

Zach puso unas tazas de café bien cargado sobre la mesa.

–He preparado beicon y hay panecillos recién hechos en la cesta. Servíos. Pasará mucho rato hasta que comáis. Voy a cambiarme.

Salió de la habitación y Matt se rellenó un panecillo con beicon mientras Frankie trabajaba.

–Deberías comer algo. Tienes que estar hambrienta después de tanto ejercicio.

–Comeré dentro de un minuto. Tengo que hacer tres de estos.

–Dame algo de trabajo.

–¿Podrías cortarme tiras de cuerda? –Frankie se la acercó y siguió trabajando con las flores.

Él cortó la cuerda y la vio transformar un montón de flores en un impresionante ramo de novia. Sus dedos trabajaban velozmente mientras cortaba tallos y enroscaba hojas.

–Para ser alguien que odia las bodas, esto se te da muy bien.

–Porque este trabajo no tiene que ver con las bodas, tiene que ver con las flores. Y no va a ser perfecto. Me habría ayudado mucho ver el vestido, pero es lo mejor que puedo hacer.

Y lo mejor que podía hacer resultó impresionante. Alzó el ramo, una espuma de flores blancas con delicados zarcillos que caían formando una cola.

Él no sabía nada de ramos de novia, pero aun así pudo ver el arte en su creación.

—¡Vaya! —exclamó Brittany deteniéndose en la puerta—. Tienes verdadero talento para esto.

Frankie esbozó una breve sonrisa.

—Gracias. Uno listo, quedan dos.

A Matt le pareció interesante ver que había aceptado el cumplido de una mujer sin dudarlo, pero que, en cambio, se ponía nerviosa cuando él hacía lo mismo.

Aunque tal vez la diferencia se debía al hecho de que el cumplido hubiera estado relacionado con el trabajo más que con lo personal.

Brittany se sirvió un café y vio a Frankie atar los otros dos ramos.

—Increíble. ¿Has terminado? Si has terminado, deberíamos irnos. La mitad de la isla nos está esperando.

Matt vio la expresión de Frankie cambiar y Brittany también se fijó.

—¿Pasa algo?

—No. Es que... —Frankie se detuvo—. Hace mucho tiempo que no vuelvo a la isla, nada más.

—¿Y eso te supone un problema? ¿Te preocupa no conocer a mucha gente? Porque Zach y yo te podemos presentar y...

—No es eso. Si la gente no me conoce, puede que sea mejor —Frankie soltó las tijeras con cuidado—. Mi familia no es muy popular por aquí y los vecinos tienen muy buena memoria.

—Ahora me has dejado intrigada —Brittany se terminó el café justo cuando Zach volvía a entrar en la cocina—. ¿Cuál has dicho que era tu apellido?

—Cole.

Brittany abrió la boca para volver a hablar, pero fue Zach el que dio un paso al frente. Puso la mano sobre el hombro de Frankie y le dio un apretón cariñoso.

—Sea cual sea tu reputación, quedará eclipsada por la mía. Soy el lobo feroz de la isla. Estarán demasiado ocupados mirándome mal como para fijarse en ti.

—No son tan malos —dijo Brittany mientras recogía la mesa y reunía los restos de tallos y hojas—. Te han aceptado. O, al menos, la mayoría.

—Exacto. Me suelo sentir como si aún estuviera a prueba. Están esperando a que me desvíe del camino.

Aun así, parecía que a Zach eso más que molestarle le hacía gracia. Brittany lo enganchó por la camisa con el dedo y tiró de él.

—Para que quede claro, me encanta cuando te desvías del camino —se puso de puntillas, le dio un fugaz beso en la boca y volvió a dirigirse a Frankie—. No te preocupes por los vecinos. Te recibirán como a una heroína. Y ahora deberíamos irnos antes de que a Emily le dé un ataque de nervios.

Zach enarcó una ceja.

—Nunca la he visto con un ataque de nervios.

—Se pone nerviosa de un modo discreto y tenso, y no quiero que se ponga nerviosa hoy. No quiero que el bebé llegue en mitad de la boda —recorrió la cocina guardándose varios objetos en el bolso—. Esta noche hay una fiesta en el Ocean Club. Vendréis, ¿verdad? Para bailar hasta que os duelan los pies y todo eso.

Matt se preguntó cómo reaccionaría Frankie ante la pregunta, pero ella asintió.

—Si los vecinos no me han echado de la isla para entonces, podría ser divertido.

—Nadie te va a echar de ningún sitio —Brittany guardó los ramos cuidadosamente en una caja—. He escrito a Ryan y va a traer todos los lazos que tiene Lizzy. Insiste en ponerse una tiara y alas de hada. Nos reuniremos con él en la playa y decidiremos qué es mejor —los miró—. ¿Os vais a cambiar? Porque podríais hacerlo aquí. Así os ahorráis exhibiros delante de los vecinos en el aparcamiento de la playa.

Matt sacó la ropa del coche.

Frankie se puso el mono de seda verde esmeralda, que le iluminaba los ojos y resaltaba los brillantes tonos cobrizos de su pelo.

Distraído y con torpeza, él se abrochó los botones de la camisa.

–Estás increíble.

–Gracias.

Ella esbozó una sonrisa nerviosa y él supo que, a pesar de las reconfortantes palabras de Brittany, estaba preocupada.

Cuando llegaron al aparcamiento de la playa, se giró y le dijo:

–Te prometo que te vas a divertir. Estás genial, aunque si llevaras un vestido o una falda nos resultaría más sencillo practicar sexo improvisado.

–Callum Becket pensó lo mismo en décimo curso y esa es la razón por la que nunca llevo vestidos.

Era la primera vez que le había contado algo en concreto sobre la época durante la que había vivido allí.

La gente avanzaba en tropel hacia la playa, pero Matt no se movió.

–¿Qué pasó?

–Mi madre acababa de romper el matrimonio de sus padres. Estaba muy enfadado y lleno de hormonas adolescentes rabiosas. Debió de pensar que como nuestros padres lo hacían como si fueran conejos nosotros podíamos hacer lo mismo. Estábamos en el baile de promoción y les dijo a dos de sus amigos que me sujetaran mientras él me colaba la mano por debajo de la falda. La falda de mi vestido rojo nuevo. Estaba tan ilusionada con ponérmelo... –se le aceleró la respiración, pero debió de ver la expresión de Matt y por eso sonrió–. No te preocupes. Paige y Eva aparecieron justo a tiempo. Sin sus amigos, Callum era bastante débil. Casi le rompí la muñeca y estuvo varios días sin poder escribir. En aquel momento decidí que no quería que eso me volviera a pasar nunca y por eso dejé de ponerme faldas a menos que lo exigiera el colegio. Y me apunté a clases de kárate para poder derribar al tipo en cuestión con una patada de tijera si volvía a pasar. Vaya, puede que ahora te haya asustado.

–¿Estás de broma? –lo que sentía era rabia, aunque eso no se lo dijo–. Es tremendamente sexy tener una novia que pueda derribarme con una patada de tijera. Siempre que quieras probarlo, adelante.

–¿Cómo es posible que me hagas sonreír con cosas por las que nunca sonrío?

Él le acarició el pelo y le acercó la boca a la suya.

–Callum no estará aquí, por si eso te preocupa. Los Becket se marcharon de la isla hace años, así que no hay ninguna probabilidad de que te lo encuentres –la sintió relajarse.

–Bien. Porque no querría tener que romperle la otra mano.

–Ya lo habría hecho yo por ti.

–¿En serio? Pareces un hombre que emplee el intelecto y el sentido común para solucionar la mayoría de los problemas.

–Ese es siempre mi primer enfoque, pero recurro al plan B cuando la situación lo requiere –ocultó su rabia tras una sonrisa–. Deberíamos ir. Están esperando las flores.

Estaban recorriendo el camino que conducía a la playa cuando Frankie se detuvo.

–Qué multitud. No me había esperado que hubiera tanta gente.

–Es una multitud cordial, Frankie.

Ella se puso tensa.
—Esperemos.
Él también lo esperaba porque, de lo contrario, se vería tentado de poner en marcha el plan B.

# Capítulo 14

«El matrimonio es el triunfo de la esperanza sobre la realidad».

—Frankie

Era como si la mayor parte de la isla se hubiera presentado en South Beach para ver a Ryan casándose con Emily.

La playa era un derroche de color, con trajes que abarcaban desde bañadores a ondeante seda. Se habían colocado hileras de sillas en la arena y los graznidos de las gaviotas y el estrépito de las olas se entremezclaban con las risas de los niños y los ladridos de los perros.

Todo el mundo parecía conocerse y Frankie estaba allí quieta, en un extremo, sintiéndose como una intrusa. Si permanecía ahí, tal vez nadie se fijaría en ella y una vez comenzara la ceremonia podría desaparecer sin que la vieran.

Estaba a punto de proponerle el plan a Matt cuando Ryan los vio, cruzó la playa y la abrazó.

—Eres la heroína del momento. No deberías estar en un extremo, deberías estar en primera fila. Eres nuestra invitada de honor.

¿Primera fila?

A Frankie le dio un vuelco el estómago. Estar sentada en primera fila significaría que no tendría dónde esconderse. Estaría allí viendo cómo se intercambiaban los votos y se esperaría de ella que mirara a los novios con una expresión sensiblera y soñadora, pero esa no era una expresión que tuviera perfeccionada.

—¡No! No podría... Debéis de tener a mucha gente que...

—No, Ryan tiene razón. Tienes que... —en esa ocasión era Hilda la que hablaba, y una guapa mujer rubia con dos niños se sumó a la campaña de persuasión.

—Hay sitio ahí. Soy Lisa, por cierto. Soy la dueña de Summer Scoop, la heladería de Main Street. Si tienes tiempo, tienes que ir a hacernos una visita. Los helados correrán a cuenta de la casa.

—O podríamos comprar un tarro y llevárnoslo a casa —le susurró Matt al oído—, y podría lamerlo de tu cuerpo desnudo.

El comentario hizo que a Frankie le entraran ganas de reír y, así, mientras intentaba no hacerlo, se olvidó de la tensión que le producía la idea de sentarse en primera fila en la boda de alguien.

—¿Tienes pensado hacer eso en Main Street?

—Es posible, aunque intentaré avisarte antes —Matt le agarró la mano y la llevó delante.

Había caras que conocía y otras caras que no. Algunas decían lo encantadas que estaban de verla de nuevo en la isla y otras decían lo encantadas que estaban de que hubiera encontrado flores para Emily. Todas eran expresiones agradables y de bienvenida.

Finalmente se sentó en un sitio libre en primera fila.

—No debería estar sentada aquí.

Matt se sentó a su lado.

—Sonríe. Te vas a divertir.

Quería preguntarle cómo iba a divertirse teniendo a Hilda sentada a su lado.

—Recuerda, un isleño es isleño para siempre.

Le dio una palmadita en la rodilla a Frankie antes de girarse para hablar con la mujer que tenía al otro lado.

Frankie miró a su alrededor, vio sonrisas y ojos empañados y se preguntó qué le pasaba, por qué ella solo sentía pánico y una ligera náusea.

Para distraerse, se centró en el pequeño grupo de niños inquietos que esperaban con sus flautas listas para tocar y después en Ryan, de pie junto a otro hombre alto y moreno que le resultaba familiar.

Estaba intentando recordar dónde lo había visto antes cuando Matt se inclinó hacia ella.

—Es el Cazador de Naufragios.

—¿Cómo dices?

—Ese tipo al que estás mirando mientras te preguntas dónde lo has visto antes se llama Alec Hunter. Es historiador. Presentaba ese programa sobre naufragios que hizo que la mayoría de las mujeres del país estuvieran pegadas al televisor.

—¡Claro! —le había encantado ese programa y se había comprado el libro. Estaba a punto de hacerle otra pregunta a Matt cuando la multitud se quedó en silencio y los niños comenzaron a tocar.

Como seguía mirando hacia donde estaba Alec, Frankie presenció el momento exacto en el que Ryan se giró y vio a Emily. Fue un momento excepcional de evidente emoción. Todo lo que sentía se reflejaba en sus ojos. Se preguntó cómo podía alguien tener el valor de entregarse y mostrarse tanto.

Al fin, Emily llegó a la zona delantera y, automáticamente, Frankie miró el ramo. Teniendo en cuenta el poco tiempo que había tenido y el material tan limitado, estaba satisfecha. La forma que le había dado desviaba la atención de la barriga de Emily, aunque tampoco se podía decir que Ryan o ella estuvieran ocultando el hecho de que estaba embarazada. Ignorando el protocolo, Ryan besó a la novia hasta que la pequeña que tenían a su lado le tiró de la chaqueta con impaciencia.

Brittany sonrió al verla.

—Ryan, se supone que tienes que besar a la novia después de la ceremonia —dijo, y la pequeña se rio.

La niña sujetaba el ramillete que le había hecho y llevaba su melena rubia recogida con una brillante tiara, pero lo que de verdad hizo que Frankie sonriera fueron las alas de hada que había insistido en ponerse.

¿No había tenido Eva unas iguales a esa misma edad? Siempre que habían jugado a mundos imaginarios, Eva había sido un hada. Frankie, por el contrario, había elegido ser el elfo o el mago.

Se dejó llevar por los recuerdos y apenas oyó las palabras que Emily y Ryan se dirigieron.

A mitad de la ceremonia, Lizzy empezó a toquetearlo todo y Ryan la levantó en brazos y la sostuvo mientras Emily y él terminaban de intercambiarse los votos.

Frankie vio a la niña agarrarse a su hombro y algo en el modo en que Ryan la sujetó le produjo un nudo en la garganta. Lizzy tenía esa edad en la que uno creía que los adultos tenían todas las respuestas y los papás eran los héroes.

Ella había pensado lo mismo una vez.

Asimilar la realidad de las debilidades humanas de su padre había sido una parte de su transición de niña a adulta.

Vio el modo en que Ryan miraba a Emily y se preguntó si su padre había mirado a su madre así el día de su boda.

¿En qué momento se había estropeado todo? ¿Había ido bien al principio y se había ido fracturando gradualmente o había habido fallos, debilidades, desde el comienzo?

Mientras observaba, Ryan agarró la mano de Emily y ella se quedó fascinada al ver sus dedos entrelazados; unos esbeltos y delicados entre otros firmes y fuertes.

De fondo oía sus voces, pero lo único que veía eran esas manos apretadas. Se estaban agarrando como si no tuvieran intención de soltarse nunca.

Y entonces la ceremonia terminó y Ryan deslizó la mano tras la cabeza de Emily y, con delicadeza, acercó su boca a la suya.

No la besó. Simplemente le dijo algo en voz baja, algo dirigido solo a ella.

Pero ya que estaba sentada tan cerca, Frankie pudo leerle los labios.

«Te quiero. Siempre».

¿Siempre?

Sintió una punzada en el pecho. ¿Cómo se podía prometer algo de lo que no se podía estar seguro? ¿Qué pasaba? ¿Cambiaba el amor o cambiaba la gente?

Pensó en su padre, en promesas y mentiras, y se preguntó cuándo las unas se habían convertido en las otras. ¿Había sentido de verdad los votos que había pronunciado el día de su boda? ¿Los había creído y los había roto o nunca los había creído en realidad?

Ryan deslizó la mano desde la cabeza de Emily hasta su barriga y la dejó ahí, con gesto protector, mientras compartían una mirada que excluía a todos los demás. Fue el momento más íntimo y privado que había presenciado nunca y por un fugaz segundo hasta llegó a creer que era real. La sorprendió, pero lo que la sorprendió más fue la esperanza profundamente arraigada de que lo que estaba viendo era real, de que esas dos personas tenían algo que podía durar.

Quería creerlo, quería creerlo de verdad.

Y entonces el momento pasó y hubo risas y aplausos y la gente se acercó a los novios para felicitarlos en persona.

Ella se quedó quieta, todas las palabras que había oído se le agolpaban en la cabeza.

Matt puso la mano sobre la suya.

—¿Estás bien?

¿Lo estaba? No estaba segura. Tenía la cabeza llena de preguntas que no podía responder. Quería hablar con él porque Matt tenía una visión sensata y comedida del mundo mientras que ella lo veía todo a través de una lente distorsionada, pero no era el lugar apropiado para mantener esa conversación. No podía sentarse en primera fila en la boda de alguien y discutir ahí mismo si el amor era algo que de verdad pudiera durar.

Viendo a Ryan y a Emily casi podía creer que sí. Era como vislumbrar un pedazo de cielo azul en mitad de una tormenta. Y ese cielo azul se extendió cuando la boda se convirtió en una fiesta playera y los invitados comieron langosta cocida al vapor con algas y asada con agua del océano en grandes cazuelas de hierro sobre unas hogueras.

Cuando cayó la oscuridad, Ryan le echó su chaqueta a Emily por los hombros y la sacó a bailar a la arena. Y cuando Lizzy intentó unirse a ellos, la levantó en brazos y los tres juntos bailaron bajo la luz del fuego.

Una familia.

Frankie sintió algo que no había sentido nunca antes. Un anhelo, un profundo vacío en su interior que no había sabido que existiera.


Matt agarró dos platos de comida y una de las mantas de picnic que Ryan había dado a los invitados y llevó a Frankie hasta una zona ligeramente apartada de la celebración.

Ella se acurrucó sobre la manta mientras escuchaba las risas y la música y Matt se tumbó a su lado.

–Dime en qué estabas pensando antes.

–En que esta es la boda más bonita en la que he estado nunca.

–¿Sí? Eso es todo lo que estabas pensando.

Frankie se cruzó de piernas y miró al mar.

–Nunca he creído en los amores eternos de cuentos de hadas, pero Ryan y Emily parecen muy enamorados.

–¿No crees que lo están?

–Quiero creerlo –agarró su plato de langosta preguntándose cuánto más decir–. Cuando las relaciones van mal, ¿crees que es porque siempre fueron mal desde el principio o porque la gente cambia?

–¿Me estás preguntando si la gente puede estar enamorada y luego dejar de estarlo? Sí, creo que eso puede pasar. La vida puede añadir presión a cualquier relación, pero una relación fuerte puede sobrevivir a ella. Mis padres pasaron por mucha presión cuando Paige estuvo enferma. Pasaron épocas duras, pero se apoyaron el uno al otro. Supongo que lo que aprendí viéndolos es que, si eres sincero en una relación, si no temes decir lo que sientes y escuchas a la persona que amas, si escuchas lo que siente, entonces puedes superarlo todo. Puedes encontrar el modo de hacerlo –se detuvo–. ¿Estás pensando en tus padres?

–Recuerdo una vez que miré su foto de boda y pensé que parecían felices. Esa foto me despertó muchas preguntas. Estaban sonriéndose, como hace la gente en las fotos de boda, y yo quería saber si era real. ¿Mi padre la quería cuando se casaron y después se desenamoró? ¿O no la quiso nunca?

–¿Tu madre nunca te ha hablado de ello?

Frankie negó con la cabeza.

–Al principio estaba tan afectada y furiosa que no podía decir ni una palabra sobre él, y después ya no quería hablar de él directamente.

Pero Frankie había tenido preguntas. Muchas preguntas.

—No tienes contacto con él, ¿verdad?

—Me mandó una tarjeta de felicitación cuando cumplí quince años y no he sabido nada de él desde entonces.

Por supuesto, había más, mucho más, pero en ese momento Ryan llamó a todo el mundo y la fiesta se trasladó al elegante entorno del Ocean Club, donde sirvieron cócteles y champán y delicioso marisco.

Frankie volvió a fijarse en Alec Hunter, pero en esa ocasión él estaba bailando con una preciosa mujer con una melena rubia que le caía sobre los hombros como si fuera oro líquido. Se estaban riendo y Frankie vio el anillo de diamantes que llevaba ella.

Todo el mundo parecía estar enamorado.

La gente corría ese riesgo, una y otra vez. Daban el salto aun sabiendo que se podían caer. Se sentía como una niña temblando al borde de una piscina, viendo a todos los demás metidos en el agua, pero temerosa de saltar por si se ahogaba.

Todo el mundo era mucho más valiente que ella.

—Estás pensando demasiado y no estás bailando lo suficiente —dijo Matt llevándola a la pista de baile e ignorando sus protestas.

—No se me da muy bien bailar...

—Eso mismo me dijiste sobre el sexo y mira lo equivocada que estabas.

Ella se rio.

—¿Quieres decirlo un poco más alto? Creo que Hilda no te ha oído.

—Ah, sí que me ha oído, y, si no me ha oído ella, ya se lo contará alguien más. Así funcionan las cosas en Puffin Island —sonriendo, sin el más mínimo arrepentimiento, le dio vueltas con gran maestría y ella aterrizó contra su pecho, sin aliento.

—Imagino que crees que ese paso ha estado muy bien —dijo ella con la voz entrecortada mientras él la echaba hacia atrás para luego acercarla a su pecho—. Vale, de acuerdo, ha estado muy bien. Venga, puedes lucirte.

—Hay otras cosas que podría lucir. Cosas más grandes.

—Eso sí que dejaría impactada a Hilda. Eres un buen bailarín.

—Tú también —hundió la cara en su cuello y ella sintió la calidez de su aliento contra su piel y cerró los ojos. Nunca se había sentido así, jamás.

—No creía que pudiera bailar.

—Voy a hacer que mi misión en la vida sea mostrarte todas las cosas de ti sobre las que estás equivocada —y acercándose a su oreja, añadió—: ¿Salimos de aquí?

—No quiero ofender a los novios.

—Los novios se han marchado hace una media hora, aunque nadie se ha dado cuenta. El secreto es marcharse con disimulo —le agarró la mano y se abrieron paso entre la animada multitud hasta llegar a la puerta del Ocean Club. Una vez ahí, en lugar de seguir el camino hasta la playa como habían hecho la noche anterior, se dirigieron al coche.

Condujeron hasta Seagull's Nest y Matt abrió la puerta de la cabaña.

—Aún no hace frío fuera. ¿Quieres sentarte un rato en el muelle?

El muelle estaba bañado por la luz de la luna y lo único que se oía era el suave roce del mar contra las rocas que tenían debajo.

—Me gustaría.

A pesar de estar cansada, Frankie no tenía ninguna prisa por irse a dormir.

Había estado temiendo ese fin de semana, pero ahora deseaba que durara para siempre.

Se acomodó en la silla más cercana y unos momentos después Matt se unió a ella. Tenía una botella de champán y dos copas en una mano y un jersey en la otra.

—¿Tienes frío?

—Un poco —agradecida, ella aceptó el jersey y se lo echó sobre los hombros mientras veía cómo servía el champán.

—Por ti.

—¿Por qué estamos brindando por mí?

—Porque les has solucionado el problema a los novios y porque has sobrevivido a estar en primera fila en una boda. Eso merece un brindis.

Ella dio un trago de champán.

—Jamás pensé que diría esto, pero ha sido una boda bonita.

—¿Pero...?

—No —negó con la cabeza—. No hay peros. Esta vez no.

—¿Estás diciendo que crees que podrían ser felices?

Ella sonrió.

—Crees que estoy loca, ¿verdad?

—No —Matt echó su silla para atrás y apoyó los pies en la barandilla—. Creo que lo de tus padres te afectó mucho. La aventura de tu padre... Cuando algo así pasa es normal que remueva todo en lo que crees.

No era algo de lo que ella hablara, pero por alguna razón le resultaba fácil hablar con Matt. Él no era una de esas personas que pensaban que escuchar consistía en esperar a que hubiera un hueco en la conversación para poder hablar sobre sí mismas. Él no solo oía, él escuchaba.

—Lo sabía, Matt —las palabras salieron sin más, como solía suceder cuando estaba con él—. Sabía que estaba teniendo una aventura. Durante los seis meses anteriores a que se marchara lo supe y fue horrible. No sabía qué hacer. Tenía catorce años y era conocedora de un secreto que podía separar a mi familia.

Matt no se movió. Por un momento, Frankie se preguntó si la habría oído y entonces él dijo:

—¿No se lo contaste a nadie?

—No. Mi padre me hizo prometer que no se lo diría a nadie.

—¿Sabía que te habías enterado? —las patas de la silla aterrizaron en el suelo del muelle de golpe. Se giró para mirarla, impactado—. ¿Frankie?

—Los vi juntos. Los pillé practicando sexo.

—Mierda —Matt se pasó la mano por la cara—. ¿En tu casa?

—En la habitación de mis padres. Mi madre no estaba en casa y yo supuestamente me iba a quedar hasta tarde en el club de teatro, pero lo cancelaron y llegué pronto a casa. Mi madre me había dado una llave y mi padre no lo sabía. Creo que por entonces ya no hablaban mucho. Entré y oí a mi padre gemir y pensé que le había pasado algo, así que subí las escaleras corriendo. La puerta de la habitación estaba abierta y… —sacudió la cabeza—. No importa. Digamos que me vieron, así que no había forma de seguir fingiendo. Me encerré en mi habitación y mi padre se puso a aporrear la puerta. No sé qué hizo con la chica. Supongo que ella se marchó.

—¿La reconociste?

—Vagamente. Trabajaba con él. Me hizo prometer que no diría nada. No dejaba de decirme «No querrás romper nuestra pequeña familia, ¿verdad?», y «Son cosas de adultos, Frankie, y no lo entenderías nunca». Y en eso tenía razón. No lo entendí. Cuando mi madre llegó a casa, me quedé en mi habitación y dije que me encontraba mal, lo cual era verdad.

Él le agarró la mano y la sostuvo entre las suyas, dándole calor.

–¿No se lo contaste nunca?

Frankie negó con la cabeza.

–Tenía ese secreto y era tan inmenso que me sentía como si otra persona se hubiera mudado a vivir con nosotros. Se sentaba a la mesa, se tumbaba en mi cama. No podía despegarme de él nunca –miró al océano, al mar de plomo, y a las oscuras sombras de las rocas–. No me podía concentrar y mis notas bajaron. Unos profesores me preguntaron si iba todo bien en casa y yo siempre decía que sí, pero en realidad todo mi mundo se estaba desmoronando y no tenía ni idea de cómo recomponerlo.

–¿No se lo contaste a Eva y a Paige?

–No. Sabían que las cosas no iban muy bien en casa, pero no les di los detalles. No quería que cargaran con el peso de lo que yo sabía, y también creo que una parte de mí pensaba que, si no hablaba de ello, desaparecería. Creo que en el fondo seguía engañándome pensando que podría haber funcionado.

–Pero no funcionó.

–No. Suelo preguntarme qué habría pasado si aquel día no hubiera llegado a casa antes. Si el grupo de teatro no hubiera cancelado la reunión, me habría quedado en el colegio y nunca lo habría sabido. Ella se habría ido de la casa antes de que yo hubiera llegado y no los habría pillado. No me habría visto en esa situación en la que no podía mirar a la cara a mi padre, sentado al otro lado de la mesa. Mi madre creía que estaba pasando por una fase de malhumor, típica de la adolescencia, y solía mandarme a mi cuarto.

Hubo una pausa y Matt le apretó la mano con fuerza, con firmeza.

–¿Me estás diciendo que te culpabas?

–Al principio no. Al principio estaba confusa porque había pensado que mis padres eran felices. Eso era lo que más miedo me daba. Si se hubieran peleado o los hubiera visto infelices, entonces lo habría visto venir, pero no vi nada en absoluto. Y eso me hizo preguntarme qué me había perdido. Y lo sigo haciendo. Miro a las parejas y me pregunto qué está pasando bajo la superficie, qué están pensando en realidad. ¿Son felices de verdad o es todo una mentira? –miró sus manos entrelazadas–. Después de que se marchara y mi madre se derrumbara, me culpé. Tenía miedo. Estaba tan mal que no sabía qué hacer. Solo quería que volviera a ser ella misma. No dejaba de pensar que, si no lo hubiera encontrado con aquella mujer, tal vez se habría quedado. Y entonces mi madre decidió demostrar que tenía todo lo que tenía una mujer más joven y mi vida pasó de darme miedo a darme vergüenza. Y lo peor de todo era que echaba de menos a mi padre. Estaba enfadada con él, pero aun así lo echaba mucho de menos. Tenía un vacío enorme en mi corazón. Pensaba que estábamos unidos y no podía entender que me hubiera abandonado sin más.

Matt se levantó y la puso de pie para envolverla en un fuerte abrazo.

–Me alegro de que me lo hayas contado.

–Yo también me alegro de habértelo contado –dijo ella inhalando su aroma, empapándose de su fuerza–. Al menos ahora sabes por qué soy un desastre. No quiero pensar con cuántos hombres habrá estado mi madre desde entonces. Es como una mariposa, revoloteando de flor en flor, absorbiendo lo mejor de todos ellos. ¿Entiendes ahora por qué no confío en las relaciones?

–Lo entiendo, pero, Frankie... –la apartó de él con delicadeza y le retiró el pelo de la cara–, ¿alguna vez te has preguntado si la razón por la que tienes miedo a las relaciones es el resultado de lo que pasó con tu padre más que de lo que pasa con tu madre? Él mintió y engañó y después te pidió que mintieras tú también. Era tu referente, la persona a la que admirabas y querías, y te defraudó.

Me parece que esa es la relación que de verdad te hizo daño, cielo, no tu madre.

Ella se quedó sentada en silencio, asimilando sus palabras.

—Pero...

—Cuando la persona que más quieres y en quien más confías del mundo te defrauda, ¿qué pasa?

Ella lo miró.

¿Tenía razón?

Durante años había pensado que sus problemas estaban generados por el estilo de vida de su madre, por la clara evidencia de que las relaciones eran efímeras y no duraban.

Pensó en su padre. Se había marchado sin mirar atrás, liberándose de responsabilidades y recuerdos. Se había librado de ellas como una serpiente despojándose de su piel y con ello le había mostrado que todo vínculo se podía romper, que toda declaración de amor se podía retirar.

—Tienes razón —tenía la voz ronca—. ¿Por qué no lo vi? De pequeña siempre estuve más unida a mi padre. Me llamaba «su pequeña», «su niña». Si me pasaba algo en el colegio, él era el primero al que se lo contaba. Me enseñó a nadar, me llevaba a navegar. Para mí era como un dios. Cuando pasó todo, al principio no me lo creía. No sabía qué hacer. Cada secreto que me pedía que guardara destruía otra parte de nuestra relación. Me hizo formar parte de su engaño y me costó perdonarle eso. No sabía si decírselo o no a mi madre.

—Tenías catorce años. Ninguna persona de catorce años debería tomar esa decisión.

—Perdí todo el respeto por él y... —se detuvo— perdí mi capacidad para confiar en la gente.

—Por supuesto. La única persona en la que toda niña debería poder confiar es en su padre —su tono era áspero—. ¿Se lo dijiste a ella? ¿Supo tu madre que lo sabías?

—No. Se quedó destrozada después de que mi padre se marchara. Algunos días me quedaba en casa en lugar de ir a clase porque me daba miedo dejarla sola. No dejaba de llorar viendo álbumes de fotos, viendo cada imagen y preguntándose si en ese momento de verdad la había querido o si todo había sido una mentira. Que hubiera tenido una aventura con alguien la mitad de joven que ella la dejó prácticamente destruida. Me daba miedo marcharme por la mañana y volver a casa después de clase. No sabía qué me iba a encontrar. Paige y Eva se turnaban para ir a casa conmigo. Así estuvimos mucho tiempo y entonces, de pronto, una mañana se despertó y decidió que ya estaba bien. Se cortó el pelo, perdió un poco de peso, empezó a ponerse mi ropa... —sacudió la cabeza—. Casi era más fácil de sobrellevar que estuviera deprimida porque eso solo me afectaba a mí. Esa nueva versión en la que se había convertido afectaba a la comunidad entera. Bebía demasiado y en dos ocasiones el jefe de policía tuvo que traerla a casa. Me quería morir. Y entonces empecé a odiar la isla. Con el paso del tiempo fui relacionando este lugar con todo lo malo que me había pasado. Estaba deseando irme a la universidad.

—¿Y qué sientes ahora por este lugar?

Matt la abrazaba con fuerza, como si fuera una barrera de seguridad, y ella miró el destello de la luz de luna sobre la superficie del océano.

El mundo que la rodeaba parecía distinto.

—Había olvidado cuánto quiero este lugar, ¡es tan tranquilo! Podrías vivir aquí sin enterarte de nada que esté pasando en el resto del mundo. Además, ahora lo veo distinto. Antes asociaba este lugar con mis padres, pero este fin de semana todo lo que está sucediendo se centra en mí. En nosotros. Y eso me ofrece una perspectiva distinta del pasado.

—¿Te refieres a hablar de tu padre?

—No solo a eso. Antes creía que los vecinos se cambiaban de acera para evitarme, pero ahora me doy cuenta de que era yo la que se cambiaba de acera porque me avergonzaba mirarlos a los ojos.

Apoyó la cabeza en su hombro.

—Pienso mucho en ello. Pienso en si debería habérselo dicho a mi madre, en si debería decírselo ahora. La mayor parte del tiempo creo que no serviría de nada, pero ese gran secreto está ahí entre las dos, como un muro, y no puedo saltarlo. Antes de que mi padre se marchara estaba muy asustada y confundida, y después ya no le vi sentido a sentirme así porque ella ya lo sabía y lo que me daba miedo era empeorar las cosas. Ella odiaba a mi padre y a mí me daba miedo que me odiara a mí también si se enteraba.

—Ellos eran los adultos, Frankie. Tú eras la niña. No deberías haber llevado esa carga y no eras tú la que tenía que tomar decisiones.

Sintió la caricia de sus dedos a través de su pelo.

—¿Crees que debería decírselo?

—No. Pero me pregunto si eso te ayudaría a sentirte mejor.

Ella lo miró.

—¿Tu relación con Caroline no hizo que dejaras de confiar en la gente?

—No —le acarició la mejilla—. Hizo que mi confianza en los demás se tambaleara durante un tiempo y tal vez por eso ahora sea más cauto, pero mis cimientos no se sacudieron como te pasó a ti.

Frankie le rodeó el cuello con los brazos.

—No eres tan cauto. Estás aquí conmigo, con una Cole. Tenemos fama de ser unos rompecorazones y de no ser de fiar.

Los ojos de Matt se iluminaron en la oscuridad.

—¿Te he mencionado que me gusta vivir peligrosamente?

—¿Te he mencionado que me gustaría que sacudieras mis cimientos?

Él enarcó una ceja y sonrió.

—¿Está usted flirteando conmigo otra vez, señorita Cole?

—Creo que es posible, aunque aún no tengo tanta experiencia. Estoy trabajando en ello.

—Estaré encantado de ayudarte –la levantó en brazos y la llevó al interior de la cabaña.

# Capítulo 15

«La que sueña no siempre está dormida».

—Eva

Matt y Frankie pasaron el día siguiente redescubriendo la isla, comiendo helado de Summer Scoop y comprando en Something Seashore, la nueva tienda de regalos de Emily. Lisa estaba de lo más ocupada detrás del mostrador, pero aun así envolvió cada una de las compras de Frankie con meticuloso cuidado.

–Normalmente estoy en Summer Scoop, pero Emily no contaba con quedarse embarazada cuando abrió el negocio, así que todos la estamos ayudando –midió un trozo de lazo y lo cortó–. Has elegido muy bien. Tus amigas son afortunadas.

–Tenéis unas cosas preciosas –Frankie miró a su alrededor y posó la vista en unos cojines de rayas hechos a mano y en unos tarros llenos de cristales de mar. Había muchos artículos que le llamaban la atención, pero se había contenido y se había limitado a comprar regalos para sus amigas y una cesta de conchas que usaría en arreglos florales.

Quería algo para Matt, pero como no se apartaba de su

lado, no tenía oportunidad de comprarle nada en secreto. El hecho de que fuera tan protector con ella no le molestaba tanto como a su hermana; más bien, la hacía sentirse segura, querida.

¿Querida?

Frunció el ceño. Querida no. «Cuidada» era un término más adecuado.

–Emily tiene buen ojo y siempre que puede vende obras de artistas locales. La mayor parte de lo que veis aquí está hecho en la isla –Lisa guardó con cuidado las compras de Frankie en una estilosa bolsa de lino–. Todo el mundo quiere llevarse a casa un poco de playa.

En la vitrina de cristal que tenía delante había un collar de estrellas de mar de plata entrelazadas. Era un diseño original e intrincado.

Lisa sonrió.

–Bonito, ¿verdad? Es de Skylar. ¿Quieres echarle un vistazo? –sacó la llave de la vitrina, pero Frankie retrocedió.

–No llevo joyas. Soy jardinera y me paso la mayor parte del tiempo pringada hasta los codos de tierra. Esa es la realidad de mi vida.

En su vida no había lugar para un collar de estrellas de mar, por muy bonito que fuera. ¿Cuándo se lo iba a poner? Las joyas no iban con ella, aunque últimamente la definición de lo que era ella había cambiado radicalmente.

–Mientras no estés pringada de tierra hasta el cuello, podrías llevar un collar debajo de la camiseta. Sería como llevar lencería sexy. Que nadie la pueda ver no significa que no te haga sentir bien llevarla. Es original, una pieza única. No encontrarás otra igual –Lisa se giró cuando una puerta se abrió tras ella y aparecieron dos pequeñas cabezas rubias–. Discúlpame un segundo. Estos son míos. Son la realidad de mi vida.

Frankie parpadeó.

—¿Gemelos?

—El doble de problemas —dijo Lisa esbozando una irónica sonrisa—. Te presento a Summer y a Harry —se apartó para ocuparse de los niños y Frankie agarró su bolsa y echó una última mirada a la vitrina de cristal.

El collar de estrellas de mar captaba la luz y centelleaba contra la base de terciopelo azul medianoche como guiñándole un ojo.

«Qué ridículo», pensó. Ni se lo podía permitir ni lo necesitaba. Le vendría mejor comprarse unos guantes de jardinero nuevos para sustituir a los que tenía llenos de agujeros. O quizás unas cuantas camisetas nuevas.

¿Qué tenían las vacaciones que te hacían alejarte del sentido común?

Le dio la espalda a la vitrina y salió de la tienda.

Matt la siguió unos instantes después.

—Esa tienda es peligrosa —murmuró Frankie—. Debería llamarse «Mega Tentaciones».

—A veces es bueno ceder a la tentación —Matt le tomó la mano y la apartó de la concurrida calle principal para llevarla hasta una de las calles más tranquilas—. Cierra los ojos.

—¿Por qué?

—Tengo una sorpresa para ti.

—Ya lo he visto y me dejó impresionada —dijo dándole un golpecito con el codo—. Mira, acabo de flirtear un poco más. ¿Qué tal lo voy haciendo?

—Genial. Pero ahora, ¿puedes cerrar los ojos? Venga, sígueme la corriente.

Ella cerró los ojos, sintió sus dedos rozándole la nuca y un peso posándose sobre su piel.

—¿No habrás...? —se llevó los dedos al cuello y abrió los ojos—. ¿Me has comprado el collar?

—Lo he hecho con la intención de que sea un recuerdo positivo de la isla y de nuestro fin de semana.

Ese fin de semana no era algo que fuera a poder olvidar fácilmente.

—No deberías haberlo hecho.

—¿No te gusta?

—Me encanta —estaba tartamudeando. Abrumada—, pero esa no es la cuestión.

—La cuestión es precisamente que te encanta. Y, si te preocupa no tener ocasión de ponértelo, que no te preocupe. Te llevaré a algún sitio donde lo puedas lucir.

Matt la hacía sentirse especial, o tal vez era el modo en que la miraba lo que la hacía sentirse especial. Pero bajo la euforia que le producía estar con él, había algo más acechando. Preguntas. ¿Qué significaba el collar? ¿Qué pasaba ahora?

—No sé qué decir.

—Di «gracias». Nada más.

—Pero…

—¿Te preocupa que lleve algún compromiso añadido? ¿Crees que te estoy dando esto para poder aprovecharme de ti?

—Eso lo puedes hacer gratis.

—¡Mierda! Si lo hubiera sabido, no me habría molestado en comprarlo.

La expresión de humor de sus ojos la hizo sentirse mejor. Se puso de puntillas y lo besó.

—Gracias.

Ojalá pudiera desconectarse el cerebro. Ojalá pudiera dejar de preguntarse qué significaba.

Caminaron de vuelta al puerto y, cuando se cansaron de esquivar turistas, visitaron la casa en la que había vivido Frankie. Se sorprendió al ver que era distinta a como la recordaba. La fachada recién pintada resplandecía bajo el sol de agosto y un brillante columpio rojo ocupaba un lugar de honor en el jardín. Pensó en todas las veces que había vuelto a casa con sensación de miedo sin saber de qué humor encontraría a su madre y se dio cuenta de que esos momentos oscuros habían coloreado el recuerdo que tenía de la casa.

—Se me hace raro estar aquí. No es como la recordaba.

—Las cosas no suelen ser como las recordamos.

Se alejó de la casa y respiró el aire del mar.

—Casi me da pena volver a casa.

—A mí también —dijo Matt, y se giró para mirarla—. Podemos volver siempre que quieras.

«Podemos».

La palabra la dejó sin aliento.

Nunca había formado parte de un «nosotros».

Le resultaba tan extraño y desconocido como el peso del collar contra su piel.

Ver la vida de su madre desmoronarse le había hecho decidir forjarse una vida independiente y lo había hecho en detrimento de sus relaciones.

Antes de marcharse de la isla hicieron una visita más, en esa ocasión a los padres de Matt.

—¿No les va a parecer raro que hayas estado aquí y no te hayas quedado en tu casa con ellos?

—Mis padres entienden que no quiera practicar sexo salvaje bajo su techo y, de todos modos, este fin de semana han tenido la casa llena de amigos.

—Eso es lo que más recuerdo de tu casa. Siempre estaba llena de gente y tu madre siempre estaba cocinando.

Se preguntaba qué pensaría Lillian Walker de que su hijo tuviera una relación con una Cole, pero resultó que su madre fue tan agradable y simpática como siempre, y, si sospechó del cambio que había tenido lugar en su relación, no hizo ningún comentario al respecto.

Almorzaron en el bonito jardín con comida casera que Lillian había preparado con la facilidad de alguien acostumbrada a recibir invitados regularmente.

―¿Qué tal la boda?

Charlaron sobre el evento, explicaron lo que había pasado con las flores y conversaron sobre la habilidad de Frankie con las flores y sobre Genio Urbano.

―Me preocupa que tu hermana esté trabajando demasiado ―dijo Lillian mirando a Matt―. Aunque, claro, eso no me lo ha dicho. Nos lo oculta todo.

―El negocio está creciendo deprisa y está trabajando mucho ―Matt no mintió―. Pero está feliz. Y está bien. Jake está muy pendiente de ella, pero no se lo digáis. Intenta hacerlo sin que ella se dé cuenta.

―Jake es un buen hombre ―dijo Lillian sirviendo la comida―. La de veces que fue al hospital cuando estuvo enferma... Hasta pensé en reservarle una cama allí ―se detuvo. El collar de Frankie captó su atención―. Qué bonito. Recuerdo haberlo visto en Something Seashore.

Frankie se puso tensa. ¿Qué respondía ahora a eso?

¿Cómo podía evitar preguntas incómodas?

―Se lo he regalado yo ―dijo Matt tranquilamente y Frankie vio a Lillian mirar el collar fijamente y después a su hijo, asimilando lo que significaba.

―Es una pieza muy bonita. Skylar es una artista con mucho talento. Le compré a tu padre una de sus fotografías para su cumpleaños ―y así, sin más, cambiaron de tema y Frankie recordó una vez más que la madre de Matt no se parecía en nada a la suya.

Lillian Walker respetaba la intimidad de su hijo y aceptaba sus elecciones.

Poco a poco, Frankie se fue relajando, tranquilizada por la cálida atmósfera familiar.

―A finales de octubre vamos a pasar tres semanas en Europa ―ahora fue el padre de Matt quien habló―. Tengo que ir a Italia por negocios, así que vamos a aprovechar para disfrutar de unas pequeñas vacaciones.

—Pero estaremos de vuelta para Acción de Gracias —se apresuró a decir Lillian—. Ya sabes que nos encantaría que vinieras.

Matt no vaciló.

—Aquí estaré.

—Frankie, espero que tú también vengas —añadió la mujer con naturalidad—. Y traed a Eva. ¿Cómo está? Me preocupa.

Siempre la habían hecho sentir como parte de la familia. En algunos aspectos había sentido que la casa de Paige era más su hogar que la suya propia. No le extrañaba que Matt no tuviera problemas para creer en el amor; había crecido con el amor delante de las narices.

—Eva tiene sus altibajos, pero está bien.

—Tiene suerte de teneros a Paige y a ti —Lillian se levantó y recogió los platos—. ¿A qué hora es vuestro vuelo?

—A las cuatro.

Michael Walker enarcó las cejas.

—Vais a encontraros tráfico de vuelta a la ciudad.

Matt y él discutieron unos minutos sobre la mejor ruta y Frankie ayudó a Lillian a quitar la mesa.

—Me alegra verte de nuevo en la isla —Lillian abrió el lavavajillas y empezó a meter los platos—. Tiene que haber sido abrumador volver después de tanto tiempo.

Frankie se preguntó cómo podía saberlo.

—Lo ha sido, pero la realidad no ha sido tan mala como me esperaba.

—Eso suele pasar en la vida. A veces es porque tendemos a exagerar las cosas en nuestra cabeza, pero otras veces es porque subestimamos nuestra capacidad para enfrentarnos a las cosas —cerró el lavavajillas y se puso derecha—. Eres una mujer fuerte, Frankie. Y eres muy importante para Matt.

Ay, Dios, ¿era eso una advertencia?

¿Estaba diciendo «Deja en paz a mi hijo»?

¿Estaba pensando que no quería que una Cole se acercara a su familia?

—Yo...

—Es un alivio para nosotros. Intento no entrometerme, pero me preocupaba que lo que pasó con Caroline pudiera volverlo reticente a tener una relación con una mujer otra vez. Me alegra veros tan felices y de verdad espero que vengas en Acción de Gracias. Me encanta tener a toda la familia junta —Lillian le dio un cálido abrazo y después salió de la habitación para terminar de recoger la mesa.

Frankie la observó por la ventana.

Era ella la que tenía el problema, no Matt.

Vio al padre de Matt levantarse para ayudar a su mujer en lo que era, claramente, una rutina bien establecida. Eran compañeros.

¿Pasaría menos tiempo preocupándose por que las cosas salieran mal si hubiera pasado más tiempo viendo que las cosas salían bien?

Llegaron de vuelta a Brooklyn cuando el sol se estaba poniendo.

Después de la paz de Puffin Island, Nueva York parecía un lugar frenético. Normalmente a Matt le encantaban el ritmo y la energía de la ciudad, pero en ese mismo momento deseaba poder estar de vuelta en la isla con Frankie, alejado del mundo en la acogedora cabaña de la playa donde nada podía molestarlos.

Había aprendido más sobre ella en los tres últimos días que en veinte años.

Había aprendido que se despertaba temprano y que le gustaba el café cargado. Había aprendido que sus inseguridades ocultaban profundidades de salvaje pasión.

Y había aprendido que se había pasado toda su vida adulta cargando con un secreto. Un secreto que no había compartido con nadie... Hasta ahora.

El significado de ese gesto no era algo que pasara por alto.

Compartirlo había intensificado la conexión y el vínculo que existía entre ellos, pero también le había demostrado que Frankie confiaba en él.

Mientras conducían por las concurridas calles, ella se iba quedando más y más callada.

Matt la miró un instante.

—¿Has hablado con Paige y con Eva?

—Tienen una *baby shower* esta noche, así que llegarán tarde a casa. Creo que Paige se va a quedar en casa de Jake —sonaba distraída.

Matt estaba muy seguro de saber lo que estaba pensando, pero no dijo nada; por el contrario, se concentró en el tráfico hasta que finalmente aparcaron en su arbolada calle de Brooklyn.

Era una noche de verano bochornosa, sin aire y húmeda, y Frankie se apartó el pelo de la cara.

—Echo de menos la brisa del mar.

—Yo también —él descargó las maletas y ella agarró la suya.

—Gracias, Matt. Lo he pasado bien.

—Yo también lo he pasado bien.

Frankie se detuvo en la puerta del apartamento y soltó la maleta. Tenía las llaves en la mano.

En lugar de abrir, se giró hacia él.

—¿Mi casa o la tuya?

Matt no había tenido ninguna intención de dejar que durmiera sola en su casa, pero había querido elegir cuidadosamente el momento de decírselo. El hecho de que ella hubiera tomado la decisión lo llenó de regocijo.

—¿Estás pensando en seducirme?

—No estoy muy segura de si te seduciré, pero sí que tengo pensado hacerte cosas malas. ¿Eso cuenta?

—Depende —se acercó a ella y la dejó atrapada entre su cuerpo y la puerta—. ¿Cómo de malas?

—Ya lo descubrirás —sus ojos tenían un travieso brillo que él no reconocía.

—Ahora sí que estás flirteando.

—¿Y qué tal lo estoy haciendo?

—Muy bien —más que bien. Estaba tan excitado que se sentía a punto de explotar. La soltó y levantó su maleta—. Mi apartamento. Así podemos tomarnos una copa en la azotea y charlar.

—¿Quieres charlar?

—Estoy intentando demostrarte que no solo me interesa tu cuerpo.

—¿Y si a mí solo me interesara el tuyo? ¿Sería un problema?

Subieron las escaleras con cierta dificultad y él logró abrir la puerta antes de empezar a quitarle la ropa.

—Me has convertido en un maníaco del sexo, ¿lo sabes?

—Tengo muchos años que recuperar, pero lo cierto es que eres tú el que me está quitando la ropa.

—Lo sé —gimió y le bajó los vaqueros—. ¿Existiría alguna posibilidad de que pudieras ponerte un vestido sin ropa interior debajo?

—Me lo pensaré —sin aliento, lo agarró de la cabeza y, con impaciencia, le acercó la boca a la suya.

Él la besó a la vez que la levantaba y la sintió gemir contra sus labios cuando su espalda rozó la frialdad de la puerta.

—Matt...

Frankie se mostraba dulce, tentadora e increíblemente sexy y él nunca había sentido nada tan intenso.

Se adentró en ella con las manos aferradas a sus caderas y la boca sobre la suya. La oyó gemir y sintió sus dedos hundiéndose en sus hombros mientras ella intentaba girarse un poco para recibirlo más adentro. Así, parecía indefensa. Él la controlaba y le resultaba increíblemente erótico notar su resbaladizo calor envolviéndolo. Al instante notó las primeras vibraciones de su orgasmo y cada íntimo movimiento de su cuerpo conectó con el suyo.

Lo agarró con más fuerza de los hombros y a él se le nubló la vista cuando la intensidad del orgasmo de Frankie lo arrastró a él también al clímax.

Tardaron un rato en recuperarse y fue mucho más tarde, después de que se hubieran duchado juntos y hubieran intercambiado más besos bajo el chorro de agua, cuando subieron a la azotea a beber algo.

Tirados en los cómodos asientos, contemplaron el cielo nocturno de Manhattan.

Matt agarró las cervezas que había subido.

—Por nosotros —empleó esa palabra intencionadamente y la vio alzar la mirada. Se preguntó si Frankie diría algo en contra de ese brindis, pero no fue así.

—Por nosotros.

En la voz de Frankie hubo solo un atisbo de vacilación y él la llevó contra su cuerpo. Juntos se quedaron allí tumbados observando las titilantes luces de los edificios que los rodeaban.

—Me encanta Nueva York.

—A mí también, pero este fin de semana he visto otra cara de Puffin Island. Y, además, había olvidado lo encantadores que son tus padres.

—Paige y yo tenemos suerte. Cuando era pequeño, la mitad de mis amigos buscaban excusas para merodear por mi cocina y poder hablar con mi madre. Es muy sabia.

Frankie se quedó en silencio un momento y añadió:

—Matt, eso que te he contado...

—No tienes por qué preocuparte. Todo lo que pasa entre nosotros se queda entre nosotros.

—Lo sé. Y confío en ti —se relajó en sus brazos—. Es la primera vez en mi vida que alguien sabe todo lo que se puede saber sobre mí. Es la primera vez que me he mostrado tal como soy de verdad con alguien.

—¿Y cómo te hace sentir eso?

—Bien. Resulta que me gusta que me conozcas. Significa que me puedo relajar. Y yo también te conozco —giró la cabeza hacia él—. A menos que estés ocultando algún gran secreto que necesites compartir conmigo.

Matt no respondió.

Sí que tenía un secreto. Tenía un secreto enorme, pero no estaba preparado para compartirlo. Era demasiado pronto, demasiado. Temía que si le daba alguna pista de sus verdaderos sentimientos pudiera ahuyentarla.

Y no quería arriesgarse a eso bajo ningún concepto.

—No tengo nada que necesite compartir.

# Capítulo 16

«Todo lo que necesitas es amor. Y chocolate».

—Eva

El lunes Frankie estaba de vuelta en las oficinas de Genio Urbano. Cuando habían abierto el negocio y se habían dado cuenta de que era imposible trabajar en casa en la mesa de la cocina, Jake les había cedido un rincón del impresionante edificio de cristal donde se encontraba su empresa y hasta el momento nadie había visto motivos para cambiar de ubicación.

—Bueno, cuéntanoslo todo —dijo Eva plantándose delante del escritorio de Frankie.

—¿Todo? —Frankie guardó el teléfono en el cajón para ocultar el mensaje que le acababa de enviar Matt—. No soy la clase de persona que le cuenta todo a la gente.

Pero a Matt sí se lo había contado todo, ¿verdad? Y por ello se sentía más ligera, como si alguien le hubiera quitado un gran peso de encima.

—Yo no soy «gente» —Eva sonó ofendida—. Soy tu mejor amiga. He estado a tu lado en lo bueno y en lo malo.

—Va a explotar si no le cuentas algo al menos —dijo Paige sin levantar la mirada de su portátil y con los dedos revoloteando sobre el teclado mientras escribía un correo–. Dale aunque sea unas miguitas para que se quede contenta y podamos ponernos con esta montaña de trabajo.

–Me haces parecer un cachorro que necesita un premio –dijo Eva sentándose en el borde de la mesa de Frankie. Al hacerlo, tiró unos cuantos papeles al suelo, pero quedó claro que no tenía ninguna intención de moverse hasta que hubieran mantenido la conversación que quería.

–Eres más destructiva que un cachorro –dijo Frankie agachándose para recoger los papeles.

–Necesito un poco de romance en mi vida. Me merezco un romance. Y, si no lo puedo experimentar de primera mano, voy a disfrutar del tuyo. ¿Por favor?

Frankie dejó los papeles en el extremo más alejado de la mesa, lejos de Eva.

–¿Qué te hace pensar que hay un romance?

–Me enviaste un mensaje.

–¡Cuidado! –sin levantar la mirada, Paige alzó una mano–. Estamos hablando de mi hermano. No quiero detalles.

–Yo sin duda quiero detalles –Eva rescató una revista que estaba a punto de caerse al suelo–. ¿Dónde os alojasteis?

–En Seagull's Nest.

–¡Lo conozco! Está sobre el agua, junto al Campamento Puffin. Es un lugar idílico.

–¿Cómo lo sabes?

–Porque soy adicta a mirar fotos de lugares en los que jamás me podría permitir alojarme. He visto una foto en Instagram. Alguien fue allí a pasar su luna de miel. Tiene un diseño rústico y parece muy romántico –Eva agitó las cejas y Frankie suspiró.

–¿Por eso me pediste que hoy estuviera aquí a tiempo? ¿Es un interrogatorio? –sin embargo, le agradó ver a Eva más contenta. Había perdido ese aspecto demacrado y cansado producto de llorar demasiado y dormir demasiado poco–. Me dijiste que tenías algo urgente que hablar conmigo.

–Y así es –Paige terminó de escribir el correo y levantó la mirada del ordenador. Parecía cansada y distraída–. Un nuevo encargo. Una cena de ensayo.

–¿Otra boda?

–No es la boda, es solo la cena, y sé que ya has tenido demasiadas bodas, pero esta vez necesitamos que te encargues de las flores.

–¿Quién es el cliente? Buds and Blooms podrían...

–No. Necesitamos a la mejor y tú eres la mejor. La clienta es Mariella Thorpe.

Eva se bajó de la mesa emitiendo un grito ahogado.

–¿En serio?

–¿La editora de *Empowered*? –Frankie sintió sorpresa seguida de satisfacción. Habían levantado su pequeño negocio de la nada y se habían convertido en algo bueno. La gente acudía a ellas, gente importante con grandes presupuestos–. Es una de los mayores clientes de Eventos Estrella.

–«Era» una de sus mayores clientes. Ya no. Está buscando organizadores de eventos y servicios de asistencia personal y ha acudido a nosotras.

–Esto podría ser un éxito –Eva hizo una pirueta y, al verla, uno de los diseñadores de Jake, que pasaba de casualidad por el pasillo, estuvo a punto de chocarse con la ventana de cristal que separaba su oficina del resto–. Siempre que no lo estropeemos.

–Va a ser un éxito –dijo Paige con firmeza–. Y nadie va a estropear nada. Ya que *Empowered* es una de las revistas femeninas que más rápido está creciendo en el país, tenemos que impresionarla. Está pensando en publicar un artículo sobre nosotras cuando vuelva de su luna de miel. Mientras tanto, necesito que Frankie se encargue de las flores para esa cena de ensayo. El equipo de Buds and Blooms es genial, pero no tienen tu característico toque «Frankie».

–«Flores por Frankie» –dijo Eva, y Paige la miró.

–Me encanta –garabateó una nota–. Voy a encontrar el modo de usarlo. Mientras tanto, tenemos que darle a Mariella algo que nadie podría darle. ¿Puedes hacerlo? Sé que Matt te tiene muy ocupada.

–Y queremos saber exactamente cómo de ocupada – Eva volvió a sentarse en su mesa y Frankie la empujó.

–Siéntate en tu mesa. Me estás desordenando mis carpetas.

–No entiendo cómo puedes trabajar con tanto papel por todas partes.

–Me gusta ver las cosas desplegadas delante de mí. Y yo no entiendo cómo puedes ser tan soñadora. Todas somos distintas.

Ignorándolas, Paige se levantó y se acercó a la cafetera.

–No tenemos mucho tiempo para organizar esto. La cena de ensayo es la última semana de septiembre. Vamos a reunirnos con ella a finales de esta semana. ¿Puedes ir o tienes algún compromiso con Matt?

Frankie sintió cómo le golpeteó el corazón y entonces entendió que Paige le estaba preguntando por su trabajo con él, no por su relación.

–Puedo. Hablaré con Matt y nos organizaremos.

–Y ahora que hemos solucionado lo del trabajo, cuéntanos el fin de semana –Eva se negaba a moverse de su mesa–. Al menos cuéntanos qué tal fue la boda. ¿Te resultó muy estresante? –la amabilidad de su tono disolvió la decisión que había tomado Frankie de no contarles mucho.

No había nadie en el mundo con un corazón más grande que el de Eva.

–Pensé que iba a ser estresante –Frankie recordó el momento en el que reunió flores del jardín de Brittany y creó los ramos en la mesa de la cocina–, pero al final ha sido divertido.

–¿Divertido? ¿Acabas de decir que una boda ha sido divertida?

–La gente fue muy amable y eso no me lo esperaba. Me trataron como a una persona, no como a una extensión de mi madre. Y la boda en sí fue preciosa. Me gustó el toque informal. Había perros corriendo por allí y niños jugando… –y dos personas enamoradas–. Lo importante era la gente, no el evento. Lograron hacer que fuera una boda personal e íntima, centrándose en ellos simplemente.

–¿Y qué pasa con lo demás? –la expresión de Eva era nostálgica–. ¿Qué pasa con Matt y contigo? ¿Por qué no lo vi hace siglos? Supongo que porque lo tenía delante de las narices y no siempre vemos lo que tenemos delante.

–¿Ver qué?

–A vosotros dos. Lo perfectos que sois el uno para el otro. Quiero decir, tú necesitas a alguien en quien puedas confiar plenamente y Matt es el hombre más fuerte, honrado y protector…

–Esa faceta suya me pone de los nervios –murmuró Paige, y Eva la miró frunciendo el ceño.

–Pero eso es porque es tu hermano. Te encanta que Jake sea protector.

Paige pensó en ello y negó con la cabeza.

–No, eso también me pone bastante de los nervios. No me gusta que me tengan entre algodones. Me da ganas de ponerme a gritar. Quiero que me dejen tomar mis propias elecciones, gracias.

–No se trata de que alguien tome decisiones por ti –

dijo Eva en voz baja–. Se trata de tener a alguien que se preocupe por ti. No os dais cuenta de lo maravilloso que es tener a alguien a quien le importas.

–Sí que me doy cuenta y lo siento si he sonado como si no lo valorara –Paige cerró el ordenador–. Tienes razón, me encanta que Jake se preocupe por mí y me encanta que Matt se preocupe también. Pero, Eva, también se preocupan por ti. Nos importas. Nos importas mucho.

–Lo sé –Eva esbozó una brillante sonrisa–. Y después está el hecho de que Matt está buenísimo…

Paige volvió a centrar su atención en el ordenador.

–Nada de detalles físicos, por favor.

Eva se bajó de la mesa.

–Estaría bien que nos dieras algún detalle romántico. Llevo mucho tiempo esperando a que esto pase –se inclinó hacia delante y abrazó a Frankie con fuerza–. Sabía que algún día te enamorarías. Lo sabía.

«¿Enamorarse?».

Frankie miró a su amiga.

–No estoy enamorada. ¡Qué locura! –el pánico se desató en su interior–. Ni siquiera sé lo que se siente estando enamorada.

Eva suspiró.

–Te sientes como si toda tu vida estuviera cubierta de polvo de hadas.

Paige levantó la mirada del ordenador y sacudió la cabeza.

–Mueve el culo y ponte a trabajar, Cenicienta.

Frankie no sonrió.

«¿Amor?».

–No sé de qué estás hablando. Mi apartamento está cubierto de polvo, pero no creo que unas hadas lo hayan puesto ahí.

–Lo que digo es que cuando estás enamorada eso le añade a tu vida algo mágico.

—¿Y eso cómo lo sabes? —le preguntó Frankie exasperada—. Nunca has estado enamorada.

—Por eso lo sé —respondió Eva con tristeza—, porque aún no me he sentido así. Sigo esperando ilusionada. Ayer dejé caer un paquete en la calle para ver si algún guapo desconocido me lo recogía, pero todo el mundo siguió andando. Si hubiera sido yo la que hubiera estado tirada en el suelo, me habrían pasado por encima. Qué mundo tan triste.

—Es un mundo libre de polvo de hadas, eso sí que es verdad —dijo Paige—. Por desgracia, hay gran cantidad de polvo corriente y asqueroso, de ese que nunca tenemos tiempo de limpiar desde que abrimos nuestro propio negocio. Y hablando de negocio, ¿podemos volver a centrarnos en el trabajo y en cómo vamos a impresionar a Mariella?

—Estás a tope —dijo Jake al ver a Matt ganar otra partida de billar unos días más tarde—. Podríamos tener problemas, Chase.

—Yo tengo problemas desde que he entrado por esa puerta —dijo Chase abriéndose otra cerveza—. Os pago más dinero de lo que pago en impuestos.

—No lo hago por el dinero —dijo Matt colando otra bola—. Lo hago para impedir que el ego de Jake se infle hasta alcanzar proporciones descomunales.

Normalmente, juntarse con sus amigos le aliviaba las tensiones de la semana, pero esa noche no estaba funcionando.

Nada estaba funcionando. Ni siquiera las bromas de Jake.

—¿Acaso mi ego supone una amenaza para tu virilidad?

—Mi virilidad está muy bien, gracias —Matt se preparó para el siguiente tiro y su amigo lo miró con curiosidad.

—¿Qué tal tu fin de semana con Frankie?

Matt perdió la concentración y la bola salió volando por el aire.

Jake la atrapó con una mano.

—Tal vez quieras lanzarla con menos efecto —dijo con tono suave—. Creo que es una falta.

Matt se puso derecho.

—¿En serio me estás hablando de faltas?

Chase suspiró.

—Si quieres vivir, Jake, te sugiero que te concentres en el juego y no empieces esa conversación.

—Me gusta vivir peligrosamente —sonriendo, Jake siguió—: Imagino que el fin de semana ha estado bien. Entonces, ¿fue todo diseño de jardines y muestras de suelos o probaste alguna muestra de otra cosa?

—No pienso responder a eso. Tal vez deberías escuchar a Chase. Te da buenos consejos.

—Acabas de responder a mi pregunta —Jake se agachó sobre el taco y se concentró.

Matt frunció el ceño.

—No.

—Eres un caballero —Jake se detuvo y lanzó—. Si estuviera pasando algo, protegerías a Frankie por encima de todo.

—A lo mejor no está pasando nada.

—A lo mejor, pero entonces tendría que encontrar otra razón que justifique esa sonrisa y tu lapsus de concentración, y ahora mismo no se me ocurre ninguna.

—He pasado un fin de semana estupendo visitando a unos amigos y a la familia.

Jake se puso derecho.

—Hace aproximadamente una década que te conozco. Conozco la expresión que tienes cuando pasas un fin de semana con la familia y te aseguro que no es esa.

Chase sacudió la cabeza.

−¿Podemos soltar un poco de tensión? No he venido aquí a rodearme de tensión. Para eso está el trabajo.

−Esto no es tensión, es amistad −Jake dejó de hablar lo justo para ganar la partida−. Y yo no tengo tensión en mi trabajo. Y tampoco deberías tenerla tú, ya que eres dueño de tu propia empresa.

−Prueba a dirigir una empresa creada por tu padre. ¿No tenéis políticas internas?

−Solo las mías. Tienes que simplificar tu organización, Chase.

−Delegar me funciona.

−Entonces ¿es serio? −Jake miró a Matt y en esa ocasión su tono de humor se desvaneció.

¿Que si era serio? Por su parte, sí. ¿Y por parte de Frankie? Tal vez. Posiblemente. Eso esperaba.

De pronto, se le encogió el corazón porque en realidad no lo sabía. Ella se había quedado a dormir en su casa cada noche desde que habían vuelto y solo había pasado por la suya para recoger ropa limpia, pero, cuando él le había sugerido que hiciera una maleta y dejara algunas cosas arriba, ella se había resistido.

Al parecer, ella podía pasar la noche en su casa, pero no su ropa. Eso le añadía un significado y un sentido de permanencia a la relación que Frankie claramente no quería contemplar.

No lo había hablado con ella. Se había dicho que era importante darle su tiempo y su espacio para adaptarse a ese nuevo nivel de intimidad que habían alcanzado. Se dijo que, si era paciente, ella acabaría dándose cuenta de que no necesitaba un lugar al que escapar porque con él no estaba atrapada.

Se dijo todo eso, pero por otro lado estaba ese dato importante que nunca era capaz de olvidar del todo: Frankie nunca había tenido una relación sentimental de la que no hubiera huido.

Lo estaba arriesgando todo con la esperanza de que los sentimientos de Frankie por él fueran más fuertes que sus miedos.

Para él valía la pena correr el riesgo, no tenía ninguna duda. Pero ¿Frankie sentía lo mismo?

Esa era una gran pregunta.

Ignorando la inquietud que sintió de pronto, miró a Chase.

—Te toca. Hazme un favor y gana.

# Capítulo 17

«Antes de entregar tu corazón, pide un acuse de recibo».

—Frankie

El sofocante calor de agosto dio paso al calor más sosegado de septiembre. La aglomeración de turistas disminuyó y poco a poco los habitantes recuperaron su ciudad.

La Semana de la Moda de Nueva York llegó y pasó, y entre exigencias respectivas de trabajo, Frankie y Matt exploraron la ciudad que era su hogar.

Comieron perritos calientes mientras veían un partido de béisbol y se tumbaron en el césped del Bryant Park a escuchar los conciertos de música clásica. Pasearon por el High Line, el parque elevado construido sobre una línea de ferrocarril en desuso, y charlaron sobre siembra y cómo aplicar algunas de las ideas a su trabajo. Roxy y Mia los acompañaron en alguna que otra ocasión y durante esos paseos Frankie descubrió lo inteligente que era Roxy. Quería conocer los nombres de cada planta y no solo el nombre común, sino también el nombre en latín. Y nunca había que decírselo dos veces. Empujaba a Mia en el carricoche mientras murmuraba *Acer triflorum* y *Lespedeza thunbergii*.

Con sus amigos fueron a Romano's a cenar pizzas y vieron películas en la azotea de Matt, pero los momentos que más disfrutaba Frankie eran esos en los que estaban los dos solos. El lugar favorito de ambos era Central Park y juntos exploraron rincones ocultos y se empaparon de los últimos rayos de sol del verano en Summit Rock, el punto más alto del parque.

El trabajo en la azotea estaba llegando a su fin y Matt había puesto a todo su equipo a trabajar en ella para asegurarse de que quedara terminada antes de que el clima veraniego volara al sur con los pájaros.

Era un trabajo de calor y sudor, pero Frankie había descubierto que no había nada que le gustara más que acabar acalorada y sudorosa con Matt. Ya fuera desnudos entre las sábanas o vestidos en la azotea, estar cerca de él siempre resultaba excitante. Cuando estaba segura de que nadie la veía, le robaba alguna que otra mirada, y él hacía lo mismo con ella.

A diferencia de Frankie, a él nunca le daba vergüenza que lo sorprendiera haciéndolo, más bien al contrario; le lanzaba una sexy sonrisa que reflejaba la promesa de lo que harían después.

Aunque ella era la encargada de las plantas, rápidamente entendió que, en un equipo pequeño como el de Matt, todo el mundo tenía que estar preparado para remangarse, y ella lo hacía de buena gana. Todo el mundo hacía lo mismo, hasta la mañana en la que Roxy no apareció por allí.

Todos estaban en el taller preparándose para trasladar tres bancos de madera a la azotea, junto con algunos de los maceteros hechos a medida, y toda ayuda era poca.

Frankie estaba intranquila, pensando en una conversación que había tenido con Matt esa mañana. Era una conversación que ya habían tenido algunas veces. Matt le había sugerido que se llevara algunas de sus cosas a su apartamento y ella se había negado. Él no había insistido, pero sabía que al negarse le había hecho daño, como si al reprimirse de llevar sus cosas allí estuviera reprimiendo también una parte de sí misma.

¿Por qué importaba que siguiera teniendo su ropa abajo?

¿Por qué necesitaba Matt que no solo se trasladara ella, sino también sus pertenencias?

Junto con la incómoda sensación de sentirse una cobarde, la invadieron la culpabilidad mezclada con exasperación.

Odiaba esa sensación, pero sobre todo odiaba hacer daño a Matt.

Colocó los maceteros y los dispuso para trasladarlos a la azotea. Después fue a ayudar a James, que estaba algo apurado sin la ayuda de Roxy.

—¿La has llamado a su móvil? —le preguntó Matt a James, que estaba colocando uno de los bancos.

—Cuatro veces. No responde.

—No es propio de ella. Si no sabemos nada a la hora del almuerzo, voy a pasarme por su casa.

Frankie se pasó una mano por la frente y se sintió mal por Roxy.

—¿Vas a ir a darle una advertencia?

—¿Una advertencia? —Matt la miró atónito—. Voy a ir a ver si está bien. Es una madre soltera con una hija pequeña y sin ningún apoyo. Tiene muchas cosas encima.

Frankie se apartó el pelo de la cara sintiéndose como una idiota. Conocía a Matt de sobra como para haber dudado.

—Supongo que aún sigo demasiado sensible con el tema del trabajo después de que me despidieran a principios de año.

—Y resulta que ahora estás un millón de veces mejor de lo que estarías si te hubieras quedado allí. Jake me ha estado contando que Eventos Estrella está teniendo problemas.

—Están perdiendo clientes importantes... —Frankie se detuvo al ver a Roxy aparecer por la puerta. Se sintió aliviada, aunque esa sensación duró poco, justo hasta que vio que Roxy llevaba una niña enfurecida apoyada en una cadera y una enorme bolsa de viaje colgada al hombro.

Matt soltó sus herramientas y fue hacia ella. Le agarró la bolsa antes de que cayera al suelo.

—¿Qué ha pasado?

—Nada. No pasa nada, jefe —a juzgar por el tono extremadamente animado de Roxy era obvio que sí que pasaba algo—. Hemos tenido una mañana un poco ajetreada, nada más. ¿Verdad, Mia? Muchos juegos y mucha diversión.

—¿Qué te ha pasado en la cara? —Matt levantó la mano, le apartó el pelo de la frente con delicadeza y examinó el moretón que tenía en la sien.

Roxy se apartó estremecida.

—No es nada.

—Mamá pupa —dijo Mia con seriedad y Roxy esbozó una sonrisa que, según Frankie sospechó, debía de haber sacado de muy adentro.

—Mamá está bien, cielo. Soy una torpe, nada más. Me he caído, igual que te caes tú a veces. ¡Ups!

—¡Hombre malo! —dijo Mia enérgicamente—. ¡Hombre malo gritando! —se tapó los oídos y sacudió la cabeza y, al hacerlo, sus rizos rubios danzaron alrededor de su cara.

Frankie vio que a Roxy se le empañaron los ojos y, claramente, Matt vio lo mismo porque inmediatamente agarró a la pequeña y la tomó en brazos.

—¿Quieres ver una cosa muy especial, Mia?

—¿Hadas? —preguntó Mia ilusionada y Matt sacudió la cabeza.

—Algo mejor que las hadas. ¡Mariposas!

Mia miró la boca de Matt e intentó replicar el sonido.
—*Miposas*.
—Mariposas —repitió Matt—. Ve con el tío James. Te las enseñará.

A Mia se le iluminó la cara ante la idea de jugar con James.

—¿Jugamos al caballito?

—Aquí no —amablemente, James tomó a la niña en brazos—. El caballito no quiere darse en la rodilla con una sierra eléctrica. El caballito no volvería a caminar nunca. Vamos a ver las mariposas.

—*Miposas* —Mia agarró un mechón de pelo de James y juntos se alejaron.

—Gracias —dijo Roxy sonándose la nariz con fuerza—. No quiero que me vea disgustada. Sé que es mucho pedir, pero me preguntaba si me podría tomar el resto del día libre. Tengo que hacer unas cosas. No tienes que pagarme ni nada.

En lugar de responderle, Matt volvió a mirarle la cabeza.

—Frankie, hay un botiquín de primeros auxilios en un cajón de mi despacho. ¿Has perdido el conocimiento, Roxy?

—¡No! En ningún momento me he desmayado ni he dejado a mi hija sola con... —se detuvo y sacudió la cabeza—. Estoy bien.

Frankie corrió al despacho y volvió con el botiquín. Lo abrió y encontró toallitas desinfectantes y vendas esterilizadas.

—Me he lavado las manos allí, así que ya me ocupo yo —se dispuso a limpiar la herida de la cabeza de Roxy mientras Matt la tanteaba con preguntas.

—¿Dolor de cabeza? ¿Náuseas? —vio a Frankie colocarle la venda y después cerrar el botiquín.

—Te preocupa que tenga daño cerebral, pero mi madre

siempre me decía que como no tengo cerebro, no se me puede dañar.

Su intento de chiste terminó con un sonido a medio camino entre una carcajada y un sollozo y Matt la rodeó con el brazo y la llevó contra su pecho en un fraternal abrazo.

—No pasa nada. Ahora estás a salvo.

—No necesito ayuda. Puedo ocuparme de esto —una única lágrima cayó por la mejilla de Roxy. Ella dejó escapar un sonido de rabia y se la secó con la palma de la mano—. Qué de polvo hay aquí dentro. Tenemos que limpiar este sitio.

Frankie la veía temblar.

—Roxy...

—No me muestres tu compasión, no quiero que mi hija me vea llorar —más lágrimas brillaron en sus ojos y parpadeó rápidamente—. Di algo que me fastidie. Enfádame.

—No hay problema. Enfadar a la gente es mi don especial —dijo Frankie moviéndose para bloquear la visión de la niña. Ella también quería abrazar a Roxy y eso le sorprendió porque las emociones solían provocar que saliera corriendo. Tal vez estar con Matt la había cambiado en más sentidos de lo que había creído—. ¿Qué ha pasado? ¿Qué podemos hacer?

—Que he estado con quien no debía, eso es lo que ha pasado. No sé cómo me ha encontrado, pero me ha encontrado. Si se esforzara la mitad en buscar un trabajo, a lo mejor no sería un fracasado —emitió un sonido de desdén—. No voy a volver al apartamento. He sacado todo lo que he podido, aunque seguro que me he dejado un montón de cosas.

—¿Por qué has tenido que sacar tus cosas, Rox? —preguntó Matt con tono delicado—. ¿Esto te lo ha hecho Eddy? ¿Te ha pegado?

—Más o menos.

Un músculo se tensó en la mejilla de Matt.

–No se pega más o menos a alguien, Rox.

–Me ha empujado muy fuerte y me he golpeado contra la pared.

–¿Has llamado a la policía?

–No. Eso lo habría enfurecido más y ya lo estaba bastante. Le he dicho que se largara y se ha largado. No creo que vuelva, pero no me quiero arriesgar. Por eso necesito unos días libres. Tengo que encontrar un lugar seguro para Mia y para mí mientras pienso qué hacer. En la guardería hay una mamá con la que tal vez podríamos quedarnos un par de noches.

Volvió a mirar a Mia, no dejaba de hacerlo, pero por suerte la niña era ajena al drama que se estaba produciendo; le estaba tirando del pelo a James mientras estudiaban las «*miposas*».

–Necesitas ayuda, Roxy.

–¿Quién me va a ayudar? Eddy no es exactamente la clase de persona que cumple con sus obligaciones. Y aunque quisiera volver a intentarlo, yo no le dejaría. Me he prometido que nunca, jamás, estaré con un hombre que me dé miedo. No quiero que Mia crezca pensando que eso está bien, que es lo normal. Voy a tener que apañármelas sola, y no pasa nada por eso. No pasa absolutamente nada –a pesar del calor, le castañeteaban los dientes y Matt la abrazó con más fuerza.

–No me refería a Eddy.

–Entonces ¿a quién? –Roxy se sonó la nariz y se apartó con los ojos abiertos como platos al ver la expresión de Matt–. ¿A ti? Ya has hecho mucho y eso que Mia ni siquiera es hija tuya. Me diste este trabajo y tu hermana me ayudó a encontrar la guardería.

–Os podéis quedar en mi casa.

–Oye, llevo un año esperando a que me hagas una proposición así… –con los ojos empañados, le dio un cariñoso puñetazo en el brazo– y lo haces ahora que tengo la cara hecha un cuadro.

–Hablo en serio, Roxy.

–Y yo. Es muy propio de ti, Matt, pero no me puedo quedar contigo en tu preciosa casa de Brooklyn. No soy esa clase de chica.

–Lo que eres es una buena persona, amable y responsable que necesita ayuda –dijo Matt–. Así que, por el bien de Mia, vas a ignorar tu orgullo y vas a decir «sí, Matt».

Roxy miraba al centro de su pecho, a un punto fijo, mientras intentaba no llorar.

–Tienes que vivir tu vida, no pienso ser una carga para nadie. Y, de todos modos, tu gata intentaría matar a Mia.

–Podéis quedaros en mi apartamento –hasta que esas palabras no salieron de su boca, Frankie no fue consciente de que fuera a pronunciarlas–. Lo tiene todo en la misma planta, a diferencia del de Matt. No tendremos que hacer mucho para adaptarlo y hacer que resulte seguro para la niña.

Sintió la mirada de Matt y supo que estaba tan sorprendido como ella por la oferta.

Ay, Dios, pero ¿qué había hecho? Había cedido su adorado apartamento. Su seguridad. Su independencia. A pesar de las sugerencias de Matt, lo único que había dejado hasta el momento en su apartamento había sido un cepillo de dientes. Ese iba a ser un paso enorme.

La invadió la inquietud e intentó ignorarla.

Por supuesto que no iba a renunciar a su independencia. Y, de todos modos, ya dormía en la cama de Matt todas las noches. Era ridículo pensar que dejar algo de ropa en su apartamento cambiaría las cosas.

–Eres muy amable –dijo Roxy–, pero ocupamos mucho espacio. No sé cómo lo hacen, pero nuestras cosas consiguen estar por todas partes. Además, me dijiste que solo tenías una habitación.

Frankie sintió calor en la cara.

—Ahora mismo no la estoy usando.

Roxy se quedó perpleja y miró a Matt. Después dibujó una amplia sonrisa.

—Vaya, eso sí que es una noticia. ¡Por fin!

¿Qué quería decir con «por fin»?

Frankie abrió la boca para preguntarle, pero Roxy estaba mirando a Matt nerviosa.

—Antes de aceptar, será mejor que me digas cuánto sería el alquiler.

Matt le dio una cifra más propia del alquiler de un sótano sin ventanas en el peor barrio de Nueva York.

A Frankie se le hizo un nudo en la garganta.

Mierda, se estaba ablandando demasiado.

—Podemos ir a tu apartamento a recoger tus cosas ahora mismo —dijo Matt—, o me puedes dar las llaves y una lista y lo haré yo.

—¿Eres mi casero o mi guardaespaldas?

Un toque de humor iluminó los ojos de Matt.

—Seré lo que necesites que sea hasta que salgas de esta situación.

No vaciló en ayudar, pensó Frankie conmovida. No pensó ni en su propia comodidad. No antepuso su negocio ni intentó protegerse.

Estaba centrado únicamente en ayudar a Roxy, una mujer vulnerable que no tenía a nadie en el mundo.

Era único entre un millón.

Así que ¿por qué la aterrorizaba tanto haber cedido su apartamento?

¿Qué le pasaba?

Se le encogió el pecho.

Roxy se frotaba la mejilla, indecisa.

—Es un alquiler muy bajo. No quiero favores.

A Frankie se le cayó el alma a los pies. Si había alguien que necesitara favores, era esa chica, pero como persona que había convertido la independencia en una forma de arte, lo entendía y la comprendía.

—Ahora mismo ese apartamento está vacío —dijo Matt—, pero no se lo puedo alquilar a nadie más porque es la casa de Frankie y todas sus cosas están allí. Me parece que tiene sentido tenerlo ocupado, pero no hay muchas personas a quienes se lo pueda confiar —con esas simples palabras echó un cubo de agua sobre las titilantes llamas que alimentaban la inquietud de Frankie.

Él lo entendía. Entendía cómo se sentía.

Sintió una fuerte sensación de calidez y gratitud y todas sus preocupaciones se desvanecieron.

No pasaba nada. Todo saldría bien.

—Me sentiría mal —murmuró Roxy, y Frankie intervino.

—Todos pasamos por momentos duros en la vida, Roxy. Cuando eso pasa, está bien pedir ayuda y dejar que tus amigos te ayuden. Míralo de este modo: algún día tú podrás hacer lo mismo por otra persona que tenga problemas.

—¿Quieres decir que es como una cadena de favores? —Roxy se sonó la nariz y se mordió una uña—. Supongo que tiene sentido. Y tienes razón al decir que tengo que pensar en mi hija. Su seguridad está por encima de mi orgullo.

James volvió con ellos y le entregó a Mia, que no dejaba de moverse.

—Eres una buena madre, Rox.

Fueron las palabras más indicadas en ese momento y Frankie vio a Roxy sonrojarse.

—No os pongáis sensibleros conmigo —se puso recta y levantó la barbilla—. De acuerdo, acepto, siempre que vosotros estéis seguros. Bueno, de todos modos, no tengo muchas cosas.

—Puedo quitar algunas de las mías.

A Frankie le parecía que la solución tenía todo el sentido del mundo. Roxy necesitaba un lugar seguro donde alojarse y no podía decirse que ella estuviera usando mucho el apartamento.

En las últimas tres semanas solo había entrado a regar las plantas y a recoger ropa limpia.

Matt alargó la mano hacia Roxy.

—Dame las llaves de tu apartamento y una lista de las cosas que necesitas. Iré a por ellas para que tú no tengas que volver por allí.

—Te acompaño —dijo Roxy, pero parecía exhausta y el golpe de la cabeza estaba adquiriendo un tono azul bastante feo.

—Yo acompañaré a Matt —sugirió Frankie—. Vosotras dos quedaos aquí con James.


Vaciar el diminuto apartamento de Roxy les llevó menos de una hora y de camino a casa Matt se detuvo en una tienda a comprar unas cosas que pensó que podría necesitar. Hacer algo práctico le ayudó a aplacar la ira que le bullía por dentro.

Frankie le lanzaba alguna que otra mirada mientras llenaba un carro con comida.

—¿Estás bien?

—Claro. ¿Por qué no iba a estarlo?

—Estás preocupado por Roxy. Quieres arrancarle la cabeza a Eddy.

Matt forzó una sonrisa.

—Con suerte no volverá a acercarse a ella y, si lo intenta, no la encontrará. Ha sido muy generoso por tu parte dejarle tu apartamento —el gesto le había sorprendido. Después de todas las conversaciones que habían tenido sobre el tema, no se lo había esperado.

Empujó el carro hasta la caja y comenzó a vaciarlo.

—Oye, el apartamento es tuyo. El generoso eres tú. Y

no compres eso... –dijo sacando un trajecito para la niña y dos muñecas–. La ofenderás.

–¿Cómo puede ofenderla que compre unas cosas para Mia?

–Porque esto es duro para Roxy. Necesita hacer por sí misma todo lo que pueda.

Matt se pasó la mano por la nuca.

–¿Vuelvo a ser demasiado protector?

–Adoro esa parte de ti, e imagino que a Roxy la ayudará saber que tiene a sus amigos apoyándola, pero creo que deberíamos tener un poco de tacto, nada más. Está intentando ser independiente. No queremos que malinterprete lo que estamos haciendo y se lo tome como una señal de que pensamos que no puede abarcar esto sola.

–Bien pensado –dejó el traje y una de las muñecas en su sitio–. ¿Qué haces para ser tan inteligente?

–Nací así.

–Y también naciste sexy –y por eso no podía mantener las manos apartadas de ella. Ignorando que se encontraban en un lugar público, se le acercó y la besó–. Sé que no querías mudarte conmigo. Dímelo con sinceridad, ¿estás asustada?

–Un poco –esbozó una media sonrisa mientras él se apartaba, satisfecha de no haberle mentido, pero deseando que su respuesta hubiera sido distinta.

–Has estado durmiendo en mi apartamento todas las noches desde que volvimos de Puffin Island.

–Lo sé. Pero esto es... –se encogió de hombros–. No puedo explicarlo.

–¿Como si se te hubiera cerrado la puerta? ¿Como si no tuvieras escapatoria? –no necesitaba que se lo explicara porque la entendía. Y el hecho de que siguiera sin confiar en lo que tenían le dolió más de lo debido. Diciéndose que no era nada personal, pagó la compra y empezó a meter todos los artículos en las bolsas–. Puedes escapar siempre que quieras, Frankie. Y, si lo prefieres, puedes quedarte con Eva.

¿Por qué demonios le había sugerido eso? Lo último que quería era que se marchara de su casa.

Ella le acarició el brazo con delicadeza.

—Te he molestado.

—No. Si me preguntas si me gustaría que trajeras todas tus cosas a mi apartamento te diré que sí, pero no quiero que te sientas atrapada. Sé que esto es un gran paso para ti y quiero que sepas que eres tan libre de marcharte hoy como lo eras ayer —habló con un tono despreocupado cuando lo que de verdad quería era llevarla a su apartamento y tenerla allí para siempre—. Pero me alegro de que podamos ayudar a Roxy. Has hecho algo muy bueno.

—Eres tú el que lo está haciendo —lo ayudó a guardar la compra en las bolsas—. Te has gastado mucho dinero, Matt.

—Es mi dinero.

Para cuando terminaron de ayudar a Roxy y a la niña a instalarse en el apartamento de Frankie, ya era tarde.

James, que llevaba un rato moviéndose por todas partes a cuatro patas para hacer de caballito de Mia, dijo que dormiría en el sillón.

—¿Por qué? —preguntó Roxy con las manos en las caderas y mirándolo—. ¿Crees que vas a tener suerte?

—No, pero te has dado un golpe en la cabeza y necesitamos que alguien te vigile. Son las normas cuando alguien se da un golpe en la cabeza.

—He tenido golpes peores que este.

James dejó de gatear.

—A lo mejor, pero voy a dormir en el sillón de todos modos. ¡Ay! —se estremeció cuando Mia le tiró del pelo y le golpeó en la cintura con sus piernecitas.

—¡Corre caballito!

—Joder, qué fuerza tiene, Rox.

—No digas palabrotas delante de mi hija, idiota.

—¡Idiota! —dijo Mia con tono alegre—. ¡Idiota!

—Lo siento.

James se mostró avergonzado y Roxy se ablandó.

—Supongo que todos los caballos necesitan un establo. Te prepararé el sofá.

—Hay colchas y sábanas en el cesto que está junto a la cama —dijo Frankie.

Mientras Roxy iba a por ellas, Matt aprovechó la oportunidad para hablar con James.

—¿Estás seguro de que te quieres quedar? Estoy arriba si necesita algo.

—No creo que Eddy la encuentre aquí, pero está asustada y no me gusta imaginármela asustada. Por eso he pensado en quedarme aquí.

Matt asintió.

—Si logra dar con ella y aparece, llámame.

—Claro. Podrás bajar aquí con esa motosierra que tienes y tallarlo hasta convertirlo en un objeto de utilidad. En un tope de puerta, por ejemplo.

Matt estaba a punto de responder cuando Roxy apareció en la puerta, pálida.

—No tenéis que hablar de mí como si no supiera lo que pasa. No necesito guardaespaldas y resulta que tengo dos.

—Tres —Frankie le quitó la almohada y las sábanas y las dejó en el sofá.

—Soy cinturón negro de kárate. Si Eddy aparece por aquí, va a desear haberse confundido de dirección.

—¿Kárate? ¡Qué guay! —Roxy tomó en brazos a Mia y la acurrucó—. Me gustaría aprender.

—Puedes venir conmigo la próxima vez que vaya — Frankie desapareció en la cocina y volvió un momento después con unas plantas en las manos–. Como estas tienen altura infantil, he pensado en llevármelas arriba. Y tengo que enseñarte cómo funciona el cerrojo de la puerta porque es muy caprichoso.

Matt le dio a Mia la muñeca que había comprado y le dijo a Frankie:

–No me habías dicho que el cerrojo está mal.

–No está mal, pero hay que darle golpes para moverlo.

–Bien, porque me apetece dar unos cuantos golpes –dijo Roxy y frunciendo el ceño añadió–: ¿Le has comprado una muñeca nueva?

Matt vaciló al recordar la conversación que había tenido con Frankie.

–Es un regalo, Rox.

–No tienes por qué hacer todo esto por mí.

–No lo estoy haciendo por ti, lo estoy haciendo por tu hija –sabía que Roxy anteponía a Mia a todo lo demás, incluyendo su propio orgullo.

Roxy se mordió el labio y después esbozó una temblorosa sonrisa.

–Gracias. Es un detalle.

Mia estaba encantada con la muñeca e insistió en darle besos a Matt en la mejilla hasta que Roxy logró apartarla.


Cuando volvieron a su apartamento, ya casi había anochecido.

Frankie colocó las plantas en el alféizar de la ventana de la cocina.

–¿Crees que vendrá?

–¿Su ex? No creo que llegue a averiguar que está aquí, pero, si viene, James se ocupará de él.

Matt consultó un libro de recetas y reunió los ingredientes para una salsa de tomate básica. Mientras, se preguntó cómo un hombre podía tener un hijo y después no interesarse por criarlo y protegerlo. Y, en cierto modo, la situación de Frankie era incluso peor que la de Roxy. Su padre había abandonado a una hija a la que había criado durante catorce años. ¿Cómo podía un hombre hacer eso?

–¿Estás enfadado? –Frankie se lavó las manos y agarró un diente de ajo–. O es por esa cebolla o estás enfadado.

–No estoy enfadado.

–Estás disgustado por Roxy.

Él bajó la mirada y sus nudillos, fuertemente aferrados al mango del cuchillo, palidecieron.

–No solo por Roxy –soltó el cuchillo lentamente–. ¿Alguna vez tienes la tentación de ponerte en contacto con tu padre?

–No –Frankie le quitó el cuchillo y terminó de cortar–. Al principio pensé en ello, pero pasaron demasiadas cosas. Si ahora nos viéramos, sería demasiado incómodo. Lo necesitaba entonces, pero ahora ya no lo necesito en mi vida.

–Odio pensar en todo por lo que pasaste.

–No pasa nada, Matt.

–¡Sí que pasa! –la intensidad de su rabia la impactó–. ¡Sí que pasa, Frankie!

Ella lo miró perpleja y soltó el cuchillo.

–¿Qué pasa? Normalmente eres muy sosegado. No estoy acostumbrada a verte así.

Y él no estaba acostumbrado a sentirse así. Ese feo y oscuro cóctel de emociones estaba envenenando su habitual enfoque de la vida.

–Tuviste que enfrentarte a todo aquello tú sola. ¡Eso es inexcusable! –se pasó los dedos por el pelo e intentó calmarse–. Ningún padre debería poner a su hijo en la situación en la que estuviste tú.

–Pasó hace mucho tiempo. He aprendido a vivir con ello.

—¿Sí? —le supuso mucho esfuerzo no alzar la voz—. Él es la razón de que te lo guardes todo y no confíes en la gente con facilidad. Él es la razón de que te den miedo las relaciones, de que te dé miedo mudarte aquí conmigo.

—Me he mudado contigo —le agarró la mano—. Y sí que confío en ti.

Matt miró sus dedos entrelazados. La mano de Frankie se veía muy pequeña y delicada contra la suya y lo invadió un sentimiento de protección.

—¿Sí?

—Sí. Cálmate, Matt —se puso de puntillas y le besó la mejilla—. Puede costarte entender esto porque tu familia es muy diferente a la mía, pero ya no me importa. No tengo ningún sentimiento hacia mi padre. Para mí es un extraño.

—Todo esto está mal en muchos sentidos —sin poder evitar comparar esa relación con la que él tenía con su padre, la abrazó. Pero no se sintió calmado. No estaba calmado en absoluto—. Ojalá hubiera estado contigo.

—Lo estás ahora y eso es lo que importa —se apartó de él con delicadeza y terminó de preparar la cena—. ¿Qué pasó con los padres de Roxy?

—Su padre era un maltratador. Creo que por eso Roxy está decidida a no volver con Eddy bajo ningún concepto —le quitó el ajo, lo echó al aceite caliente y bajó el fuego. A ese ritmo, iba a quemar la comida. Tenía que dejar de pensar en Eddy y tenía que dejar de pensar en el padre de Frankie—. Con todo lo que ha pasado hoy, he olvidado preguntarte cómo va la organización de la cena de ensayo. Sé que es un evento importante para las tres —intentó controlar sus emociones, pero le resultaba inquietantemente complicado.

—Bien. Tenía pensado ir a la oficina mañana, pero eso era antes de que hoy hayamos perdido casi todo el día.

—Ve. Siempre voy con margen en todos los trabajos.

Nos podemos permitir perder un par de días –respirando profundamente, Matt añadió al fuego los tomates troceados y los chiles frescos y sacó la pasta.

Ambos habían ampliado su repertorio y ahora era una rutina cocinar juntos y comer juntos. A veces comían en la cocina, pero normalmente se llevaban los platos a la azotea y cenaban mientras veían el sol ponerse sobre Manhattan.

Paige, Eva y Jake solían reunirse con ellos para sus tradicionales noches de películas, pero por lo demás, pasaban solos la mayor parte del tiempo. Matt sabía que los demás estaban ocupados, pero tenía la sensación de que estaban manteniendo las distancias intencionadamente.

En ese momento le habría venido bien distraerse con ellos.

–James y yo trasladaremos los bancos de madera mañana y, si me hace falta, hay un par de tipos a los que puedo pedir ayuda.

–La mayoría de las plantas llegan el miércoles, así que me aseguraré de estar allí –mirándolo fijamente, le quitó la pasta y la echó en la olla–. Sigues enfadado.

–Estoy bien.

Ella se apoyó en la encimera sin dejar de mirarlo a la cara.

–Una de las cosas que me encantan de nuestra relación es que podemos hablar de todo.

Eso era verdad hasta cierto punto. Habían hablado de todo, desde su infancia en Puffin Island hasta sus sueños de futuro.

Lo único sobre lo que no habían hablado nunca eran sus sentimientos por ella. Eso lo mantenía guardado cuidadosamente.

Y eso precisamente estaba empezando a volverlo loco.

Se conocía a sí mismo lo suficiente como para saber

que la intensidad de su rabia nacía de la profundidad de los sentimientos que tenía por ella.

Se sentía como si hubiera perdido el control y eso lo inquietaba.

Consciente de que Frankie estaba esperando a que respondiera, puso una tapa sobre la sartén.

—A mí también me encanta que hablemos de todo.

Y le encantaba Frankie. La amaba.

Pero entonces, ¿por qué no se lo decía?

Se giró hacia ella, vio su mirada curiosa y se asustó.

¿Y si al decírselo la ahuyentaba? ¿Y si lo rechazaba?

Tenía que esperar al momento oportuno.


El jardín de la azotea estaba terminado una semana después. Frankie dio unos pasos atrás y admiró el trabajo que habían hecho. Todos habían estado trabajando horas de más y como resultado habían terminado antes de la fecha límite.

Matt estaba colocando el último banco de madera mientras ella se preguntaba cómo podía resultarle tan sexy verlo trabajar. Tal vez era por el modo en que sus vaqueros desgastados se le ceñían a los muslos o por cómo la camiseta se le tensaba sobre sus duros músculos mientras levantaba y colocaba las piezas.

Matt alzó la vista y la miró. Su sonrisa fue íntima y personal, y ella se sonrojó ligeramente.

Siempre la estaba mirando, pero lo que la ponía nerviosa no era que la mirara, sino cómo la miraba. Como si fueran las dos únicas personas en el planeta. Como si ella fuera preciosa.

Él la hacía sentirse preciosa.

Roxy cruzó la terraza.

—Hace que te entren ganas de pararte a mirarlo, ¿no te parece?

Por un momento, Frankie pensó que se refería al cuerpo de Matt, pero entonces se dio cuenta de que se refería al trabajo que habían hecho.

−Sí −respondió con voz ronca−. Sí. Está muy bien. Hemos hecho un buen trabajo.

−¿Buen trabajo? −Roxy se puso a su lado−. No solo es bueno, es brillante −se había instalado en el apartamento de Frankie la semana anterior y no había habido señales de su ex.

James, que se preocupaba por ellas y siempre estaba al acecho como un halcón, sacó una botella de agua de la nevera portátil.

−Somos lo mejor que hay.

Pero los tres sabían que el verdadero genio detrás del jardín de la azotea era Matt. Después de haber pasado todo el verano trabajando con él, Frankie entendía perfectamente cómo había logrado levantar un negocio tan próspero siendo tan joven. Aceptaba trabajos en los que sabía que podía sobresalir y siempre superaba todas las expectativas. Si había algún fallo, siempre era él el que lo encontraba y solucionaba, y como resultado de eso tenía clientes felices y un negocio que crecía rápidamente.

−Gracias, equipo −Matt abrió su bolsa y sacó la cámara. Se la pasó a Roxy−. Tú tienes mejor ojo. Saca unas fotos para nuestra Web.

Complacida, Roxy se alejó y James la siguió.

−Bueno, pues ya está. Hemos terminado −dijo Frankie sintiendo una punzada de nostalgia. Ahí acababa el trabajo en la azotea.

A partir de la siguiente semana volvería a la oficina con Paige y Eva. Adoraba a sus amigas y adoraba Genio Urbano, pero iba a echar de menos trabajar con Matt prácticamente a diario.

−Hemos terminado. Y gracias −Matt le pasó una botella de agua y ella la aceptó agradecida.

—¿Por qué me das las gracias?
—Por ayudarnos. No habríamos podido hacer esto sin ti.
—Habríais encontrado a alguien.
—Pero no a la mejor, y yo quería a la mejor —dijo brindando con la botella de agua de Frankie—. Podemos fingir que esto es champán.
—Después de haber estado moviendo una tonelada de tierra por todo este sitio, con diferencia prefiero agua antes que champán.
—Espero que no sea verdad porque esta noche te llevo a cenar para celebrarlo.
—¿Es algo parecido a una cita?
—No «algo parecido». Es una cita.
—Me parece bien.

Pensó en cuánto habían cambiado las cosas en menos de dos meses. Antes se había puesto nerviosa por el hecho de salir a cenar con él y ahora prácticamente vivían juntos.

Con Roxy en el apartamento, la opción de volver a su apartamento había quedado eliminada. Eso antes la habría aterrado, pero ya no.

Su relación había alcanzado un nuevo grado de intimidad.

—¿Y para esta cena... me tengo que arreglar?
—Sí. Es una excusa para que te pongas tu collar de estrellas de mar.
—Lo he llevado casi todos los días desde que volvimos de Puffin Island.
—Deberíamos volver pronto, hacer un viaje para ver al bebé antes de que empiece el frío.

Emily había dado a luz a un niño unas semanas atrás. Lo habían llamado Finn, en honor a un amigo de Ryan, un reportero gráfico al que habían matado mientras cubría información en Afganistán.

Según Ryan, tanto la madre como el bebé estaban bien y la pequeña Lizzy quería tanto a Finn que resultaba conmovedor.

–Me parece bien –y le sorprendía que le pareciera tan bien. Al igual que le sorprendía cuánto le gustaba tener una relación con Matt. Se sentía mareada y embriagada de felicidad.

Era la primera vez que tenía una relación larga, pero le estaba encantando.

Cuando tenía mucho trabajo en Genio Urbano, se llamaban y se escribían mensajes con regularidad y ella le decía cosas que nunca le había dicho a nadie. De algún modo, Matt se había convertido en un elemento clave en su vida y ella deseaba compartirlo todo con él.

Ahora feliz, pensó que se había equivocado al creer que no era capaz de tener una relación. Se había equivocado al creer que no podía confiar en los demás.

Había sido un proceso gradual, pero poco a poco las cosas habían cambiado.

Confiaba en Matt completamente.

Confiaba en su relación.

Nunca había estado tan feliz.

# Capítulo 18

«La vida es como una gaviota. Nunca sabes cuándo te va a lanzar algo asqueroso sobre la cabeza».
—Frankie

Frankie estaba medio dormida en los brazos de Matt cuando le sonó el teléfono.

–Es domingo por la mañana. ¿Quién me escribe tan temprano un domingo por la mañana? Si es Paige, pienso dimitir –con un gemido de rabia, alargó la mano y levantó el teléfono.

Era Roxy.

*¡Cuidado! Tu madre está subiendo.*

¿Su madre?

–¡Matt, levanta! –dijo saltando de la cama–. Mi madre está aquí.

Él se incorporó sobre un codo.

–Es un poco temprano, pero tampoco es que sea una emergencia, ¿no?

–¡Sí! Estoy desnuda en tu cama y estoy viviendo en tu apartamento.

No quería que su madre lo supiera y la razón era demasiado complicada como para ahondar en ella en ese preciso instante. Desesperadamente, buscó su ropa, parte de la cual estaba tirada por el suelo. En un momento de desesperación, agarró una camiseta de Matt e intentó ponérsela.

—Esta camiseta no me entra. ¿Cómo es posible que no me entre si me queda grande? —sintió las manos de Matt sobre la tela mientras se la quitaba con cuidado.

Lo hizo como lo hacía todo. Con atención, con calma y con mesura.

—Porque estás intentando meter la cabeza por la manga. Tienes que calmarte. ¿A qué viene tanto pánico?

—Mi madre me produce pánico —deseando que se le pudiera contagiar algo de la calma de Matt, se levantó el pelo y después se lo soltó—. No quiero que sepa que estoy viviendo aquí.

—¿Por qué?

—Porque lo arruina todo, Matt. No te lo imaginas. Me avergonzará. Te avergonzará...

—¿De verdad crees que algo de lo que haga tu madre podría cambiar lo que siento por ti?

Algo en su tono de voz la hizo detenerse y mirarlo, pero la expresión de Matt no reveló nada.

¿Cómo le podía explicar que lo que tenían era especial y perfecto y no quería que nada lo contaminara?

—No la conoces.

—La conozco casi desde que te conozco a ti.

—Pero nunca la has visto en plena acción. No sabes de lo que es capaz —se tropezó mientras se ponía los pantalones de yoga—. De todos modos, ¿qué está haciendo aquí? Por favor, vístete. Si mi madre te ve el pecho, no puedo garantizar tu seguridad.

Cerró la puerta que separaba el dormitorio del salón y llegó a la puerta principal justo cuando su madre tocó el timbre.

¡Mierda! ¿Por qué no podía tener una madre normal?

¿Alguien que llamara con días de antelación para quedar para almorzar el domingo?

Respirando hondo, abrió.

—¡Mamá! Qué sorpresa —tanta sorpresa como darse cuenta de que había olvidado ponerse la ropa interior. No llevaba nada debajo de los pantalones de yoga y tenía los pechos sueltos.

Por suerte, su madre parecía distraída.

—He ido abajo primero. No me habías dicho que te has mudado.

—Es solo temporal...

—Le has dejado tu apartamento a esa chica tan dulce con la niña pequeña. Lo sé. Me he disculpado por haberla despertado, pero me ha dicho que lleva despierta desde las seis.

Frankie se preguntó qué más le habría dicho Roxy a su madre.

—¿Qué haces aquí, mamá?

—¡Eres mi hija! —dijo su madre alzando la voz—. ¿Es que necesito una excusa para visitar a mi hija?

—Son las ocho de la mañana y es domingo.

—Siempre te levantas pronto. Te pasaba igual cuando eras pequeña. Tu padre y tú, que erais uña y carne, os divertíais mientras planeabais vuestra aventura para pasar el día —sonó como una acusación y Frankie se tensó, anticipándose a la conversación que tenían por delante.

¿Revisitarían el pasado o sería una charla sobre el presente? ¿Más detalles espantosos de la actual relación de su madre?

—Pasa. Haré café.

—Gracias —el tono de su madre era quebradizo y estaba más pálida de lo habitual—. ¿Qué llevas puesto? Parece algo que hayas comprado en una tienda de hombres. Te sobra por todas partes.

Ya que era la camiseta de Matt, decidió no responder a eso.

—¿Tienes hambre?

—Estoy hambrienta, pero no quiero comer. Tengo este cuerpo porque vigilo lo que como. Me cuido. Hago ejercicio, tengo un culo muy duro...

Frankie se estremeció y esperó que Matt no estuviera escuchando.

—Estás estupenda, mamá.

—Entonces, ¿por qué me abandonan los hombres? —se le descompuso el rostro—. ¿Por qué siempre me abandonan los hombres? ¿Qué hago mal?

Frankie se quedó paralizada, la repentina erupción de emociones la había pillado desprevenida.

—¿Te ha dejado Dev?

—Ha dicho que quería encontrar a alguien de su edad que pudiera darle hijos. Le he dicho que lo de tener hijos está sobrevalorado, pero no me ha querido escuchar.

Frankie se preguntó por qué esa clase de comentarios seguían disgustándola.

—No sabía que fueras tan en serio con él.

—Yo tampoco, pero resulta que sí. Nos divertíamos juntos —empezó a sollozar y el sonido impactó contra la barrera que Frankie había levantado entre su madre y ella.

—No llores. Por favor, no llores —temblando, rodeó a su madre con los brazos y la llevó hasta el sofá. Escuchar sus sollozos hizo que se le partiera el corazón. Volvió atrás, tenía catorce años y tenía que lidiar con una madre que apenas podía levantarse de la cama—. Todo irá bien.

—¿Cómo? El mes que viene cumplo cincuenta y cuatro años. Cincuenta y cuatro. Mi vida está acabada.

—No está acabada, mamá.

—Nunca, nunca, encontraré a un hombre del que me pueda fiar —abrazó a Frankie, envolviéndola como un pulpo mientras sollozaba sobre su hombro—. Tú eres la sensata, no yo. Te has creado una vida que no incluye a los hombres. Tienes un trabajo fantástico, unas amigas encantadoras y, sobre todo, eres independiente. Tú nunca entregas tu corazón a nadie. Tienes más sentido común que yo.

Frankie pensó en Matt, que se estaba vistiendo en la habitación de al lado.

Pensó en todas las cosas que habían compartido, en los aspectos profundamente personales de sí misma y de su vida que le había revelado, e intentó con todas sus fuerzas bloquear la pequeña y traicionera voz de dentro de su cabeza que le decía que escuchara a su madre.

–Mamá...

–¿Qué? Me vas a decir que es culpa mía por tener relaciones con hombres y tendrías razón –se sonó la nariz–. Haces bien al evitar las relaciones, Frankie. Esto es lo que te hacen –Frankie abrazó a su madre mientras lloraba, al igual que había hecho años atrás.

Intentó bloquear las emociones o, al menos, filtrarlas, pero los recuerdos volvieron a invadirla junto con una desagradable mezcla de pánico e impotencia.

–No llores, mamá. No se merece que llores por él.

–Lo sé –pero aun así siguió llorando y Frankie siguió abrazándola, con el cerebro y el corazón entumecidos.

De pronto apareció Matt con una taza de café.

Frankie lo miró por encima de la cabeza de su madre.

Estaba despeinado y muy sexy, y ella se sintió embriagada de deseo.

Quería correr hacia él y sentir esos fuertes brazos rodeándola, protegiéndola de los pensamientos que no quería tener. En lugar de la voz que oía por dentro, quería oír la voz de Matt diciéndole con un tono sereno y racional que todo iría bien. Y eso, en sí mismo, ya resultaba aterrador.

Se había esforzado mucho para asegurarse de que no

necesitaba que nadie la reconfortara, que se valía por sí misma. Se protegía a sí misma. Eso era lo que hacía. Así era como vivía.

¿Qué importaba si los problemas que tenía tenían relación con su padre o su madre? Nada cambiaba el hecho de que ahí estaban.

¿Cómo se había permitido implicarse tanto en una relación? Estar con Matt había derretido el caparazón protector que había llevado la mayor parte de su vida y ahora en lugar de sentirse fuerte, se sentía expuesta y vulnerable.

La invadió el pánico.

¿Qué había hecho?

–Debería irme –dijo Gina apartándose de Frankie–. Solo quería que supieras que me voy a mudar con Brad y que tengo una dirección nueva.

Frankie apenas la escuchaba.

–¿Quién es Brad?

–Es el dueño del restaurante donde Dev y yo comíamos siempre. Me ha visto tan disgustada que me ha ofrecido una habitación. No me mires así, Francesca –se sonó la nariz y agarró otro pañuelo de papel–. Por fin he aprendido la lección. Es algo temporal.

Hasta que se le cruzara el siguiente, pensó Frankie.

Matt debió de ver algo en su expresión porque soltó el café y cruzó la habitación.

–Te pediré un taxi, Gina.

–Oh, Matt. Siempre tan fuerte y protector. Ojalá te pudiéramos clonar –su madre se levantó y agarró el bolso–. Estaremos en contacto, Frankie.

–Sí –Frankie notaba los labios entumecidos. Toda ella se sentía entumecida.

La feliz y eufórica sensación de antes se había evaporado. Era como si su madre se hubiera colado en su mente y hubiera pisoteado todos sus sueños.

Las relaciones iban mal. Era un hecho y ni siquiera Matt podía discutirlo.

Y, cuando la suya fuera mal, lo perdería todo. Todo lo que le importaba.

¿Cómo lo sobrellevaría?

Estaría mucho peor que nunca porque entonces ni siquiera tendría la amistad de Matt, y no se quería imaginar lo lúgubre que sería su vida sin él en ella.

Se sentó, inmovilizada por sus oscuros pensamientos.

Oyó la puerta abrirse y cerrarse y después el sonido de las pisadas de Matt sobre el suelo de madera.

Aun así, no se movió. No dijo nada hasta que él se puso en cuclillas frente a ella.

–Dime algo.

¿Qué se suponía que le podía decir? Lo miró, tenía el cerebro tan infectado por el pánico que no podía pensar con claridad.

–¿Sobre qué?

–Quiero saber qué te ha dicho. Cada palabra –estaba tranquilo y calmado–. Y quiero saber qué estás pensando.

–Estoy pensando que deberías estar con Eva –una profunda tristeza la envolvió como la marea envolviendo una playa. Se le cayó un mechón de pelo sobre los ojos, pero ni siquiera se molestó en apartarlo–. Es romántica como tú. Cree que las personas se emparejan de por vida igual que los patos, como dice siempre. Deberías ir a nadar al estanque con ella.

–Pero ese plan tiene un pequeño fallo –con delicadeza, Matt le colocó detrás de la oreja el desobediente mechón–. No estoy enamorado de Eva.

–Pues deberías. Es perfecta para ti. Los dos podríais bailar al atardecer y vivir felices para siempre, cantar como un par de personajes de cuento con pajarillos azules revoloteando por todas partes.

–La persona perfecta para uno es la persona a la que

ama –dijo acariciándole la mejilla delicadamente con el pulgar–. Y esa eres tú, Frankie.

Ella no podía respirar.

¿Estaba diciendo…?

¿Quería decir…?

Ahora era su corazón el que parecía estar revoloteando.

–No digas eso, Matt –dijo con la voz rota. Si antes había sentido pánico, ahora sentía terror–. No lo estropees todo –se sentía como si estuviera posada en el borde de un precipicio y él estuviera a punto de empujarla.

–¿En qué sentido lo estropea todo que te diga que te quiero? –su tono no había cambiado, aunque ahora en el aire se palpaba una tensión que no había estado ahí antes–. Sé que no lo había dicho hasta ahora, pero pensé que te imaginarías lo que siento.

–Yo no… –Frankie tenía el pánico alojado en la garganta–. No puedo. Es una locura.

–Pues a mí me parece que es una suerte, no una locura. Me parece que tengo suerte.

–¿Suerte? ¿Por estar acostándote con una persona tan confundida como yo?

–No me estoy acostando contigo –deslizó la mano detrás de su cuello, con delicadeza pero con firmeza al mismo tiempo–. Yo nunca me he acostado contigo, Frankie. He hecho el amor contigo. Una y otra vez.

A ella le dio un vuelco el estómago.

–Es lo mismo, pero con palabras más bonitas.

Él la puso de pie y la rodeó con los brazos.

–No es lo mismo.

–Cambiarás de opinión cuando llegues a conocerme.

–Te conozco, Frankie, y no voy a cambiar de opinión –le pasó la mano por el pelo y respiró hondo–. No había planeado decir esto ahora, estaba esperando al momento adecuado, pero ni siquiera sé cómo sería el momento adecuado, así que puede que ahora sea un buen momento para decirlo.

No era un buen momento. Era el peor momento posible. Ella intentó desesperadamente que dejara de hablar.

—Matt, por favor... No quiero...

—No puedo decirte exactamente cuándo fue el momento en el que me di cuenta de que estaba enamorado de ti, pero fue hace mucho tiempo.

¿Llevaba mucho tiempo enamorado de ella?

Sus sentimientos se agolpaban y enmarañaban entre sí, tantos y tan distintos que ya no podía desenredarlos. Miedo, inquietud e ilusión estaban ahí y, debajo, una profunda y pura emoción causada por el hecho de saber que ese hombre la amaba.

—¿Cuánto tiempo?

—Llevo años enamorado de ti y creía que te conocía muy bien, pero entonces descubrí que apenas había rascado la superficie.

—Quieres decir que descubriste todo lo que estoy ocultando. Me sorprende que no salieras huyendo.

—Cargabas con todos esos sentimientos y secretos y descubrirlos me ha hecho quererte más, no menos.

—¿Porque te compadeces de mí?

—Porque eres la persona que siempre supe que eras. Sensible, delicada, divertida, generosa y muy, muy sexy. Te conozco y sé que te quiero. Lo único que no sé es qué sientes tú —hubo una larga pausa cargada de significado y expectación y después él se apartó—. Sería un buen momento para que me lo dijeras.

No, no lo era. Era un mal momento. Un momento muy malo.

—Yo... —¡ay, Dios! ¿Qué sentía? Emoción, pánico, náuseas... Un cóctel horrible de emociones que le revolvían el estómago y que no podía hacer desaparecer.

—¿Frankie?

Matt se mostraba paciente, pero Frankie sabía lo que estaba esperando oír. Y además sentía otra cosa. Sentía una tensión, una presión que no había visto nunca antes en él.

Él le había hecho una pregunta seria y se merecía una respuesta sincera, pero no tenía ni idea de qué podía responderle con sinceridad.

Intentó averiguar cómo se sentía, pero en su cabeza seguían resonando los sollozos de su madre.

—¡No lo sé! —dijo con desesperación—. Necesito más tiempo. Tengo que pensar.

Algo ensombreció la expresión de Matt. Dolor. Decepción. Agotamiento y resignación.

—Ya.

Su tono era solo un poco más frío que de costumbre y ella sintió pánico y un profundo pesar.

Le había hecho daño.

—Matt... —intentó explicarse—. Durante toda mi vida he visto relaciones acabando mal. Me dijiste que lo entendías —quería desesperadamente que la reconfortara, como siempre hacía, pero en esa ocasión Matt se quedó en silencio y, cuando finalmente habló, sonó cansado.

—Lo entiendo, pero he estado intentando mostrarte la otra cara de eso y había esperado que ya estuvieras viendo que lo que nosotros tenemos es fuerte y real.

—Me da miedo, Matt.

—¿Miedo? Cuando estamos trabajando en la azotea, cenando solos juntos o con nuestros amigos, disfrutando de una copa, preparando el desayuno, teniendo sexo... ¿Algo de eso te da miedo?

El modo tan directo en que le habló la hizo sentirse como una cobarde.

—No, pero...

—¿Eso es lo que estás pensando cuando estamos juntos? ¿Estás ahí preguntándote cuándo vamos a romper?

Su voz sonaba serena, pero estaba marcada por una distancia que no había percibido antes, como si él se estuviera alejando y ella no pudiera hacer nada por impedirlo.

Nunca lo había visto así. Nunca le había oído emplear ese tono.

—Lo único que digo es que las relaciones se terminan constantemente. Es un hecho.

—Sí, lo es. Y por eso lo más importante es elegir a la persona adecuada. Tú eres la persona adecuada para mí, Frankie, pero solo si yo soy la persona adecuada para ti. No sé qué te ha dicho tu madre, pero sí que sé que mientras la escuches y sigas centrada en lo que pasó hace tantos años en lugar de prestar atención a tus propios sentimientos y a lo que está pasando ahora, esto no va a funcionar nunca.

¿No va a funcionar nunca? Ay, Dios...

No podía respirar.

—Espera... Para. ¿Estás rompiendo conmigo?

—No —él parecía hastiado—. Creo que eres tú la que está rompiendo conmigo.

Garras acechaba por el apartamento sacudiendo el rabo, pero por primera vez ninguno de los dos se fijó en ella.

—¡No! Lo único que digo es que... —se detuvo y él la miró.

—Lo único que dices es que no confías en mí. No lo suficiente. No confías en nosotros ni en lo que tenemos. Tal vez para ti esto haya sido una aventura, un modo de descubrir tu sexualidad, pero para mí ha sido más que eso. Sí, el sexo contigo es fuera de serie, pero no me interesa una aventura, Frankie. Contigo no. Lo quiero todo, en lo bueno y en lo malo, en la riqueza y en la pobreza, en la salud y en la enfermedad, pero solo si confías al cien por cien en lo que tenemos. He visto a mis padres pasar por momentos duros y los han superado porque confiaban el uno en el otro y en su amor y ninguno de los dos iba a renunciar a eso jamás.

—No sé si estás rompiendo conmigo o me estás proponiendo matrimonio.

—Ninguna de las dos cosas. Te estoy pidiendo que pienses en lo que tenemos y en lo que quieres, porque no quiero estar en una relación en la que uno de los dos dude del otro. A mí eso no me vale.

Al verlo agarrar el teléfono y las llaves, la atravesó una afilada puñalada de pánico.

—¿Adónde vas?

—A dar un paseo y después al taller.

—Es domingo.

Habían planeado pasar la mañana en la cama y después dar un largo paseo por Central Park. Lo había estado deseando.

—Sé qué día es —Matt se detuvo un momento y se frotó la frente con los dedos, como si estuviera intentando contener una enorme presión—. Hemos perdido un par de días por lo de Roxy, así que tengo que ponerme al día y... necesito algo de espacio.

—¿Necesitas alejarte de mí?

—No soy de piedra, Frankie. Yo también tengo sentimientos. Me importas. Me importa lo nuestro, y el hecho de que no quieras lo mismo... —se detuvo y sacudió la cabeza—. Luego nos vemos.

Nunca lo había visto tan disgustado. La emoción visible en sus ojos era pura, real, y casi resultaba doloroso verla. Y más doloroso todavía era saber que ella era la causante.

Aturdida, abrió la boca para hablar, para impedir que se marchara, pero Matt salió del apartamento sin mirar atrás.


—¿Matt? ¡Espera!

Al darse cuenta de que alguien le estaba gritando, Matt se giró y vio a Eva corriendo hacia él. Su melena flotaba alrededor de sus hombros e iba calzada con unas chanclas.

Lo último que quería en ese mismo momento era compañía, pero se detuvo y esperó a que lo alcanzara.

–¿Qué pasa?

–No pasa nada. Al menos a mí no –estaba sin aliento y despeinada.

–Llevas la camiseta del revés. Parece como si acabaras de salir de la cama.

–Eso es porque acabo de salir de la cama –dijo Eva tirándose de ella–. Hace diez minutos estaba dormida.

–¿Qué te ha despertado?

–Frankie, aporreando mi puerta.

Él se tensó.

–Mira, entiendo que estés preocupada por tu amiga, pero ahora mismo no puedo hablar de esto, Ev.

–No estoy aquí porque me preocupe Frankie, estoy aquí porque me preocupas tú.

–¿Yo?

–Sí, tú –le agarró la mano–. Vamos al parque. Está precioso a esta hora.

Se sentía roto, pero como no quería que Eva lo supiera, se obligó a bromear con ella.

–¿Y eso cómo lo sabes? Normalmente no ves esta hora del día.

–Cierto, así que vamos a ver si los rumores son ciertos. Te invito a un café y paseamos un rato.

Él no quería pasear, pero ya que no sabía cómo decírselo sin ofenderla, cedió y caminó con ella por la calle en dirección al parque.

Era una tranquila mañana de domingo y el barrio se estaba empezando a despertar. Pasaron por delante de negocios familiares rebosantes de productos frescos y Eva lo llevó hasta la Petit Pain, la pastelería artesana que también vendía el mejor café de la zona.

—Toma —le pasó un vaso grande de café y una bolsa con un bollo aún caliente—. Vamos a buscar un banco cómodo donde sentarnos.

—No tienes por qué...

—Jamás discutas con una mujer que se acaba de levantar.

Él dejó de discutir y caminaron en silencio hasta que llegaron al parque.

Aún estaba relativamente tranquilo, tan solo había algunas familias con niños pequeños. Matt abrió el portón y se detuvo con los dedos clavados en la suave madera.

—¿Estaba disgustada?

Eva le dio un empujoncito para que cruzara el portón hacia el banco más cercano y, sin preguntarle a quién se refería, respondió:

—Sí, pero tú también.

¿Disgustado? Se le encogió el estómago. Sus sentimientos eran más complicados que eso. Se sentía triste y dolido, como si alguien hubiera arrastrado sus emociones por una superficie áspera.

—¿Qué te ha dicho?

—Nada. Me ha preguntado si podía quedarse un tiempo en la habitación de Paige. Después me ha cerrado la puerta en las narices, que es lo que hace cuando habla con su madre —dio un sorbo de café y miró las ardillas que jugaban por el jardín—. Roxy me ha escrito un mensaje y me ha dicho que su madre se ha presentado en casa, así que no necesito saber más. Su madre la confunde.

—Lo sé, pero esperaba que ya hubiera superado eso —y esa era la otra emoción que estaba sintiendo. Una decepción profunda. Había llegado a creer que sus sentimientos por él eran lo suficientemente fuertes como para superar el recelo que le despertaban las relaciones.

—Yo también lo esperaba. Si estropea esto, la mato.

—¿Si estropea qué?

—Vuestra relación. Es más, estoy tan estresada que necesito comerme la mitad de tu bollo –alargó la mano y le quitó la bolsa.

—Deberías haberte comprado uno.

—Estoy a dieta. Si te robo el tuyo no cuenta –arrancó un pedazo y se lo comió; una capa de azúcar le espolvoreaba los labios–. ¡Qué bueno está! Tienes razón. Debería haberme comprado uno. O cinco.

—Bueno, ¿qué estamos haciendo aquí, Ev? ¿Querías darme algún sabio consejo?

Ella se relamió las puntas de los dedos.

—Estás hablando con una mujer que no ha practicado sexo en... más de lo que estoy dispuesta a admitir –dijo contando con los dedos, y se encogió de hombros–, así que no estoy en posición de dar consejos a nadie. Estoy aquí porque estás triste y a veces cuando estoy triste me ayuda tener compañía.

Algo en el tono de voz de Eva le hizo mirarla.

—¿Estás triste, cielo?

Ella miró fijamente la bolsa que tenía en la mano.

—Estábamos hablando de ti.

—Bueno, pues ahora estamos hablando de ti.

Eva metió la mano en la bolsa y partió otro pedazo de bollo.

—A veces. Hay días en los que estoy bien y otros en los que me siento tan sola como si fuera la única persona del planeta. ¿Qué me pasa, Matt? ¿Por qué no puedo encontrar a alguien especial?

—A ti no te pasa nada –le echó el brazo sobre los hombros intentando dejar de lado su propio dolor para poder centrarse en el de ella–. Eres una de las mejores personas que conozco.

—Vivo en esta ciudad increíble, rodeada de toda esta gente y estoy sola. Es triste, pero lo que me hace sentir más triste todavía es que tú hayas conocido a la persona adecuada y que, aun así, no funcione.

—Hay cosas que no están destinadas a funcionar.

—Esta no debería ser una de esas cosas.

—Si tienes alguna palabra sabia que compartir conmigo, te escucho.

Ella le devolvió la bolsa.

—No tengo ninguna, solo un hombro en el que te puedes apoyar. Y café y calorías.

Él sonrió, conmovido.

—Eres una persona generosa, Ev. Y una buena amiga. Ahí fuera, en algún lugar de Manhattan, hay un tío bueno esperándote.

—Me alegra que hayas mencionado lo de «tío bueno» –le quitó la tapa al café y sopló–. Está claro que me merezco a alguien que esté buenísimo.

—Sí que te lo mereces.

—Con unos abdominales fantásticos.

—Eso es importante.

Ella dio un trago de café.

—Y también estaría bien que tuviera unos buenos hombros.

—Hombros –él asintió–. ¿Algo más?

—Buen aguante, porque llevo mucho tiempo sin sexo.

Matt no se había creído capaz de sonreír en ese momento, pero lo cierto era que estaba sonriendo.

—Buen aguante. ¿Nada más?

—No le puede importar que aún tenga el canguro de peluche que mi abuela me regaló cuando tenía cinco años.

—Entonces o tiene que ser invidente, o dueño de una fábrica de peluches o tolerante.

—Y tiene que ser amable –añadió Eva con tono suave–. No quiero un golfo que me rompa el corazón. Este año ya he llorado mucho desde... Bueno, ya lo sabes. Y mi propósito de Año Nuevo es no llorar ni una sola vez.

–Estamos en septiembre.

–Lo cual significa que tengo algo más de tres meses para llorar todo lo que necesite. Y no, nada más. Ah, bueno, me compré un preservativo nuevo para sustituir el que me ha caducado, así que necesito usarlo antes de que caduque como el anterior. Pero eso solo lo digo porque odio malgastar.

–Por supuesto. Es lo más respetuoso con el medio ambiente que se puede hacer. ¿Solo uno?

–Es lo único que llevo encima y probablemente tampoco lo voy a necesitar. ¡Con todo el amor que tengo para dar y nadie lo quiere! –dijo con aire nostálgico.

–Algún tipo afortunado lo querrá.

Ella se incorporó y le dio un codazo en las costillas.

–Seguramente usará mi preservativo y después me dejará con el corazón roto.

–Si alguien te rompe el corazón, Jake y yo le daremos una paliza –Matt levantó el brazo de su hombro y se terminó el café–. Te mereces a alguien especial.

–El problema es que no siempre tenemos lo que nos merecemos –apoyó la cabeza en su hombro–. Te quiero, Matt. Eres el hermano que nunca tuve –lo dijo con naturalidad; Eva lucía sus emociones de un modo tan natural como podía lucir la ropa. Las expresaba sin vergüenza, sin sentirse incómoda, sin miedo a que la juzgaran. Se mostraba tal cual era, una mujer con un corazón lo suficientemente grande para albergar a toda Manhattan.

–Yo también te quiero, cielo.

–Cuando sufres, yo sufro.

–Sobreviviré. Soy grande y fuerte.

–Sé que eres grande y fuerte, y sé que sobrevivirás, pero para ti quiero algo más que eso. Quiero que vivas feliz para siempre al lado de Frankie.

Pensar en ello le produjo dolor y el dolor empeoró por

el hecho de que, por un momento, había llegado a creer que sería posible.

—No sé cómo, pero haces que las cosas parezcan sencillas.

—Cuando dos personas se quieren, las cosas deberían ser sencillas —miró el vaso de café vacío—. Deberían ser sencillas.

Observaron a las ardillas durante un momento y Matt intentó recomponerse. Necesitaba hablar de algo que no fuera Frankie, pensar en algo que no fuera Frankie. Necesitaba levantarse, poner un pie delante del otro y marcharse a casa. O irse al trabajo. No podía pasarse el resto de su vida escondiéndose en el parque.

—Dentro de tres meses es Navidad. ¿Has empezado a contar los días y las horas? Normalmente a estas alturas ya me estás diciendo cuántos días quedan.

—Este año no he empezado a contar.

Él la miró.

—Te encanta la Navidad. Empiezas a planearla en enero.

—Lo sé. Pero... —Eva se detuvo—. El año pasado, mis primeras Navidades sin la abuela fueron horribles. Para serte sincera, ahora las temo. La Navidad es para las familias y yo no tengo familia. Estoy sola. Sola, sola, sola. Odio esa palabra.

—No estás sola. Nos tienes a nosotros. Somos tu familia. A mi madre le encantaría verte en Acción de Gracias si no tienes planes y mis padres están pensando en venir a Nueva York a pasar la Navidad. Probablemente pasaremos el día con Maria, Jake y Paige.

—El plan tiene buena pinta —se quedó en silencio un momento—. Iré si no estoy ocupada.

—¿Tienes planes?

—Sí. Tengo planeado no pasarme otra Navidad echando de menos a mi abuela y compadeciéndome de mí misma. Se avergonzaría mucho de mí –puso los hombros rectos–. Si Frankie puede enfrentarse a todo el mundo en Puffin Island, yo puedo enfrentarme a la Navidad. Me voy a quedar en Nueva York y me voy a ir de fiesta.

–¿Y tienes pensado ir de fiesta con alguien en particular?

–Sí. Iré de fiesta con el tío bueno que me va a traer Santa Claus por Navidad.

–¿Y va a bajar por la chimenea? Porque eso sería un problema.

–Con tal de que venga, no me importa cómo venga o por dónde venga.

Matt sonrió.

–Eres una chica mala, Ev.

–Llevo tiempo sin serlo, pero lo voy a ser.

–Será mejor que no se lo digas a Santa Claus hasta que no te haya regalado a tu tío bueno. Santa no les trae regalos a las chicas malas.

–Seguiré llevando mi disfraz de chica buena hasta que desnude a mi hombre.

–Pues más te vale escribir pronto a Santa Claus.

–Ya lo he hecho. Me imaginé que tardaría en encontrarme al hombre perfecto.

–Con abdominales.

–Y hombros –Eva estiró las piernas y ladeó la cara hacia el sol–. Me va a enamorar y entonces ahí estará.

–¿Ahí estará qué?

–Mi final de cuento de hadas. Justo ahí.

–¿Envuelto con un gran lazo rojo?

–Prefiero el rosa, pero el rojo me vale.


Frankie los observaba desde la puerta del parque sintiéndose como si estuviera sola en una isla desierta viendo un barco alejarse.

Matt y Eva estaban sentados charlando. Vio el momento en que Matt la rodeó con su brazo y ella apoyó la cabeza en su hombro.

Sintió un nudo en la garganta y se le empañaron los ojos. Por dentro se sentía vulnerable.

Debería ser ella la que estuviera sentada ahí con la cabeza apoyada en el hombro de Matt, y lo habría estado de no haber sido tan estúpida.

—Ven a dar un paseo conmigo —dijo la voz de Paige tras ella.

Frankie se giró y vio a su amiga con ropa de gimnasia y el pelo recogido en una cola de caballo.

—¿Qué estás haciendo aquí? Creía que estabas en casa de Jake —había confiado en poder quedarse en la habitación de Paige. Roxy estaba en su apartamento y quedarse con Matt no era una opción después de lo que acababa de pasar. ¿Adónde iba a ir?

—Estuve allí anoche, pero hoy tiene que trabajar, así que he vuelto para mi clase de *spin*.

Frankie se fijó en la botella de agua que llevaba en la mano.

—Pues entonces será mejor que te vayas. No querrás llegar tarde.

—No estoy de humor para ir a una clase de *spin*. Preferiría hablar contigo —Paige miró al otro lado del parque, donde estaban sentados Matt y Eva.

Frankie se frotó la frente con los dedos, asustada por lo cerca que estaba de ponerse a llorar.

—No se me da bien hablar —tal vez, si se le diera mejor hablar y compartir sus sentimientos, no estaría metida en ese lío.

—Pues entonces hablaré yo —Paige la agarró del brazo y empezó a caminar, sin darle más opción que caminar con ella—. Ya sabes que ahí no está pasando nada, ¿verdad?

—¿Qué? Ah, sí. Le está ofreciendo un hombro sobre

el que llorar. Está siendo una buena amiga porque está disgustado –y eso era culpa suya. Era su culpa. Quería hablar con Paige, pero, como de costumbre, no le salían las palabras. La única persona con la que le había resultado sencillo hablar era Matt. ¿Qué se hacía cuando tenías un problema con la única persona con la que podías hablar?–. He hecho daño a tu hermano. Lo siento –«lo siento» era una disculpa demasiado pobre para el grado de culpabilidad y de arrepentimiento que sentía en ese mismo momento.

–Es fuerte. Sobrevivirá. Ahora mismo estoy más preocupada por ti –era típico de Paige. Su lealtad para con sus amigas era inquebrantable.

Frankie se detuvo.

–Mi madre ha venido al apartamento esta mañana.

Paige asintió.

–Ev me ha escrito.

–¿Por eso estás aquí?

–Iba a venir de todos modos –dijo Paige–. ¿Qué te ha dicho? ¿Otro novio? ¿Ya no está con ese chico que conocimos en el mercado de flores?

–La ha dejado. Pero esta vez sí le importaba. Le importaba de verdad. Estaba llorando –Frankie se pasó la mano por la frente mientras sentía cómo se elevaban sus niveles de tensión–. Me ha recordado al pasado.

–Aquellos fueron malos tiempos –le dijo Paige con mirada comprensiva–. Estoy empezando a entender por qué has reaccionado así.

–Me ha dicho que por fin está de acuerdo conmigo en que evitar las relaciones es bueno.

Paige abrió su botella de agua.

–¿Y desde cuándo tú estás de acuerdo con tu madre?

Frankie se sentía más estúpida todavía, pero sabía que no bastaba con saber que estaba siendo una estúpida. Necesitaba sentirlo. Necesitaba creerlo.

—¿Cómo dejo de sentirme así? No quiero sentirme así —estaba desesperada y Paige la miró fijamente, con curiosidad.

—¿He de suponer que tengo razón al pensar que estás enamorada de Matt?

Era la misma pregunta que le había hecho el propio Matt y no había sido capaz de responderle.

Era como si las palabras y los sentimientos estuvieran atascados detrás de todo lo sucedido en el pasado.

—No lo sé —pero sí que lo sabía, ¿verdad? Ese era el problema. Lo sabía y por eso estaba tan asustada. Se había enfrentado a muchas situaciones en su vida, pero nunca a una como esa. Miró a su amiga angustiada—. De acuerdo, ¡sí! Estoy enamorada de Matt. Estoy loca por Matt. Y es lo más terrible que me ha pasado en la vida.

Paige la miró con dulzura.

—¿Se lo has dicho?

—No. Y él tampoco me había dicho nada a mí hasta esta mañana. Ha surgido como parte de esta rara conversación sobre mi madre.

Paige enarcó las cejas.

—¿Matt te ha dicho que te quiere delante de tu madre?

—Ha sido después de que se fuera.

—Mal momento —Paige dio un sorbo de agua—. Ahora entiendo por qué te has aterrorizado. Pero no eres tu madre, Frankie. Nunca has vivido como vive ella. Tú tomas tus propias decisiones y siempre lo has hecho. Si te dijera que dejaras tu trabajo, ¿lo harías?

—Claro que no.

—Si te dijera que te fueras de tu apartamento, ¿lo harías?

—¡No! —Frankie frunció el ceño—. ¿Qué intentas…?

—Entonces ¿por qué le estás dejando mandar en tu vida amorosa? ¿Por qué estás dejando que sus palabras influyan en las decisiones que tomas sobre tu vida?

Frankie se apartó para dejar pasar a una pareja con un carrito de bebé.

—Porque me ha presionado. Ha sido como si me hubiera transportado en una máquina del tiempo. Me he visto justo allí, en el momento en que mi padre se fue.

—Respóndeme a una pregunta —Paige parecía pensativa—. Antes de que apareciera tu madre, ¿Matt y tú estabais felices?

—Estábamos medio dormidos. Y sí, estábamos felices. Íbamos a pasar el día juntos. Lo teníamos todo planeado. Yo iba a preparar el desayuno, a jugar un rato con mis plantas y después íbamos a dar un buen paseo por Central Park —se le llenaron los ojos de lágrimas—. Le he hecho daño. He hecho daño a Matt. ¿Cómo puedo hacerle daño a alguien a quien quiero tanto?

—Porque estabas asustada y has entrado en pánico. Pero ahora tienes que arreglarlo, Frankie.

—¿Cómo?

Paige le acarició el hombro.

—Eres tú la que conoce a mi hermano. Encontrarás el modo.

# Capítulo 19

«El amor no es algo que se ve, es algo que se siente».
–Eva

—El cornejo de alguien tiene mildiu. Supongo que es una planta, no un animal —Paige ojeó las solicitudes que habían recibido durante la noche—. ¿Qué es un cornejo?

—Envíame los detalles. Me ocuparé de ello —dijo Frankie.

Se sentía apática y desmotivada, como si alguien le hubiera absorbido la vida.

Echaba terriblemente de menos a Matt. Echaba de menos estar acurrucada contra su cálida fuerza, echaba de menos compartir esos pensamientos y detalles íntimos que nunca había compartido con nadie y echaba de menos el sexo.

Quería hablar con él, pero no sabía qué decir. No sabía cómo demostrarle que confiaba en lo que tenían.

Y, mientras tanto, estaba compartiendo apartamento con Eva.

—He gastado lo que te quedaba de champú esta mañana.

Eva levantó la mirada.

—¿El caro que se supone que me deja el pelo como el de una diosa griega?

—¿Es eso lo que promete? —su amiga no le había contado nada sobre su conversación con Matt, pero Frankie sabía que Eva odiaba cualquier tipo de situación tensa—. ¿Estás enfadada conmigo?

—Claro que no estoy enfadada contigo.

—Odias que esté viviendo contigo.

Eva suspiró.

—Me encanta que estés viviendo conmigo. Lo único que odio es el motivo. Deberías estar arriba con Matt. Odio ver mal a dos personas que quiero. Quiero que estéis juntos.

—Yo también lo quiero —admitió Frankie—. Y no me digas que lo solucione porque, si supiera cómo hacerlo, lo haría. No soy como tú. No sé cómo actuar en una relación.

Y, aun así, estar con Matt había sido lo más sencillo que había hecho en su vida. No le había resultado duro, ni estresante, ni siquiera complicado. Le había resultado divertido, estimulante, le había hecho sentir seguridad, le había parecido... perfecto. Le había parecido perfecto.

—No tienes que flirtear con él. Matt te quiere —dijo Eva con delicadeza—. Lo único que tienes que hacer es demostrarle que tú también lo quieres. Eso es todo, Frankie. Tienes que confiarle tus sentimientos. ¿Tan difícil es? ¿No puedes hacerlo?

Ya le había confiado cosas que nunca había compartido con nadie. Su cuerpo, sus secretos, esas partes suyas que había mantenido ocultas casi toda su vida.

¿Podía confiarle también su corazón?

Sí. Sí que podía.

Pero ¿cómo se lo decía? ¿Cómo se lo podía demostrar de un modo que se lo creyera?

Sin decir ni una palabra, se levantó y tiró una pila de papeles al suelo. Agarró la lata de refresco de cola sin azúcar que había sobre el escritorio, coló el dedo en la anilla y la abrió.

Se lo quedó mirando un momento.

—¿Te estás pensando mejor si beberte esa cosa? —le preguntó Eva con mirada de reproche—. Porque deberías. Si vas a vivir conmigo, vas a tener que aceptar que le presto atención tanto a lo que meto en mi cuerpo como a lo que me pongo en el pelo. No voy a tener eso en mi nevera.

Frankie la ignoró y miró la lata mientras su mente no dejaba de trabajar.

—¿Dónde está Matt hoy?

—Creo que está trabajando en casa —dijo Paige—. Antes hemos estado hablando sobre los planes para Acción de Gracias. ¿Por qué?

Tenía que hablar con él. Tenía que hablar con él ya mismo.

Frankie agarró el bolso. Nunca había hecho nada con tanta urgencia.

—Me tengo que tomar el resto del día libre. ¿Te parece bien?

—Esta también es tu empresa. Haz lo que tengas que hacer —Paige la miró con curiosidad—. ¿Vas a ir a ver a Matt?

—Sí —respondió colocándose con torpeza la correa del bolso—. Pero primero tengo que ir a hablar con mi madre.

Sabía que tenía que hacerlo antes de dar el paso que necesitaba dar y decir las cosas que necesitaba decir.

Eva parecía alarmada.

—¿Estás segura? Matt y tú estabais muy bien hasta que apareció tu madre.

—Exacto. Antes de hablar con Matt, necesito hablar con ella. Tengo que solucionar esto. Ya es hora de que sea sincera con ella. Es hora de que le diga cómo me siento de verdad —fue hacia la puerta—. Y ya que estamos hablando del tema, hay algo que quiero deciros.

—¿Vas a dejar Genio Urbano para poder trabajar con Matt?

—¿Estás de broma? ¿Dejar un empleo en el que puedo trabajar con mis dos mejores amigas cada día? De eso nada —sacudió la cabeza y habló atravesando la barrera que siempre le impedía expresar sus sentimientos—. Solo quería deciros que soy afortunada de teneros.

Eva la miró con dulzura.

—Oh, Frankie...

—No he terminado. Yo... —sintió cómo esa barrera se debilitaba—. Os quiero. Mucho.

Se produjo un silencio.

Paige fue la primera en hablar.

—Bueno... —se le rasgó la voz—. ¿Es esto un ensayo para luego, para la conversación de verdad?

—No. Esto también es de verdad. Siento cada palabra que he dicho. Sois las mejores amigas que una mujer puede tener o desear en su vida.

A Eva se le empañaron los ojos.

—¿Abrazo de grupo?

Frankie esbozó una temblorosa sonrisa y abrió la puerta.

—No tientes a la suerte.


Su madre ya estaba en la cafetería.

—He venido en cuanto he recibido tu mensaje. ¿Qué pasa? Normalmente te niegas a quedar conmigo en horas de trabajo.

—Tengo que hablar contigo, mamá.

—Por supuesto. Por eso estoy aquí. He venido en cuanto me lo has dicho. Te he pedido una cola sin azúcar. Eso es lo que te gusta, ¿verdad?

—Me refiero a hablar en serio —Frankie se sentó en el banco frente a ella—, a hablar de cosas de las que probablemente deberíamos haber hablado hace mucho tiempo.

—¿Te refieres a lo que pasó con tu padre? Sé que te afectó. ¿Cómo no iba a afectarle? Que se marchara así, sin previo aviso...

—Lo sabía, mamá.

El silencio que se creó se prolongó tanto que dudó que su madre la hubiera oído.

—¿Lo sabías? —su madre parecía impactada—. ¿Te refieres a las aventuras?

—¿Aventuras? —ahora fue Frankie la que se quedó impactada—. ¿Tuvo más de una?

—Eh... yo... —su madre estaba desconcertada. Después alzó la mirada—. Sí. Tuvo más de una.

—¿Por qué no me lo contaste?

—Porque besabas el suelo por donde pisaba tu padre y no quería ser yo la que destrozara esos sentimientos. Aunque, al parecer, sucedió de todos modos —su madre parecía agotada—. Pero, si te enteraste de la última, ¿por qué no me lo dijiste?

—Porque me hizo prometer que no lo haría. Me dijo que era la primera vez que lo había hecho y que no volvería a hacerlo nunca. No sabía que seguía viéndola hasta el día en que se marchó y no sabía cómo actuar. Sabía que lo querías y no quería hacerte daño. Viví con ello, lo alojé en mi interior como una especie de virus tóxico que no puede entrar en contacto con el aire por si combustiona. Y siempre me he estado preguntando si podríais haberlo solucionado si te lo hubiera contado en cuanto me enteré.

Se produjo otra larga pausa.

—¡Oh, Frankie! ¡Oh, cariño! —su madre le agarró la mano por encima de la mesa—. Nada que hicieras o no hicieras podría haber cambiado las cosas. Jugó contigo al igual que jugó conmigo. La primera aventura la tuvo cuando estaba embarazada de ti. Me enteré porque me puse de parto antes de lo previsto y nadie podía localizarlo. Resultó que no se le podía localizar porque estaba teniendo una reunión muy íntima con una compañera de trabajo. Después de aquello, las cosas se calmaron un par de años, pero entonces empezó otra vez.

Su madre habló, resumió un catálogo de infidelidades que a Frankie le costaba asimilar. Había creído que era ella la que tenía secretos, pero resultaba que su madre también tenía muchos. Secretos profundos y dolorosos que nunca había compartido.

—¿Por qué te quedaste con él?

—Porque lo quería. Y por ti —su madre removía la espuma del café—. Pensé que seguir juntos era lo mejor para ti. No me di cuenta de que al hacerlo te estaba haciendo daño.

A Frankie se le encogió el corazón.

—Por lo que vi de pequeña crecí creyendo que todas las relaciones acaban destruidas. Vi lo que te hizo la marcha de papá y he vivido intentando evitar que me afectara esa clase de dolor.

—Lo sé. Y has sido mucho más sensata de lo que yo he sido nunca. Has creado tu propia vida y has tomado grandes decisiones. Mírate, Frankie... —su madre hizo un ademán con la mano—. Eres tan independiente... Tienes un apartamento fantástico, un trabajo fabuloso, unas amigas que te quieren y ninguna atadura sentimental.

—Estoy enamorada de Matt.

—Eh... —su madre se la quedó mirando atónita—. ¿Qué acabas de decir?

—Que estoy enamorada de Matt.

Le resultó muy fácil decirlo. Muy real. Perfecto.

Ahora ya nada la reprimía. Nada.

Su madre abrió los ojos de par en par.

—¿Matt? ¿Matt el sexy?

—Sí, Matt el sexy, pero te agradecería que de ahora en adelante lo llamaras simplemente «Matt». Sin insinuaciones, sin pellizcarle el culo, sin comportarte de modo inapropiado. Quiero verte, mamá. Quiero empezar desde cero, pero no quiero estar temiendo tus visitas por si me pones en evidencia.

Su madre seguía con la boca abierta.

—Pero... Creía que estabas viviendo en su apartamento porque esa chica...

—Roxy.

—Porque Roxy necesitaba un lugar donde alojarse y se había mudado a tu casa.

—Estoy viviendo ahí porque quiero estar con Matt. Mi hogar está donde esté él.

—¿Tan serio es?

—No podría ser más serio —a pesar de que le apeteciera sonreír. Nunca antes algo tan serio le había producido tantas ganas de sonreír.

—¿Te ha pedido matrimonio?

—Esos detalles son asunto mío.

—Entonces no te lo ha propuesto —la mirada de su madre brilló de inquietud—. Puede que sea solo sexo, Frankie. Puede que te haga daño. Puede que no quiera...

—No es solo sexo, mamá, y sé lo que quiere porque yo quiero lo mismo. Además, Matt nunca me haría daño intencionadamente.

En cambio, ella sí que le había hecho daño a él. Mucho daño. Sintió temor. ¿Y si le había hecho tanto daño que ya no quería arriesgarse a volver con ella? No. Eso no sucedería. Frankie confiaba en lo que tenían y nadie, y mucho menos su madre, iba a hacerle dudar al respecto.

—No necesito tu ayuda para saber cómo llevar mis relaciones. No la quiero. Es hora de que corra mis propios riesgos y cometa mis propios errores. Aunque este no sería un error. Nada de lo que haga con Matt podría ser nunca un error. Voy a ir a buscarlo para decírselo, pero primero quería hablar contigo.

—Bueno... —su madre se quedó en silencio un momento y después respiró hondo—. Supongo que entonces deberíamos hablar de otra cosa. Tengo un trabajo. No es un trabajo tan elegante como el tuyo, pero es un trabajo al fin y al cabo. Voy a trabajar en una charcutería.

—Es genial, mamá.

—Y Brad me va a invitar a cenar esta noche.

—Bien —Frankie se preguntó cuánto le duraría Brad, pero después pensó que no era asunto suyo. Su madre era adulta y decidía cómo vivir su vida.

Al igual que ella iba a vivir la suya. A vivirla de verdad, no a hacer solo lo que la hiciera sentirse segura.

—Deberías irte. Podemos seguir hablando en otro momento, pero ahora mismo tienes cosas más importantes que hacer —su madre agarró el bolso—. Pago yo.

Frankie ocultó su sorpresa.

—Gracias, mamá.

Gina Cole se levantó.

—Si luego te apetece, escríbeme para contarme cómo ha ido todo. Y si quieres hablar o algo... —respiró hondo—. No te voy a dar ningún consejo. Sigue haciendo lo que estás haciendo. Lo haces mucho mejor que yo.

Frankie vaciló antes de acercarse y darle un abrazo a su madre. Fue tenso e incómodo, pero un abrazo al fin y al cabo.

—Te quiero, mamá.

Su madre la abrazaba con tanta fuerza que no podía respirar.

—Yo también te quiero. Ahora vete.


Antes de ir a casa, Frankie pasó por una de las tiendas favoritas de Eva y se compró un vestido de un precioso tono verde. Pagó sin mirar el precio y se lo puso directamente. Nunca había enseñado tanto las piernas y se sentía rara con un vestido, pero, curiosamente, también se sentía segura de sí misma.

Con la otra ropa metida en una bolsa y las manos sudorosas, subió al metro.

Cuanto más se acercaba a Brooklyn, más nerviosa se iba poniendo.

¿Y si Matt se había hartado de sus inseguridades?

No. Eso no iba a pasar.

Desesperada por solucionar las cosas, prácticamente fue corriendo desde el metro hasta la casa de ladrillo rojo. Estaba a punto de subir al apartamento de Matt cuando vio que la puerta del suyo estaba abierta.

Preguntándose si Roxy se la habría dejado abierta accidentalmente, entró a investigar.

Tal vez tenían que instalar un cerrojo a prueba de niños. Podía ser peligroso que Mia saliera a la calle. Lo hablaría con Matt.

—¿Roxy? —cruzó la puerta abierta y al instante sintió que algo no iba bien.

El apartamento estaba vacío.

¿Dónde estaba Roxy y por qué había dejado la puerta abierta?

Recorrió la cocina y notó cristales bajo los pies.

—¡Mierda! —la pequeña ventana de la cocina que daba al jardín estaba rota y había cristales por todo el suelo.

Con cautela retrocedió, intentando esquivarlos. ¿Habrían sido ladrones? Parecía la explicación más obvia, pero no parecía que se hubieran llevado nada. ¿Y por qué romper la ventana y entrar por la puerta principal? ¿O habían salido por ella?

Mientras intentaba encontrarle sentido, oyó un sonido tras ella y se dio cuenta de que el apartamento no estaba vacío. Se había equivocado.

Le dio un vuelco el estómago y, asustada, se giró rápidamente, aunque ya era demasiado tarde.

Una mano le tapó la boca y la empujó contra la pared.

—¿Dónde está Roxy?

Sintió la mano rodeándole la garganta con fuerza y después un rostro masculino con una expresión desagradable se acercó al suyo.

Frankie se obligó a permanecer quieta y pensar. No sabía dónde estaban Roxy y Mia, pero su nuevo lugar favorito era el parque y suponía que habrían salido a dar un paseo, lo cual significaba que podían volver en cualquier momento.

Utilizando un movimiento que había practicado cientos de veces, apartó las manos del hombre de su cuello de un golpe y levantó la rodilla con fuerza.

El hombre soltó un gruñido de dolor e intentó agarrarla, pero ella le enganchó la pierna con la suya y lo tiró al suelo.

—¡Perra loca! —el intruso gritó con dolor cuando se golpeó la cabeza contra el suelo y sus hombros aterrizaron sobre los cristales rotos.

Frankie cayó al suelo con él y sintió un intenso dolor atravesándole la rodilla.

—Sí, esa soy yo. Encantada de conocerte —le colocó el brazo por detrás de la espalda y se lo retorció con fuerza pensando que probablemente se estarían oyendo sus gritos desde Harlem.

Esperaba que alguien lo oyera.

Y entonces oyó un sonido en la ventana y vio a Garras en su sitio habitual.

—¡No! —gritó Frankie al ver los cristales desperdigados por el suelo—. ¡No! ¡Garras, no saltes!

Pero Garras la ignoró y saltó.


Matt terminó el plano en el que había estado trabajando, se quitó los auriculares y se levantó. Mozart lo ayudaba a concentrarse y amortiguaba el ruido de la calle.

En ese momento, Garras apareció y se frotó contra su pierna.

Él bajó la mirada y vio manchas de sangre sobre el suelo.

–¿Qué...? –se agachó y la levantó con cuidado–. ¿Qué has hecho? –con delicadeza, le miró las patas y se estremeció–. ¿Has pisado cristales? –se levantó planteándose llevarla al veterinario cuando oyó a Roxy gritando su nombre.

Maldiciendo, dejó a la gata encerrada en la seguridad de su apartamento y bajó corriendo a la planta baja.

La puerta de Frankie estaba abierta y la cerradura estaba colgando.

Entró en el apartamento y vio a Frankie de rodillas sobre el suelo junto al cuerpo de un hombre que se retorcía mientras soltaba improperios entremezclados con gemidos de dolor.

Había sangre en el suelo, pero no sabía si era de la gata, del hombre o de Frankie.

Le dio un vuelco el estómago.

–¡Oh, Matt...! –Roxy sujetaba la cabeza de Mia contra su hombro–. He ido al parque y cuando he vuelto la puerta estaba abierta y...

–Lleva a Mia a mi apartamento, Rox.

–Pero...

–¡Hazlo! –le dio las llaves–. Ya me ocupo yo.

Frankie lo miró.

–¿Ya te ocupas tú? Odio echar por tierra tus aspiraciones a caballero de la brillante armadura, pero creo que soy yo la que se ha ocupado de esto –apretó más el brazo del hombre, que soltó otro grito de dolor.

Matt se sintió tremendamente aliviado de ver que Frankie estaba bien. Después, sintió admiración.

–¿Entonces no necesitas ayuda?

–Gracias, pero estoy bien.

—Llamaré a la policía.

—Ya lo he hecho yo.

Él miró los cristales, el rastro de sangre y el golpe que tenía en la cabeza. Se preguntó cómo no había oído los ruidos y entonces recordó que había estado escuchando música.

—¿Ya has llamado a la policía? ¿Cómo?

—Este tipo no es para tanto. Lo he derribado con la pierna derecha y la mano derecha, así que tenía la izquierda libre. Esto es lo que se llama «multitarea».

Matt se apoyó contra la puerta.

—Entonces ¿no me necesitas para nada? ¿Y qué me dices de los cumplidos?

—Los cumplidos están bien. He descubierto que me gustan.

Él la miró lentamente.

—Bonito vestido, cielo.

—Gracias. Me alegro de que te hayas fijado.

—Me estoy fijando en las piernas tanto como en el vestido. Son increíbles. ¿Algo más para lo que me necesites?

—Te necesito para muchas cosas. Por eso he venido a casa, para decirte todo lo que necesito. Y para darte algo. ¡No te muevas! —le gritó al hombre que intentaba liberarse—. Estoy hablando. No me interrumpas cuando hablo. Te quiero, Matt. Eso es lo que he venido a decirte.

A él le dio un vuelco el corazón y se la quedó mirando fijamente. Ya había perdido la esperanza de volver a ver esa expresión en sus ojos.

—¿Me quieres?

El hombre del suelo se retorcía.

—Joder...

Ni Frankie ni Matt lo miraron.

—Te quiero —su sonrisa era temblorosa, pero su voz estaba cargada de convicción—. Llevo años enamorada de ti.

—Entonces ¿me estás diciendo que quieres una aventura?

—No me interesa una aventura. Contigo no. Lo quiero todo, en lo bueno y en lo malo, en la riqueza y en la pobreza, en la salud y en la enfermedad, pero solo si confías al cien por cien en lo que tenemos.

Por primera vez en su vida adulta, a Matt le costó hablar.

—¿Eso es lo que has venido a decirme?

—Sí. Y he venido también a darte algo, pero entonces me he encontrado esta basura en mi apartamento —clavó el codo en la espalda del hombre—. Has hecho daño a la gata y has llenado de cristales mi *Ocimum basilicum*.

—¿Tu qué? Chica, no te tocaría ni un pelo, y mucho menos tu... lo que sea eso.

Matt no apartaba la mirada del rostro de Frankie.

—¿Qué querías darme?

—Mis sentimientos. Y son unos sentimientos fuertes, Matt. Espero que puedas con ellos.

—Tendría que ser un sádico para querer acercarse a ti —dijo el hombre y Frankie frunció el ceño.

—Creo que la palabra que buscas es «masoquista». El «sadismo» describe lo que yo te podría hacer si no dejas de interrumpir la que podría ser la conversación más importante de mi vida. Matt, te quiero.

—¡Eso ya lo has dicho! —gritó el hombre—. Y no quiero oír toda esta mierda.

—Pues mala suerte porque vas a oír esta mierda. Y, si tienes un poco de sentido común, sacarás algo de ella, como el hecho de que, cuando una mujer dice que no te quiere en su vida, lo dice en serio. El amor no se puede obtener a la fuerza a base de dolor, miedo o extorsión, Eddy. Es algo que se da. Mira y aprende —dijo mirando a Matt a los ojos—. Le estoy dando mi amor a Matt. Todo mi amor. Todo mi yo.

Él se quedó sin aliento.

—Frankie...

—¡Cierra la boca! —Eddy se retorcía como un pez en un anzuelo—. ¡No ha sido culpa mía! Yo no quería al bebé. Fue ella la que insistió en tenerla.

—Y por eso Roxy es un ser humano maravilloso. Puedes pensar en ello cuando te encierren. Y, si vuelves a acercarte a Roxy o a Mia, yo personalmente me aseguraré de que no puedas volver a hacer un bebé que no vayas a querer.

—Te voy a matar. Una noche oscura, cuando todos os hayáis olvidado de mí, voy a estar esperándote entre las sombras. ¿Y qué vas a hacer entonces?

Matt, invadido por la ira, dio un paso adelante, pero Frankie tiró más del brazo de Eddy y lo miró fijamente.

—Supongo que haré lo mismo que estoy haciendo ahora, clavarte al suelo y decirte lo que pienso. Eres un cobarde, Eddy. Un maltratador y un cobarde. Y ya es hora de que te largues con tus maltratos y tu cobardía y dejes en paz a Roxy. ¿Cómo te lo puedo decir para asegurarme de que nos entendemos? —se detuvo, pensativa—. Si alguna vez acechas entre las sombras e intentas asustarme a mí o a alguien a quien quiero, yo personalmente te daré una buena paliza.

—No tendrás que hacerlo porque ya lo habré hecho yo —Roxy estaba allí, furiosa—. Aléjate de mí, Eddy. Y aléjate de Mia.

La expresión de Eddy era desagradable.

—Qué fuerte y mayor pareces aquí con tus amigos, Roxy, pero los dos sabemos que no tienes agallas.

—Ponme a prueba —dijo Roxy cuadrando los hombros—. Vuelve a acercarte a mi hija lo más mínimo y descubrirás cuánto he cambiado desde que tuve el sentido común de alejarme de ti —se giró hacia Matt—. La policía ha llegado. ¿Puedes quedarte aquí un minuto? He dejado a Mia con James.

–¿James está aquí? –Matt se preguntó cómo era posible que de pronto todo su equipo se hubiera reunido en su casa.

–Lo he llamado y ha venido enseguida. Para eso están los amigos –Roxy miró a Eddy–. Voy a poner una denuncia. Lo voy a contar todo. Ya no me das miedo.

Matt esperaba que Eddy no pudiera ver lo que estaba viendo él: Roxy estaba temblando.

Eddy volvió a retorcerse en el suelo.

–¡Tengo derechos!

–Y yo tengo el cinturón negro de kárate –dijo Frankie con tono animado–. ¿Quieres que te enseñe algún otro movimiento? Me estoy divirtiendo mucho poniéndolos en práctica en la vida real.

Dos agentes uniformados entraron en el apartamento y Eddy empezó a gritar.

–¡Apártenla de mí! Es una agresión.

Matt sintió unas ganas enormes de sonreír, pero se desvanecieron enseguida, en cuanto Frankie se levantó y vio que le salía sangre de la pierna.

–Estás herida...

–Me he clavado los cristales en la rodilla. Si no hubiera llevado este ridículo vestido, no me habría pasado nada. Debería haberme dejado puestos los pantalones de yoga –estremeciéndose, se sacó un fragmento de cristal y miró el suelo de la cocina–. Este lugar está hecho un desastre. Roxy no puede traer aquí a Mia hasta que lo hayamos limpiado todo bien.

–Puede usar nuestro apartamento de momento –Matt estaba a su lado, poniéndole una toalla para contener la sangre–. Te voy a llevar al hospital.

–Estoy bien, pero no quiero mancharme de sangre el vestido nuevo. Es el único que tengo. Por cierto, ¿has dicho «nuestro» apartamento?

–Frankie, no estás bien. Y sí, he dicho «nuestro» apartamento. Porque eso es lo que es, contando con que lo que acabas de decir fuera en serio.

—Cada palabra que he dicho iba en serio. Y aún tengo que darte algo. Lo tenía todo planeado, pero entonces ha pasado esto. ¡Lo ha estropeado todo!

Matt la miró a los ojos, pero decidió que no era el momento de decirle todo lo que quería decir.

—Vamos a ocuparnos de Eddy, a hablar con la policía, a que te vean la rodilla y después hablamos.

—También tenemos que llevar a Garras al veterinario. Ha pisado los cristales.

—Yo la llevo —Eva entró. Al verla, Matt sintió un profundo afecto por ella.

—Odias a mi gata.

—No diría exactamente que la odio, más bien me da miedo. Pero está herida y necesita que la atiendan, al igual que Frankie. No puedes ocuparte de las dos, así que yo me ocupo de la gata —Eva miró a Roxy y sonrió—. A veces está bien enfrentarse a las cosas que te dan miedo.

En ese momento, James entró con Mia en brazos, que no dejaba de llorar.

—Si os marcháis todos y dejáis de pisar los cristales, me ocuparé de recogerlo todo.

—¡Malo! —sollozaba Mia—. Hombre malo y gritón.

—Ya no está, cielo. Estás a salvo —dijo James acariciándola mientras Mia lo abrazaba con fuerza y le cubría de besos.

—James caballito.

—Luego —le soltó los brazos de alrededor de su cuello y se la pasó a Roxy—. Llévala a dar un paseo al parque. Dame un par de horas. Quiero asegurarme de que no queda ni un fragmento de cristal por aquí. No quiero que se haga daño. Ni tú.

Roxy se puso de puntillas y le dio un beso.

Él se sonrojó.

—¿Y eso por qué?

—Por haber venido cuando te he llamado. Y por preocuparte por mi hija.

Matt sospechaba que James se preocupaba más por ella que por su hija, pero no dijo nada.

Ya tenía bastante con pensar en su propia relación.

Y, por fin, al fin, casi había llegado el momento de centrarse en ella.

# Capítulo 20

«Nunca supongas el final hasta no haber leído el libro entero».

—Matt

Hablaron con la policía y después Matt insistió en llevarla al hospital.

Para cuando se marcharon, ya era última hora de la tarde y ella aún no le había dicho lo que quería decir.

Ahora que todo había pasado, se sentía nerviosa y mareada. Matt se había negado a salir de la sala de urgencias en la que la atendieron, como si temiera dejarla lejos de su vista.

–Me has dado un susto de muerte, Frankie. Cuando he entrado en el apartamento y te he visto rodeada de cristales con Eddy... –se pasó la mano por la cara y ella se encogió de hombros.

–Me había agarrado del cuello. No he tenido otra opción que derribarlo.

–Me han entrado ganas de estrangularlo por haberte tocado.

–Has ocultado tus tendencias cavernícolas, pero me lo he imaginado.

—Podría haber llevado una pistola. O un cuchillo —dijo con tono áspero y Frankie supo que, al igual que ella, ahora que todo había pasado, estaba contemplando las repercusiones que podía haber tenido lo sucedido.

—Con un cuchillo probablemente también habría podido hacerme con él. Con una pistola… —frunció el ceño—, prefiero no pensarlo.

—Yo también prefiero no pensarlo, pero no me puedo sacar la imagen de la cabeza. La cerradura rota. La mirada de ese hombre.

—¿Y la imagen en la que estaba sentada encima de él y le he dislocado el hombro? ¿No puedes sustituirla con esa?

—Lo intentaré. ¿Cuántos años tenías cuando fuiste a kárate? ¿Diecisiete?

—Sí, pero aprendo rápido. Resultó que tenía talento para ello.

—Y todos estamos agradecidos por ello.

—Eddy no parecía tan contento.

Matt esbozó una reticente sonrisa y entonces le sonó el teléfono. Lo sacó del bolsillo.

—Es James. Dice que el apartamento está limpio y la ventana arreglada y que va a volver a dormir en el sofá para que Roxy y Mia se sientan seguras.

—¿Crees que está enamorado de ella? —preguntó Frankie esbozando una media sonrisa—. Mírame, estoy hablando como Eva.

—Sí, creo que está enamorado de ella. Creo que lleva un tiempo enamorado, pero no va a pasar nada.

—¿Cómo lo sabes?

Matt respondió al mensaje que había recibido y volvió a guardarse el móvil en el bolsillo.

—Porque Roxy cree que James es demasiado bueno para ella. No terminó el instituto y, en cambio, James fue abogado antes de dejarlo todo y ponerse a trabajar en paisajismo.

—No lo sabía, pero no creo que a James le importe eso.

—Estoy de acuerdo, a él eso no le importa, pero a Roxy sí. Y es muy testaruda.

—Y además es valiente. Y muy inteligente. Pobre Roxy. ¿Cómo lo pasaría estando embarazada y viviendo con ese monstruo? Debió de sentirse muy sola.

—Una vez me dijo que, si no hubiera sido por Mia, probablemente seguiría viviendo con él. Mia fue la que le dio fuerzas para marcharse, aunque nunca había tenido el valor de denunciarlo a la policía.

—Es una gran madre —dijo Frankie mirando por la ventanilla del taxi—. Estamos yendo por otro sitio. Por aquí no vamos a casa.

—No estoy preparado para volver a casa todavía. Hay cosas que te tengo que decir y cosas que quiero oírte decir y no quiero hacerlo en el caos que hay en casa. Quiero a nuestros amigos, pero hoy te quiero para mí solo.

—¿Qué pasa con Garras?

—Eva me ha escrito cuando estábamos en urgencias. El veterinario le ha puesto unos antibióticos y tenemos que vigilarla por si hay síntomas de infección, pero no parecían demasiado preocupados. Eva ha accedido a tenerla en su apartamento hasta que lleguemos a casa.

—Garras y yo nos podemos recuperar juntas —Frankie volvió a mirar por la ventanilla. Sentía mariposas en el estómago. Había tenido un plan, pero había fracasado por culpa de Eddy y ahora no sabía qué hacer. ¿Cuándo era el mejor momento para decir lo que quería decir?—. Bueno, ¿adónde vamos?

—¿A Central Park? —Matt la miró y se fijó en el vendaje bajo el vestido—. ¿Vas a poder andar?

—Claro —se acomodó en el asiento y vio Nueva York pasando ante ella, escaparates, multitudes, gente hablando por el móvil. Un millón de vidas mezcladas en una pequeña isla. Pequeña y, aun así, grande en muchos sentidos.

El taxi los dejó cerca de Columbus Circle y se dirigieron hacia el Bow Bridge por los serpenteantes caminos y cruzándose con niños que jugaban al béisbol y familias con cochecitos de bebé.

Era una perfecta tarde de septiembre.

—Un mes más y volverán a poner la pista de hielo —dijo Frankie agarrando del brazo a Matt—. Deberíamos ir. Todos juntos.

—Odias patinar.

—Lo sé, pero es la actividad favorita de Eva. Las Navidades pasadas fueron muy duras para ella y quiero que estas sean mejores. ¿Se lo proponemos a los chicos?

—Depende. ¿Seguirás queriéndome si me caigo de culo? —habían llegado al puente y se detuvieron, como si subconscientemente los dos hubieran estado yendo en la misma dirección.

Matt se apoyó en el elegante arco y miró al lago.

Frankie lo miró y después miró al agua; observó cómo los reflejos jugaban sobre la superficie.

—Nada evitará que te quiera —las palabras surgieron con naturalidad y, cuando él se giró, ella continuó—: Antes de que digas nada, hay algunas cosas que necesito contarte. Esta mañana he hablado con mi madre.

—¿Te ha vuelto a llamar?

—No. La he llamado yo. Le he pedido que quedáramos. Hemos hablado. Hemos hablado bien. Es más, creo que es la primera conversación sincera que hemos tenido en la vida.

—¿Cómo de sincera?

—Le he contado lo de mi padre.

—¿Todo?

—Todo. Y resulta que no fue su primera aventura. Tuvo otras. Incluso tuvo una cuando mi madre estaba embarazada de mí —aún no lo había asimilado—. Le perdonó, pero no tenía ni idea de que me enteré de lo de la última aventura.

–¿Te sientes mejor ahora que lo sabe?

–Sí, pero lo que de verdad me ayudó fue contártelo a ti –se detuvo, preguntándose cómo podía hacérselo entender–. No soy como Eva. No me resulta fácil hablar sobre cosas emocionales. Supongo que me hace sentir demasiado vulnerable. Desnuda.

–Me gustas desnuda.

–Cuando mi madre llegó y la vi tan disgustada, fue como si una catapulta me hubiera lanzado de nuevo al pasado. Me sentí como si todo se estuviera deshaciendo, como si de pronto estuviera desaprendiendo cosas que había aprendido –apoyó la cabeza en el hombro de Matt–. Sé que te hice daño, y lo siento.

–No te disculpes –la rodeó con el brazo y la acercó a sí–. Cuando tu madre fue a visitarte estuvo todo el tiempo dándote razones para no enamorarte, recordándote todas las razones por las que te has pasado la vida evitando el amor, así que no me extraña que te echaras atrás. Debería haberte dado un poco de espacio en lugar de presionarte. Fui de lo más inoportuno.

–Y yo no debería haber dejado que sus palabras me afectaran como lo hicieron. Sí que confío en lo que tenemos. Es especial y real y lo más poderoso que he conocido en mi vida –se le hizo un nudo en la garganta–. En el apartamento has dicho que no te necesitaba para nada, pero no es verdad. Te necesito para muchas cosas, Matt. Eres la única persona con la que de verdad he sido yo misma. Adoro cada momento que pasamos juntos, tanto si estamos en una azotea cargando losas o desnudos en la cama. Contigo, me permito ser yo.

–Y yo amo cómo eres –deslizó los dedos entre su pelo–. Creía que te conocía bien, pero aquel día, cuando se te olvidó ponerte las gafas, me di cuenta de que no te conocía en absoluto. Y cuanto más aprendía de ti, más me enamoraba. Pensaba que lo tenía todo bajo control y antes de poder descubrir qué estaba pasando, vi que la situación se me iba de las manos. Había muchas cosas que te quería decir, pero temía espantarte. Sabía que sentías algo por mí, pero no sabía si esos sentimientos eran tan fuertes como los míos. Sabía que tu madre te había generado dudas y en lugar de dejarte resolverlas, me entremetí con brusquedad. De verdad pensé que te había perdido. Creía que no confiabas en mí.

–¿Y por qué crees que te conté todas esas cosas sobre mí? Porque confío en ti. Te quiero, creo que llevo mucho tiempo queriéndote. Y la razón por la que me asusté no fue que no quisiera lo que me estabas ofreciendo, sino que lo deseaba muchísimo –apenas podía verlo entre las lágrimas–. Nunca antes me había importado ninguna de mis relaciones. No quería que me importaran. Vi lo que pasa cuando importan. Pero entonces llegaste tú...

–Frankie...

–Derribaste cada barrera que había levantado. Estar contigo era emocionante, divertido y relajante porque por primera vez en mi vida no estaba ocultando secretos. Me he pasado la vida temerosa de las relaciones íntimas y estrechas, pero ahora veo que son buenas. No hay nada mejor que estar con alguien que de verdad te conoce, y tú me conoces. Me aterroriza quererte –tragó saliva–, pero me aterroriza más perderte. Quiero aferrarme a lo que tenemos y no soltarlo nunca, pero no sé cómo hacerlo. Soy... soy nueva en esto. Voy a necesitar un manual de instrucciones o algo así.

–Yo seré tu manual. Lo solucionaremos juntos –le acariciaba el pelo–. Antes has dicho que tenías algo que querías darme, ¿no?

–Sí –metió la mano en el bolsillo y sacó el objeto que había llevado encima–. Toma –se lo puso en la mano y él lo observó enarcando las cejas.

—¿Has ido a casa corriendo para darme la anilla de tu lata de refresco?

—Estaba improvisando. Tienes que usar tu imaginación —los nervios le revoloteaban por el estómago—. Es un anillo. A lo mejor no es el anillo más bonito del mundo, ni el más valioso, pero eso no es lo que importa, ¿no? Es simbólico.

La expresión de Matt cambió.

—¿Sí?

—Sí. Significa lo mucho que te quiero.

A Matt se le iluminaron los ojos.

—¿Me quieres tanto como a una lata de refresco de cola?

—Por si no te has fijado, me encanta la cola sin azúcar, así que eso es decir mucho —sabía que Matt estaba bromeando, pero de pronto sintió miedo—. Por supuesto, si has cambiado de opinión...

—Nunca voy a cambiar de opinión y resulta que yo también llevo algo encima —metió la mano en el bolsillo y sacó una caja—. Esto es para ti.

Ella miró la caja y reconoció el elegante logo de Tempest Designs, la empresa de Skylar.

—Es de la tienda de Emily en Puffin Island. Ya me compraste el collar de estrellas de mar...

—Esto no es un collar de estrellas de mar. Ábrelo.

Frankie aceptó la caja con manos temblorosas. Al abrirla, vio un gran diamante en un engaste original y precioso.

—¡Oh! ¡Oh, Matt! ¿Lo compraste cuando estuvimos en la isla?

—Sí —él le puso el anillo en el dedo—. Francesca Cole, ¿quieres casarte conmigo?

Ella apenas podía respirar.

—Eso depende...

Matt la miró con preocupación.

—¿De qué…?
—De si puedes estar a la altura de mi deseo sexual. He perdido mucho tiempo.

Él esbozó una sonrisa.

—¿Estás flirteando conmigo?

—No sé flirtear. Te estoy diciendo la verdad –lo rodeó por el cuello y lo besó–. ¿Te he asustado?

Matt sonrió lentamente.

—No tanto como a Eddy.

—Estaba pensando que podrías dejar que Roxy se quede en mi apartamento todo el tiempo que necesite.

—¿Vas a trasladar al mío algo más que tu cepillo de dientes?

—Creo que ya es hora. Pero ¿eso incluye tener que adoptar también a tu gata?

—Me temo que sí. ¿Afecta en algo a tu respuesta?

—No. Quiero casarme contigo, Matt –invadida por la felicidad, se apartó de sus labios. Se iba a casar con él. Se iba a casar con Matt. Su mejor amigo. Su amante–. Entonces ¿ya está? ¿Hemos terminado?

—¿Terminado? Ni siquiera he empezado –dijo Matt antes de darle un fuerte y ardiente beso que hizo que se le derritiera el cerebro y le temblaran las extremidades.

Cuando levantó la cabeza, Frankie se dio cuenta de que habían atraído a un pequeño grupo de personas, algunas con cámaras y todas observándolos embelesadas.

—¡Huy! –hundió la cara en el pecho de Matt–. Qué vergüenza.

Él sonrió.

—Cielo, esto es Nueva York. El destino más romántico del planeta. El Ministerio de Turismo nos lo agradecerá.

Y volvió a besarla hasta que la felicidad la recorrió por dentro y los últimos rayos de sol se pusieron sobre Central Park.

AGRADECIMIENTOS

Doy las gracias a mis maravillosos lectores. Muchos de vosotros os tomáis la molestia de enviarme correos electrónicos y chatear conmigo por Facebook y vuestros amables comentarios y mensajes de apoyo siempre me alegran el día. A todos esos que os tomáis la molestia de dejar reseñas y publicar comentarios sobre mis libros en las redes sociales… ¡millones de gracias! ¡Me ayuda mucho!

A todos los maravillosos blogueros que siempre habláis de un modo tan amable y entusiasta sobre mis libros, os agradezco vuestro tiempo, vuestra energía y vuestro apoyo.

Ver mis libros a la venta por todo el mundo es un sueño hecho realidad y lo ha hecho realidad el equipo de Harlequin, que siempre me ha animado a escribir cualquier historia que me emocione. Tengo suerte de recibir un apoyo tan fantástico por parte de mi editorial.

Sin duda tuve un golpe de suerte el día que me asignaron a Flo Nicoll como mi editora. Trabajar con ella es divertidísimo y le doy las gracias por la visión, la paciencia y el entusiasmo que demuestra cuando trabajamos juntas en cada libro.

Gracias a mi agente, Susan Ginsburg, y al equipo de Writers House por todo lo que hacen.

Tengo la mejor familia del mundo y me siento constantemente agradecida por su inquebrantable apoyo. ¡Sois los mejores!

## ÚLTIMOS TÍTULOS PUBLICADOS EN HQN

*Las hijas de la novia* de Susan Mallery

*Los hombres de verdad no… mienten* de Victoria Dahl

*Lazos de familia* de Susan Wiggs

*La promesa más oscura* de Gena Showalter

*Nosotros y el destino* de Claudia Velasco

*Las reglas del juego* de Anna Casanovas

*Descubriéndote* de Brenda Novak

*Vainilla* de Megan Hart

*Bajo la luna azul* de María José Tirado

*Los trenes del azúcar* de Mayelen Fouler

*Secretos por descubrir* de Sherryl Woods

*Pasó accidentalmente* de Jill Shalvis

*El juego del ahorcado* de Lis Haley

*El indómito escocés* de Julia London

*Demasiado bueno para ser verdad* de Susan Mallery

www.ingramcontent.com/pod-product-compliance
Lightning Source LLC
LaVergne TN
LVHW091619070526
838199LV00044B/857